La virtud del silencio
roble, café y amor

Reinaldo Barbón Rodríguez

La virtud del silencio
roble, café y amor

EDICIONES NUEVOS MUNDOS
The Friendship Association

Edición: Soledad Pagliuca, Kathleen Hennessey, Sharyn Thompson

Diseño: Camilo Nieto

Corrección: Olga Marta Pérez, Xenia Noa Castro

Fotografía Cubierta: Julio Larramendi
Fotografía Interior: Ira Kononenko

© 2020 **Reinaldo Barbón Rodríguez**
© 2020 **Ediciones Nuevos Mundos**

ISBN: 978-0-9909419-9-6

Ediciones Nuevos Mundos
St Augustine, Florida, USA
www.edicionesnuevosmundos.com

*En silencio ha tenido que ser, y como y
indirectamente, porque hay cosas que
para lograrlas han de andar ocultas,
y de proclamarse en lo que son,
levantarían dificultades demasiado
recias para alcanzar sobre ellas el fin...*

JOSÉ MARTÍ

*Lo que se siente fuertemente,
se escribe rápido...*

ALPHONSE DE LAMARTINE

AL LECTOR

Desde el año 2011 he participado en el Proyecto de Conservación de las ruinas del cafetal Angerona junto con las especialistas de la Oficina del Historiador de la Ciudad de La Habana y trabajo como Técnico Guía en dicho Monumento Nacional. Desde entonces inicié la labor de localización de la información escrita y almacenada en el Archivo Nacional de Cuba, la biblioteca, el museo municipal de Artemisa y también la consulta de textos publicados referidos Angerona.

Han sido arduos años de investigación que me permitieron conocer a numerosas personalidades cubanas y extranjeras e intercambiar criterios, opiniones y obtener valiosa información. Todo esto me ha permitido comprender mejor gran parte de los hechos que tuvieron lugar durante una etapa tan significativa del desarrollo socio económico y cultural de Cuba en el siglo XIX.

Igualmente, los innumerables amigos con los que he compartido esta bella historia durante más de diez años de estancia dentro de dichas ruinas y rodeado del místico ambiente que se respira y de la energía que brota de su suelo y sus paredes, me han solicitado que resuma en un libro este importante volumen de información tan dispersamente publicada, para provocar el interés de nuestras futuras generaciones.

A través de este libro intento mantenerme, dentro de lo posible, cerca de la realidad de aquellos hechos, con pinceladas novelescas que permita a los interesados obtener información para poder realizar su propia interpretación del inigualable yacimiento arqueológico que es Angerona. Además, se acompaña la historia con descripciones reales de la población y sus costumbres, la geografía, la geología y la naturaleza de la región en el siglo XIX.

De esta forma estoy saldando una enorme deuda con las personas e instituciones que me estimularon y brindaron su incondicional apoyo para lograr este propósito.

Actualmente, participo junto con los arqueólogos del Gabinete de la Oficina del Historiador de la Ciudad de La Habana y de arqueólogos canadienses en los trabajos para el estudio del sitio, lo cual será de gran importancia para la interpretación de los hechos que tuvieron lugar aquí.

Sería interminable la lista de personas de todos los rincones del mundo que han arribado a Angerona y después de escuchar esta historia, han quedado muy impresionados y han pedido que la publique. A todos, muchas gracias.

AGRADECIMIENTOS

Agradeceré eternamente a un grupo de personalidades e instituciones por su imprescindible colaboración para realizar esta publicación, entre ellas:

La infatigable e insustituible Soledad Pagliuca, directora de Ediciones Nuevos Mundos, quien desde que escuchó esta historia hizo suyo el propósito de divulgar esta obra. Vale reconocer el apoyo de Sharyn Thompson y Kathleen Hennessey, fieles colaboradoras de la Soledad.

El gran amigo suizo Sr. Henry Wildler y su querida e inolvidable familia tailandesa, quienes me apoyaron.

El ingeniero Lorenzo Hernández-Tabares por su gentil apoyo en la búsqueda de toda la información escrita sobre el cafetal Angerona.

Roger Arrascaeta y todos los compañeros del Gabinete de Arqueología de la Oficina del Historiador de La Habana.

La Escuela Francesa de La Habana.

La Biblioteca Provincial "Ciro Redondo" de Artemisa.

La Empresa Nacional para la conservación de la flora y la fauna.

Y a la bella suiza Luana Marletta y familia.

Por último, hay que mencionar a importantes personalidades cubanas que me han estimulado a escribir este libro: los profesores y estudiantes canadienses de arqueología que durante tres años han laborado en Angerona, la periodista Esther Barroso, los artistas de la plástica Nelson Domínguez y Juan Roberto Diago, los queridos compañeros Ernesto Guevara March y Camilo "Pinares", ambos hijos de dos de los más grandes comandantes de la Revolución Cubana. También Fernando Pérez, uno de nuestros más importantes directores de cine, Raúl Pérez, director de fotografía; la bella realizadora suiza Laura Cazador y la muy conocida actriz francesa Sylvie-Testud, quienes tuvieron la maravillosa idea de filmar gran parte de su película "Insumisas" aquí, especialmente en la casa de Úrsula Lambert. Igualmente sucedió con el prestigioso artista Luis Alberto García y sus compañeros durante el rodaje de otra singular filmación. A los cientos de visitantes cubanos y extranjeros.

CAPÍTULO UNO

Al inicio

L a historia de la humanidad es y será la obra más grande y hermosa creada por el hombre en su paso por la Tierra, y esta gigantesca obra es la acumulación de millones de pequeñas y sencillas historias, muchas veces desconocidas y olvidadas por los seres humanos, quienes, además, dictamos las leyes que rigen el destino de los hombres.

Igualmente ocurre con la formación de una potente y rica capa de roca arenisca, como puede ser la del monte Roraima en Venezuela. En lejanas épocas, estas rocas se forman a partir de granos y partículas arrancados de regiones distantes; luego arrastradas por el viento y las corrientes de agua, más tarde depositadas y consolidadas juntos a numerosos granos de oro y diamantes, dando lugar a un nuevo tipo de roca y a un rico yacimiento mineral.

De forma semejante se originó el sitio arqueológico que constituyen las actuales ruinas del cafetal-ingenio de Angerona, la más importante hacienda cafetalera del siglo XIX en el occidente cubano, cuyos aromáticos granos de café fueron degustados en las más diversas capitales del mundo, lo cual le valió el gran prestigio alcanzado y sus innumerables mitos y leyendas.

A principios del siglo XIX, las tierras de este singular sitio carecían de importancia y apenas eran conocidas en la región. Cuba sobresalía como un apéndice de España; solo era conocida por su excelente tabaco, las abundantes maderas preciosas con las cuales se construyeron y amoblaron muchos palacios españoles, y por su azúcar de caña, excelente aguardiente e importantes astilleros.

Después de la revolución haitiana, la llegada a Cuba de más de treinta mil hacendados franceses, que se asentaron con sus africanos esclavizados en los montes y campos cubanos, la Isla pasó a ser reconocida por su inigualable café arábica.

En la Cuba colonial se acostumbraba repartir tierras en haciendas circulares o "corrales". Por el año 1800, el famoso corral de Francisco Javier de Cayajabos era ya conocido por sus excelentes haciendas cafetaleras, ingenios azucareros, potreros de ganado y ricos bosques de maderas preciosas. Entre un corral y otro existían espacios de tierras llamados "realengos". Entre los corrales de Cayajabos, San Marcos, San Juan de Contreras y Dolores estaba el realengo de Cayajabos. En él, se estableció la pequeña hacienda "La Chucha", perteneciente a la familia belga de los Urdapilleta-Bosmeniel.

Como un importante grano de arena de las rocas de Roraima, procedente de familias de las lejanas tierras francesas de Orleans y de Alemania: Zúrich y Hanau, y más tarde Lübeck, partió un miembro de la rica familia Souchay Escher hacia el continente americano. Arrastrado por las fuerzas de la vida, recorrió Estados Unidos y luego Cuba hasta llegar a La Chucha en el realengo de Cayajabos.

Al mismo tiempo, de tierras distantes como son las grandiosas selvas africanas, fueron arrancados cientos y cientos de hombres y mujeres, para ser convertidos de un día para otro en esclavos del blanco europeo. José y Magdalena eran dos africanos que a la fuerza fueron llevado como esclavizados desde las márgenes del grandioso río Congo hasta la hacienda de la familia francesa de los Lambert en Haití. Tiempo después, esta pareja tuvo una linda hija negra como el ébano carbonero que crece libre en los montes o el azabache escondido entre las rocas. La buena y cristiana de doña Lambert sintió lástima por la bella criatura y la llamó Úrsula Lambert, declarándola libre para siempre.

Las fuerzas de las luchas por la independencia de los negros en Saint-Domingue arrastraron como refugiados a Úrsula, muy pequeña, junto a sus padres, llevados por sus dueños hacia la región oriental de Cuba, y más tarde a La Habana. De similar forma, llegaron a La Chucha más de trecientos negros y negras de África. Todos ellos, blancos y negros, hombres y mujeres, ricos y pobres, amos y esclavizados, crearon en ese singular sitio la estupenda hacienda cafetalera de Angerona.

Qué enormes semejanzas entre las fuerzas internas de la tierra y las injustas fuerzas de la vida. Todas crean sustanciales riquezas que trascienden en el tiempo como importantes yacimientos que nos permiten el conocimiento de la historia de la humanidad y de nuestra tierra.

CAPÍTULO DOS

Nacimiento de Angerona

En el otoño de 1784 comienza esta sencilla historia de amor y trabajo que forma parte de la gran historia que constituyó el proceso socio-económico y cultural del siglo XIX en la Cuba colonial. Por la lejana ciudad de Hanau, a orillas del río Meno en el imperio alemán, nace Cornelio Souchay Escher, quien en busca de fortuna y aventuras viaja a los Estados Unidos en 1805. Dos años después, llega a La Habana, capital de la isla de Cuba, entonces importante colonia española y estratégico puerto en el Caribe, obligatoria parada de los buques que viajan del viejo al nuevo mundo y viceversa. La cosmopolita capital posee un excelente puerto y unos de los astilleros más importantes del Caribe. Grandes exportaciones de azúcar de caña, tabaco, café, mieles, aguardiente y preciosas maderas salen de esta ciudad para los más diversos rincones del mundo, y de igual forma llegan productos manufacturados de Europa.

La recién terminada revolución haitiana hizo que miles de familias francesas, con sus dotaciones de esclavos africanos y miles de excelentes operarios, músicos, médicos, entre otros, se refugien en Cuba para continuar con la creación de nuevas haciendas cafetaleras, principalmente en la región oriental del país, su centro y la Sierra del Rosario en el occidente cubano. La Isla logra adquirir parte de la fuerza de trabajo necesaria para incrementar su economía, sustentada fundamentalmente en la utilización de la esclavitud de los hombres y mujeres del continente africano.

Ahora, tanto el joven alemán, como la joven Úrsula, recientemente llegada a La Habana, recorren las congestionadas calles y paseos habaneros, su impresionante Catedral, iglesias y palacios, los bulliciosos mercados y los imponentes castillos y fortalezas militares construidas para proteger la ciudad. Solo que aún no se conocen, ambos andan por rumbos distintos, disfrutando de la contagiosa alegría de la ciudad.

Cornelio ve el tráfico de esclavos desde las costas de África como un excelente negocio y comienza a trabajar en esta actividad. Por su parte, Úrsula, con el dinero que le entregó doña Lambert, más lo que ella ha podido ganar con su trabajo, ayudada por su nueva compañera, la parda Belén Samuel, ha comprado un local en la calle Cuba y puesto una sedería donde vende telas, hilos, ropas y perfumes. Este es también un buen negocio, ya que es una época de mucho dinero circulando, por el gran auge de la industria azucarera cubana y la fuerte emigración francesa.

El europeo, junto con su amigo Enrique Gakle, natural de Fráncfort, disfrutan de las bondades que le ofrecen las noches habaneras donde abundan las fiestas y actividades teatrales, en las que se reúne lo más importante de la sociedad europea y criolla. Pero en la mente del franco-alemán hay una preocupación mayor que un poco de dinero y diversión. Él desea construir algo con sus propias manos que lo haga famoso y reconocido, no solo en Cuba, sino en el mundo; quiere que todos reconozcan el apellido Souchay como sinónimo de poder y grandeza.

Afanosamente viaja al sureste de la capital buscando tierras para desarrollar un proyecto de hacienda cafetalera. Recorre también la región norte de Vuelta Abajo, específicamente al Pan de Guajaybon, hermoso mogote de rocas calizas, tierras rojas y fértiles regadas por varios hermosos ríos. De forma semejante, visita, junto con su amigo Enrique, las haciendas cafetaleras de la Sierra del Rosario y otros muchos sitios. Cornelio sigue con su propósito de localizar algún terreno que le sea propicio para fundar su hacienda cafetalera.

El cinco de agosto de 1813, Cornelio es invitado por Enrique a visitar las fértiles tierras rojas del realengo de Cayajabos, en cuya hacienda "La Chucha", vive su joven novia, hija de la familia belga de los Urdapilleta-Bosmeniel. Le comenta que ellos están pensando vender sus tierras.

Después de saludar a la señora María Blasa Bosmeniel, su bella hija Agustina y demás familiares y conversar animadamente sobre el recorrido por los cafetales del Rosario, los dos jóvenes suben a espléndidas bestias pertenecientes a la señora doña Blasa, para recorrer la hacienda y esperar la hora del almuerzo.

La soleada mañana vaticinaba un fuerte calor en la medida que transcurriera el día, algo muy propio del verano cubano. Enrique conoce muy bien el terreno y le propone a su amigo comenzar el recorrido por un camino de serventía que va en dirección a la hacienda de don Matienzo, al norte de la región. Los dos jóvenes emprenden la marcha. Antes de cruzar el río por el viejo puente de tablas, Cornelio detiene su caballo y baja a observar la roja arcilla que afloraba en la ladera de un pequeño barranco que las lluvias habían formado. Toma un puñado de tierra en sus manos, se dirige hacia la corriente de agua, y como si fuera un niño, comienza a mezclar la tierra roja con agua y amasarla.

Entonces Enrique, desde su caballo, le grita:

—¿Será que ahora vas a jugar con fango, amigo?

Cornelio no le contesta; termina su trabajo, se lava las manos en el río y va directo al encuentro de su compañero y agarra las riendas de su cabalgadura que sostenía Enrique:

—Esa arcilla roja parece poseer excelentes propiedades como barro para un futuro tejar.

—Yo prefiero las montañas —declara Enrique—, además estas tierras las dejé para vos, amigo.

—Realmente creo que son magníficas para sembrar café, y con sus bosques para garantizar la necesaria sombra, en poco tiempo tendría grandes producciones. Por otro lado, la presencia del río permitirá hacer un acueducto para el regadío, abrevaderos para los animales, el consumo humano y la energía necesaria para mover los molinos y la sierra hidráulica.

—Pero, entonces no es un simple cafetal el que tú vas a construir, amigo.

—No, será mejor, Enrique, ya eso te lo he explicado varias veces. ¡Mi hacienda será única!

Y con la misma se sube a su caballo y avanzan hasta llegar al río que viene desde Cayajabos. Enrique invita a su amigo a disfrutar de un delicioso baño en el riachuelo. Así pasaron varias horas nadando y divirtiéndose en las cristalinas aguas. Comen guayabas de las que abundan por estos días y que son preferidas por las enormes bandadas de cotorras y otras aves silvestres. Por último, se recostaron a la sombra de unos macizos de caña brava.

El joven Cornelio mira la acogedora naturaleza que le rodea y se vuelve al amigo para hablarle de su sueño futuro, desea adquirir aquellas tierras para realizar el proyecto de su vida: el cafetal, pero necesita que Enrique intervenga y converse con doña Blasa María Bosmeniel sobre sus intenciones.

Enrique, con gran agilidad, se pone de pie, se viste y corre hasta su caballo. Salta sobre este y sin darle tiempo al amigo, le grita:

—¡El último que llegue a la casa, será quien haga la propuesta a mi futura suegra, doña Blasa!

De un salto Cornelio lo imita: con ligereza se viste y sube a la montura de su yegua. Como un disparo, a todo galope va detrás de su amigo, azuzando varias veces al animal:

—¡Vamos, yegua, que este niño se cree que nos puede ganar! ¡Arre, yeguaaaaa!

El pobre animal al sentir la fusta, vuela más que cabalga y en pocos segundos se une al caballo y su jinete que habían salido segundos antes. A pesar de estar en pleno verano y en época de lluvias, las patas de aquellas bestias levantaban una enorme polvareda que impedía distinguir a sus causantes. Todo era un solo cuerpo; la densa nube de polvo rojo amarillento envolvía a las cuatro almas que se desplazaban a una vertiginosa velocidad. El camino bajaba casi recto al sur y a mitad del recorrido entre el río y la casa de los Bosmeniel había una gran depresión del terreno bordeada de enormes piedras calizas y numerosos árboles del delicioso caimito morado. Más adelante un extenso llano de aproximadamente una hectárea de tierra constituye la parte más elevada de toda la hacienda y donde había estado hasta hacía poco tiempo un ingenio azucarero. Seguidamente comienza a descender y es un terraplén que llega hasta la vivienda de la familia belga.

Paradas en la terraza de la casa frente al viejo mango que, a partir del mes de junio, descarga exquisitas frutas al suelo y donde aún hoy se pueden observar sus semillas desperdigadas, la señora doña Blasa y su bella hija aguardan a los dos jóvenes, preocupadas por la tardanza. De pronto, ambas mujeres sienten un zumbido como si se acercara una tormenta, y al mirar hacia el camino ven venir a lo lejos aquel torbellino de polvo que las asusta y las hace pensar en lo peor. Al reconocer a los causantes de tamaño barullo, madre e hija corren al encuentro del intrigante fenómeno, y apartándose del camino dejan pasar como bólidos, primero a la yegua alazana y su jinete, luego, pegada a sus nalgas, la negra cabeza del gran caballo blanco sobre el cual va Enrique. Al detenerse las bestias, ambas mujeres observan a los dos jóvenes que abandonan las cabalgaduras y entre risas y gritos dicen cosas que ellas no logran entender. El viejo guardiero de la finca, corre hasta donde quedaron las bestias jadeantes y se las lleva hasta el estanque.

Entonces, es la señora Blasa quien los interroga asustada por aquel suceso. Cornelio se mantiene taciturno, algo apenado por el susto causado a las dos damas, y es Enrique quien contesta:

–¡Disculpe, doña Blasa, es que mi amigo me retó y tuve que darle una demostración!

–¡Pero según pude observar, mi yegua Tempestad se adelantó a su caballo! ¿Y qué se jugaron, si es que se puede saber? Debe ser algo importante para causarnos este tremendo susto.

–Quien llegara primero a la casa, le haría una propuesta a usted –explica Enrique.

–¿Y qué propuesta es esa, tan importante y secreta?

–Es que mi amigo Cornelio está interesado en comprar sus tierras.

Cornelio daba pequeños pasos de un lado a otro y con la vista baja en señal de duda y pena. Era la primera vez que venía a aquella casa y ya quería apropiarse de ella. La señora Blasa, mira al joven que permanecía callado:

–Creo que es mejor sentarnos en la terraza y hablar.

La alta figura de la señora de piel blanca y pelo algo canoso que demostraba el paso por los cuarenta y cinco o cincuenta años, pero de brazos y cuerpo relativamente fuertes, impresionaba cuando su mirada de mujer madura se posaba en el entrevistado con sus grandes ojos azules, mientras se dirigían a la terraza. Cornelio deja que la mujer se adelante y se acomode en una butaca de caoba, próxima a la larga mesa ubicada en la terraza de la casa. Seguidamente se acomodan él y a su lado el amigo Enrique. Ya vuelve la bella Agustina, quien había ido hasta la cocina y regresaba con una bandeja de plata con finos vasos; el aroma del jugo de limón recién cortado inunda el ambiente. Da la limonada a los dos hombres y a su madre le da un vaso con agua fresca. Después de unos segundos, la doña Blasa deja su vaso sobre la mesa.

–¿Se puede saber para qué quiere usted mis tierras?

–Desde hace varios años solo pienso en construir una gran hacienda cafetalera. Ya he visitado varios lugares como la región de Bahía Honda, próximo al gigante Pan de Guajaybón y el pueblo de Las Pozas donde las tierras también son rojas como estas y poseen caudalosos ríos que nacen dentro de la impenetrable cordillera. En un futuro valdrán mucho dinero porque son tierras ricas en minerales de hierro, aluminio, cobre, níquel, cobalto y posiblemente oro, pero están muy lejos de la capital y además aún son famosas las historias de los saqueos de los piratas.

Cornelio habla rápido, pero con dominio:

–También estuve en San Diego de Núñez, en el cafetal-ingenio San Gabriel, del primer Conde Lombillo y en el ingenio de los Villaverde. Igualmente existen infinidad de leyendas sobre el terror de los piratas. –Cornelio toma aire y continúa–: Hace pocos días estuve en la Sierra del Rosario. También he estado hacia el este de La Habana, en la región de Jaruco, pero hoy comprendí que sus tierras son las más idóneas para mi proyecto.

La señora Blasa escuchaba atenta las palabras del alemán, lo interrumpe:

—¿Y qué vio de especial en ellas, usted, Cornelio?

—En primer lugar, su posición con respecto a la capital, su proximidad al corral de Cayajabos, donde se puede adquirir todo lo necesario, pero lo suficientemente alejado para que no deambulen por aquí los desagradables mirones y, además, el buen estado de los caminos hasta Artemisa, Mariel y La Habana. En segundo lugar, la presencia de sus fértiles tierras rojas, las cuales, con suficiente agua, serán mucho más productivas. Además, la existencia de una excelente arcilla para fabricar ladrillos, tejas y otros útiles de barro allá próximo al río, así como una excelente roca caliza muy buena para las construcciones y para obtener la necesaria cal. Y por último y no menos importante, los excelentes bosques de árboles maderables y frutales entre los cuales ya se puede plantar el café bajo su imprescindible sombra...

—¡Veo que usted lo tiene todo muy bien planeado!

—Sí, doña Blasa, desde hace años preparé mi proyecto y todo está bien calculado, solo me faltaba encontrar el lugar idóneo. Sus tierras son las que necesito, así que le estaré muy agradecido si me las vende. Le aseguro que no se arrepentirá nunca porque espero hacerlas famosas y, por otro lado, el señor Enrique, quien es novio de su bella hija, será parte también de este proyecto, como mi albacea.

Doña Blasa estaba sorprendida y admirada de la decisión de aquel joven tan seguro de sí y convencido de lo que quería.

—En ese caso me ha persuadido usted, Cornelio. Al quitar nuestro ingenio azucarero, teníamos en mente vender las tierras y comenzar una nueva vida. Nuestra familia posee más de cincuenta caballerías de tierra, pero las que estamos vendiendo ahora son las mías.

–Está muy bien, doña Blasa. Yo espero comprar sus propiedades y poco a poco iré ampliando la hacienda. Comenzaré limpiando y alistando sus áreas para que dentro de tres o cuatro años pueda yo recoger las primeras cosechas de café y mientras tanto iremos preparando las fábricas y la casa de vivienda.

Doña Blasa se removió algo molesta en su asiento.

–¿No le gustaría vivir en mi casa?

–¡Claro que sí! –sonrió Cornelio–. Comenzaré viviendo en esta casa, pero me gustaría construir una mansión en aquella área más elevada y algo alejada del camino principal.

Cornelio levanta su mano para señalar el lugar por el que había pasado, a unos seiscientos metros de la casa de doña Blasa María.

–Sí, doña Blasa, es allá, cerca de la arboleda de caimitos y guanábanas, junto a las ruinas del antiguo ingenio azucarero en la pequeña loma delante del gran barranco –añade Enrique.

–¿Y a su esposa le gustarán estas tierras también? –pregunta la mujer por duda o por curiosidad.

Cornelio, dudando qué responder, toma el vaso de jugo en sus manos para llevárselo a la boca, pero comprueba que ya lo había vaciado, entonces lo pone nuevamente sobre la mesa:

–Bueno, eso no es problema porque yo aún no tengo esposa ni novia. Aún no he pensado en ello.

Enrique para mortificar a su amigo dice:

–¡Eso será por poco tiempo, porque en La Habana él tiene muchas amigas deseosas de amarrarlo!

–¡No digas esas cosas, Enrique! ¿Qué pensarán las damas de mí? –dice apenado Cornelio.

–No le haga caso, ya nosotras conocemos bien a Enrique. Y dígame, entonces… ¿Este camino lo piensa mantener usted? –pregunta doña Blasa.

–Sí, construiré una guardarraya que llegue hasta mi futura

casa. Me gustaría quitar los árboles que están juntos al camino y sembrar cuatro hileras de palmas reales que tanto abundan por aquí.

–¿Y no le interesa quedarse con algunos de mis esclavos? Mire que son honrados y trabajadores.

–¡Sí, claro que sí, doña Blasa! Me quedo con todos los que usted desee, además seguramente tendré que comprar algunos más.

–Bueno, aquí, próximo a Artemisa, en la hacienda La Recompensa del doctor Morel, siempre hay esclavos muy dóciles para vender. Este hombre posee mano dura con sus negros y los entrega obedientes y trabajadores...

–Muy bien, lo tendré en cuenta para cuando sea menester.

Cornelio se levanta de un salto y besa la mano de la mujer y le da las gracias, luego abraza a su amigo Enrique, quién lo felicita por su éxito y propone un brindis. Al terminar el brindis en compañía de la bella Agustina y los dos jóvenes, la señora Blasa le dice a Cornelio:

–Disponga usted el día para medir las tierras y cerrar nuestro negocio. No quiero retrasarlo por gusto, además, veo que usted tiene apuro en comenzar.

–Muchas gracias nuevamente, doña Blasa. Le mandaré noticias mías con el amigo Enrique, pero será en pocos días –Cornelio estaba visiblemente emocionado.

–Mandaré a buscar al señor don José María Peoli, el agrimensor para que mida las tierras y señale sus límites. También le pediré al mayoral del señor Armas, a Silvestre de la Torre y a don José González, que ayuden al señor agrimensor, para que sea más rápido.

–Doña Blasa, quizás pudiéramos reunirnos en La Habana para efectuar nuestro negocio –afirma con gran alegría Cornelio.

–Ya nos pondremos de acuerdo, ahora vayan a lavarse las

manos para almorzar, que seguramente están muertos de hambre de tanto andar por esos montes –ordena con una sonrisa doña Blasa.

El 12 de agosto de 1813, la señora Blasa María Bosmeniel, frente al escribano don Miguel Méndez y los testigos don Ignacio de la Cruz, don Miguel Rosain y don Alejandro Ramírez, efectuó la venta de las dieciséis caballerías y un quinto de tierras de su hacienda, al franco-alemán Cornelio Souchay Escher, por valor de catorce mil pesos.

Y así, el 13 de agosto de 1813, las tierras del realengo de Cayajabos, llamadas hasta entonces La Chucha, pertenecientes a la familia belga de los Urdapilleta-Bosmeniel, pasaron a manos de Cornelio Souchay.

En lo adelante, Cornelio tenía que velar por sus negocios en el tráfico de esclavos en La Habana y por el traspaso de las tierras del realengo de Cayajabos. Ya poseía un grupo de esclavos y el arriero de la familia Bosmeniel sería el encargado de dirigirlos. La idea era comenzar a limpiar los bosques para plantar las pequeñas posturas de café debajo de los grandes árboles, aumentar la siembra de plátanos, viandas y de otros frutales en aquellos espacios que lo permitían, especialmente, plantar infinidad de limoneros en los límites de la propiedad a modo de cerca.

A mediados del mes de septiembre del propio año, la familia Bosmeniel abandona la casa y su hacienda. Cornelio selecciona a una negra cocinera como su nana y habilita un cuarto de la vieja casa para sí. La servidumbre y el pequeño grupo de esclavos ocuparían otra casa aledaña a la casa principal. La población de los alrededores de aquel sitio comenzó a llamarlo el Susset por el apellido Souchay de su nuevo dueño.

En octubre de ese propio año, fue Cornelio con Enrique a La Recompensa del doctor Morel en busca de nuevos esclavos.

Solo los compraba por la urgencia que tenía, pero ya conocía del maltrato tan despiadado de que eran víctima los negros africanos, lo que los convertían en hombres de mal carácter y rebeldes.

En la medida que la dotación de esclavos crecía, se hizo necesario construir un nuevo recinto para estos en las ruinas del ingenio azucarero. Así transcurrían los meses para Cornelio. En ocasiones, el tráfico de esclavos le tomaba mucho tiempo en La Habana, luego regresaba a la hacienda y dirigía los trabajos de siembra de café y la creación de un vivero para producir las posturas de los cafetos. Era una vida agitada, pero Cornelio rebosaba alegría, recorría sus tierras diariamente, revisaba las siembras, tanto del café como de los árboles frutales y los productos para su alimentación, así como del resto de los trabajadores y esclavos. Compró caballos, bueyes de trabajo, vacas lecheras, puercos, ovejas y otros animales de cría. Revisaba la producción de tejas y ladrillos, procurando que se mezclaran bien los dos tipos fundamentales de barro: el muy plástico y el desgrasante, y que el secado y el horneado del barro fuera el idóneo. Las clases de ciencias naturales que recibió en su vida de estudiante le ayudaban mucho en el tejar y con los hornos de cal. Asimismo, abrió una cantera en el gran barranco a orillas del camino que va al río para extraer las rocas calizas destinadas a la construcción y a la fabricación de óxido de cal, necesario como abono y aglutinante en las construcciones.

En el año 1814, don Cornelio inicia un nuevo negocio: ingresa a la Casa de Antonio Frías y Compañía, principalmente en los avituallamientos de buques mercantes. Esto le ocupa más tiempo aún, pero él es incansable; todo lo tiene muy bien previsto y no se dedicará a una sola actividad, aunque su verdadero sueño es crear su maravillosa hacienda.

CAPÍTULO TRES

Úrsula

Una mañana de 1815, estando en La Habana en compañía de su amigo Enrique, busca una sedería donde comprar ropas y artículos para sus esclavos. Es entonces que Enrique le presenta a su amiga, Belén Samuel, la cual tiene un gran dominio de los negocios de La Habana.

Belén, con mucho desenvolvimiento, los conduce por la calle Cuba, hasta una sedería donde se venden perfumes, telas, ropas, hilos y muchas cosas más. Es un edificio de mampostería y tejas planas, de dos pisos.

Belén invita a pasar al interior del local a sus amigos y ya frente al mostrador se vuelve a ellos:

—Amigos, les presento a mi compañera y gran amiga, Úrsula Lambert.

Los dos hombres saludan a la mujer que está detrás del oscuro mostrador de caoba. La esbelta morena tiene en sus manos un gracioso perrito blanco, un faldero al que nombran "Blanquito de La Habana". Ese pequeño perro, que parece de seda blanca con una trufa negra, de ojos brillantes y vivos que se esconden tras el largo pelo de la cabeza, sobresale dentro de las negras manos que lo sostienen.

La joven es negra, alta, de ojos grandes, labios gruesos, pero de apariencia delicados; su oscuro y brillante pelo está amarrado atrás con una cinta roja. En la parte superior, prendida en su pelo, se observan dos pequeñas habillas de oro. Detrás del oído lleva prendida un mar pacífico y colgando dos aretes también de oro. Viste una preciosa túnica de seda que le llega casi hasta los tobillos. Después de saludar y dar los buenos días a los recién llegados y besar a su amiga Belén, y viendo que estos se han dedicado a contemplarla, Úrsula interrumpe el silencio:

–¿Y qué desean los señores?

Belén da un paso hacia delante y le explica a su compañera:

–Úrsula, el señor Cornelio desea comprar ropas para sus esclavos. Yo le expliqué que aquí podía encontrar todo lo que él necesita.

–¿Y qué es lo que busca exactamente el señor? –pregunta Úrsula con gracia detrás del mostrador, mientras pone en el piso a su inseparable perrito.

Cornelio, algo confundido, contesta:

–¿Y el señor dueño del local se encuentra cerca? Es que me gustaría hacerle algunas preguntas a él.

Las dos mujeres se miran sin comprender qué sucedía, entonces la bella morena responde:

–No lo entendí, señor. ¿Qué desea en realidad usted?

Cornelio, más dudoso aún, repite:

–Discúlpeme, es que me gustaría tratar con su señor administrador.

Nuevamente las dos amigas sonrieron y Úrsula sin dejar de reír le contesta:

–Tendrá que esperar mucho, porque aquí no hay otro administrador que yo.

–¡Hombre mío, que Úrsula es su propio administrador!

Diga usted lo que desee.

–¡Excusez-moi! Je ne savais pas.

Ahora sí, estaba asombrado Cornelio y algo avergonzado por el rollo armado. Pide nuevamente disculpa a la joven, quien no deja de sonreír. Úrsula se vuelve a una esclava carabalí de dientes cortados en punta que estaba parada en una esquina de la casa:

–Luisa, por favor, tráigale café a nuestra amiga Belén y a los señores.

Mira nuevamente a Cornelio:

–Señor, si es que no le agrada mi presencia, puedo mandar a que alguien lo atienda.

–No es necesario, madame, fue un error de mi parte. Es un gran placer para mí que usted me reciba.

Enrique, que nota lo perturbado que está su amigo, dice en forma de broma:

–Es que el señorito está acostumbrado a tratar con comerciantes hombres y casi siempre blancos.

Y Cornelio algo molesto con su amigo le rebate:

–Vamos, Enrique, no seas mal educado. Para mí es un honor muy grande hacer negocios con madame...

–¡Úrsula!

–¡Madame Úrsula!

–Bueno, dígame usted lo que desea y no le haga más caso a su amigo, que al parecer no tiene con quien más divertirse.

–Verá usted, madame, es que quiero comprar ropas para mis esclavos.

–Pero debe usted decirme cuántas de hombres y cuántas de mujeres, y si puede, las medidas.

–Son aproximadamente cincuenta mudas para negros y unas cuarenta para negras.

–Son entonces cincuenta para hombres y cuarenta para

mujeres –repite Úrsula, para recordarle al hombre que las ropas eran para personas.

–Sí, tiene usted razón.

–Y milagro no trajo usted a su esposa para que ella escoja lo necesario, porque saben más las mujeres de estas cosas que los caballeros.

Nuevamente Enrique comienza a reír y Cornelio lo observa serio. Es cuando Úrsula pregunta:

–¿Es que dije algo indebido?

–No, no. Es que al parecer todo el mundo desea verme casado y yo sigo soltero –dice Cornelio, mirando a Enrique que reía al ver la cara de su compañero.

–Pero bueno, también puede venir con su novia si lo desea –señala la bella mujer detrás del mostrador.

–Siempre que pueda, vendré solo. No me acompañará más ni nuestro alegre Enrique.

Luisa había aparecido con una fina bandeja de plata y cinco tazas de porcelana las cuales desprendían un agradable aroma a café recién colado. Le dio a cada uno de los presentes una taza, dejó la bandeja sobre el mostrador y regresó al lugar que había ocupado anteriormente. Unos segundos después Cornelio puso su taza de café sobre la bandeja y pregunta:

–¿Y quién hizo este delicioso café?

–¡El café que se brinda aquí, y que yo bebo, lo cuelo siempre yo! Otras cosas no sabré hacer muy bien, pero lo que es preparar el café, sí sé. Fue la magia transmitida por mi buena madre en Saint-Domingue y en Guantánamo –explica Úrsula con el rostro algo apenada por el recuerdo de la madre fallecida.

–Realmente la felicito, es el café más delicioso que he tomado en mi vida –responde Cornelio.

–Bueno, no es para exagerar, don Cornelio –dice con gracia Úrsula, mientras Enrique y Belén se habían dedicado a escuchar a aquellos dos que, habiéndose conocido hacía unos instantes, ya parecían viejos amigos.

–Buscaré lo que pidió usted, con permiso.

Y se fue hacia la parte trasera de la casa y empezó a seleccionar diferentes tallas de ropa blanca ya confeccionadas, incluyendo de niños. Cuando regresa Cornelio revisa lo traído por un sirviente que acompañaba a Úrsula, y concluye:

–¡Perfecto, esto es lo que buscaba!

Viendo al hombre satisfecho, Úrsula empacó el bulto y el fuerte sirviente levantó la carga y la llevó hasta el carruaje estacionado frente al edificio. Habiendo cobrado y mientras Enrique y Belén salían del edificio, Úrsula le dice a Cornelio:

–También tengo ropas finas para señoras y vestidos de novia. Si algún día quiere hacer un regalo y comprar un delicado perfume a una de sus amigas, puede llegarse por aquí.

Cornelio mira a la mujer algo asombrado al notar cierto aire de picardía en lo que decía:

–Cuando vuelva por La Habana, regresaré a comprar más ropa, si es que no le molesta; además me gustaría invitarla a visitar la catedral de esta ciudad, que tanto admiro.

–Será un placer atenderlo aquí, señor. Pero yo no salgo, estoy siempre muy ocupada y ahora discúlpeme usted que tengo otro cliente que atender.

Al despedirse de su amiga, Úrsula le dice:

–Hasta pronto, Belén, y no dejes de visitarme.

Úrsula da la espalda y va hasta un hombre ya mayor de edad recién llegado, mientras Cornelio y sus amigos se retiraron en el coche. El carruaje guiado por un calesero de Balén Samuel pasa frente a la iglesia de San Francisco el Nuevo, y en Lamparilla dobla y busca la calle Aguacate. Varias cuadras más adelante se detiene el coche y la joven se baja:

—Matías, lleva a los señores a sus casas y regresa rápido. No te quedes mataperreando detrás de las curras, ven para acá enseguida.

—Sí, mi ama. Ahoritica mismo estoy aquí —acto seguido da un fuerte cuerazo a las bestias y echa a andar por las estrechas calles habaneras sin empedrar.

Cornelio sigue muy atareado con los negocios de la Casa Frías y Compañía, pero su mayor dedicación es para su hacienda en el realengo de Cayajabos. Entonces procura que su amigo y abogado Rafael Días atienda los negocios de la casa de comercio. Ya su cafetal anda por una cosecha de cerca de mil quintales de café. La entrada tiene sembrada dos hileras de palmas reales a ambos lados del camino hasta llegar a la pequeña elevación; allá han sido talados todos los árboles para dejar un gran espacio limpio hasta el sitio en que comienza la gran depresión en el terreno de donde extraen las piedras. Al final de la guardarraya, Cornelio mandó a construir un pequeño jardincillo en forma de media luna y por todo el borde ha colocado pequeñas estatuillas y sembrado flores y varios cipreses. Seguidamente dejó libre un espacio amplio para su futura mansión, y más atrás fueron construidos varios secaderos de café. A la izquierda se ha levantado un confortable edificio de dos plantas sobre horcones de quiebrahacha de unos cincuenta metros de largo por ocho de ancho y dos grandes colgadizos, a los cuáles se sube a través de impresionantes escaleras.

En la segunda planta del edificio de madera, tiene don Cornelio su alcoba temporal, el comedor, la sala, una pequeña biblioteca y un espacioso salón cerrado en una parte con grandes vidrios multicolores, los cuáles se pueden bajar o subir a conveniencia. En este local han sido colocados una larga mesa y muchos bancos de madera para que los esclavos puedan escoger el café cómodamente sentados y protegidos del frío del invierno. Aquí se instalará un molino de pilar café y un molino de moler maíz tirado por bueyes, que servirá además de almacén de café. Incluso, se está construyendo un gran barracón para los esclavos, ya que la cifra de estos ha ido aumentando y en el futuro se incrementará. En el frente de la gran depresión que existe detrás del batey, se abre la cantera de la cual se extraen las piedras para molinos: la blanca caliza, imprescindible para la construcción de los edificios y sus escaleras y el desperdicio sirve para empedrar caminos y quemar en el horno de cal.

El miércoles, 10 de abril del año 1816, Cornelio, en compañía de los señores José Ricardo O'Farril; sus hijos don Juan y don Antonio, dueños del cafetal "El Padre", próximo a Madruga; además de don Martín Zabala, de don Juan de Espinosa y don Jacobo Faber, de Baltimore, se reunieron en La Habana para establecer una factoría en Puerto Gallinas en la costa septentrional de África para el tráfico de esclavos hacia Cuba.

Días después, Cornelio pasa por la tienda de la calle Cuba, que tanto le gusta visitar y es recibido por Úrsula. Muy animado, le explica los negocios que lo han traído por La Habana, además de la necesidad de hacer varias compras en su sedería y más que nada, el poder verla y conversar con ella. Úrsula lo mira atentamente. No entiende a aquel hombre.

–Madame Úrsula, me gustaría invitarla mañana a visitar el gran castillo de San Salvador de la Punta, ya que necesito reunirme con el señor procurador Arango y Parreño.

–Recuerde usted que yo apenas salgo. Lo siento, pero me es muy difícil.

–Será solo un rato, se lo prometo.

–¿Y mi presencia no le traerá alguna molestia a usted?

–¡Para nada, Úrsula! ¡Yo soy un hombre libre y escojo mis amistades!

—Cornelio, usted es un traficante que está haciendo una factoría en África para traer esclavos. ¿Por qué busca la amistad de una joven negra e hija de esclavos?

Cornelio quedó sorprendido por la pregunta, pero se da cuenta que ella tiene toda la razón. Él es un comerciante, traficante de esclavos declarado y por otro lado perseguía a una hermosa negra, que, aunque libre, era negra como los que él mandaba a cazar en África.

—Tiene razón usted, pero yo no pienso como otros europeos. Para mí la amistad no tiene color y si usted me lo permite, quiero ser su amigo.

—¿Alors... ¿Por qué usted trafica con los africanos? Ellos eran muy felices en sus selvas, en sus pueblos, junto a sus seres más queridos.

—Yo los necesito en mi cafetal. En Cuba no hay mano de obra suficiente, además, según me ha dicho su compañera Belén, usted también tiene esclavos.

Úrsula queda callada. Piensa: "Este hombre tiene razón. ¿Por qué yo, que soy negra e hija de esclavos, tengo esclavos también?" Mira a Cornelio detenidamente:

—Para mí, no son mis esclavos; yo los trato como hermanos y al comprarlos y tenerlos conmigo, los ayudo y los protejo.

—Entonces yo podría hacer igual: les pagaría como obreros, los alimentaría bien e intentaría que fueran lo más felices posible —declara firme Cornelio.

—¿Está loco usted? No sabe que eso está prohibido y le puede costar la vida.

—Es posible, si se enteran...

—¿Pero no sería mejor no esclavizarlos y dejarlos libres en su tierra?

Cornelio quedó callado, veía en el rostro de la mujer el doloroso recuerdo de sus padres. Se arrepiente de lo que ha hecho:

–Disculpe usted, Úrsula. Tiene mucha razón en lo que dice. Soy un verdugo más de esos infelices negros. Pero ¿quién soy yo para eliminar este problema? Además, la trata de esclavos continuará quiera yo o no, y para poder construir mi hacienda necesito mucha mano de obra y en Cuba no hay otra que no sean los africanos...

–¿Y por qué no los traen de España? Dicen que es muy grande y que hay tantas personas y que muchos tienen que salir para otras tierras lejanas en busca de trabajo.

La escuchaba Cornelio, y veía en sus ojos el odio que tantas veces había visto en las miradas de los esclavos al ser castigados, pero quiere ser entendido por la joven, por eso insiste:

–América será un continente compuesto por almas del mundo entero. No solo europeos y africanos, también chinos, árabes, judíos. Los españoles exterminaron la población de estos países y ahora hacen falta hombres y mujeres. Pensando en lo que usted dice, entonces hay que lograr que los negros trabajen por dinero y no por imposición, que tengan familia: cuidarlos, no maltratarlos ni obligarlos a que trabajen como animales, como usted me dice.

–Eso es un sueño, nunca pasará.

–Yo lo lograré, lo he conversado con cubanos muy sabios como mis amigos Luz y Caballero, el doctor Villaverde de Vuelta Abajo y el maestro José Antonio Saco; ellos piensan igual que yo, solo que es muy peligroso.

En ese momento entró la sirvienta Luisa con la bandeja de plata y sendas tazas de café humeante. Después de pedir permiso a su ama, sirvió el café y dejó la bandeja en la mesita. Cornelio bebe el delicioso café y a la vez observa a Úrsula con detenimiento:

–Bueno, ¿me acompaña o no a visitar a don Arango y Parreño? Después podríamos visitar algunos sitios de su preferencia.

—¡Aunque yo soy libre, me está vedado a visitar muchos lugares de la ciudad!

—Conmigo no tendrá problemas.

—¡Es posible, pero no hay que tentar a la fiera! Será mejor que mañana en la tarde, en cuanto usted se libere del señor Oidor, pase por aquí y visitemos la Catedral.

—¡Entonces nos vemos mañana en la tarde y si es posible volveremos a tomar café!

—¿De verdad le gusta mi café o se burla usted?

Cornelio sonríe ante la pregunta de Úrsula.

—¡Su café es único y parece una bebida para dioses! ¿No será usted la diosa africana del café?

—Creo que está usted medio chiflado. En mis ancestros no existe esa deidad, por lo menos que yo conozca.

—Usted sabe que podríamos comprar un local en la Alameda —se entusiasma el joven hacendado— y construir un sitio donde la población pueda beber su café. Yo traería el café ya famoso de mi hacienda y usted lo prepararía.

—¡Mon dieu, hombre, creo que de verdad usted se burla de mí o está loco!

—Ni uno, ni lo otro, madame. Yo soy un comerciante y veo un gran negocio. Hay muchos consumidores de café y nadie prepara un café como el suyo. Seguramente los estudiantes del Seminario de San Carlos y San Jerónimo o los numerosos pintores, arquitectos e ingenieros franceses que pueblan esta ciudad irían diariamente a tomar su exquisito café.

Como queriendo terminar aquella conversación, Úrsula pasa sus manos por alguna inexistente arruga del vestido y agrega:

—Bien, ahora debo atender mi negocio y usted debe prepararse para mañana.

Úrsula invita a caminar al visitante, se pone de pie y abre las cortinas de la puerta por donde sale el joven alemán. Al llegar a la puerta de salida, este se vira y le dice a su ya buena amiga:

—¡Nos vemos mañana al mediodía! ¡Contaré las horas hasta entonces!

Al otro día, sobre las dos y media de la tarde ya Cornelio estaba frente a la sedería de la calle Cuba, con su calesa y el calesero. Al verlo entrar todo vestido de blanco, con sus botas altas, negras y relucientes, el sombrero en su mano izquierda y el bastón en la otra, Úrsula dice:

—Bonjour, don Cornelio, ¡tal parece que usted se entrevistará con el mismo Rey!

Cornelio la mira con cierta picardía:

—Buenas tardes, Úrsula, ya es pasado el mediodía. No veré a nuestro rey hoy, pero veré una princesa y de ella espero que un día sea mi reina.

La respuesta la sorprendió. A pesar de que conocía ya sus sentimientos hacia ella, aquellas palabras dichas tan sencillamente la perturbaron.

—Muchas gracias, es usted muy gentil y educado, pero en La Habana y en las tierras de Cayajabos, seguramente usted tenga muchas candidatas a reina.

Úrsula vestía una preciosa túnica de merino de color rosado que le llegaba hasta casi los tobillos, sobre sus femeninos hombros se había colocado una mantilla de color blanca, tejida a mano. Por lo general ella usaba un vestido de distinto color cada día. Su pelo recogido hacia atrás con hebillas de oro y aún húmedo por el refrescante baño tomado, dejaba ver la amplia frente, las hermosas cejas y llamativas pestañas protectoras de dos grandes y preciosos diamantes negros, utilizados ahora como ojos para ver. Su boca grande con labios rojos, constituían un conjunto tan armonioso de rasgos, que podrían ser la envidia de cualquier mujer en el mundo.

Mientras tanto, Cornelio permanecía callado, observándola sin decir más palabras. Es ella quien rompe el silencio:

—Salgamos entonces, porque el tiempo se está poniendo de lluvia.

Los dos jóvenes abandonaron la casa y subieron a la calesa que los aguardaba. Ya acomodados, Cornelio ordena a su calesero:

—¡Harry, sigue hasta Empedrado y dobla hasta la Plaza de la Catedral.

—Sí, sumecé —dice el hombre, obligando a las bestias emprender la marcha.

Minutos después, la inusual pareja descendía del coche en la esquina de la catedral habanera, con sus dos torres desiguales. Realmente esta construcción en su parte exterior no posee una belleza relevante, pero sobresale por su soberbia construcción; en sus lados se levantan dos enormes campanarios muy diferentes entre sí. El de la izquierda es mucho más grueso que el de la derecha, aunque de igual altura. Existe una amplia puerta central y a ambos lados de estas, altas puertas laterales más chicas que conducen a diferentes pasillos y todas dan acceso al interior de la iglesia. En el futuro se espera transformar este edificio en un verdadero palacio de estilo barroco. Ya dentro de él, impresiona por la altitud de su bóveda central, su largo, su amplitud y su bello y fuerte piso.

Los distraídos amigos salieron por una de las puertas laterales, entraron en un pequeño, pero acogedor patio, donde existe un jardincillo con numerosos árboles y también numerosos bancos de mármol. A la izquierda de Cornelio, sentados en un banco, había dos señores conversando. Al reconocer a Cornelio ambos hombres se pusieron de pie y con mucho respeto lo saludaron y él estrechó con fuerza la diestra de los hombres. Después de intercambiar varias palabras, se despidieron muy animosamente y Cornelio regresa al lado de Úrsula, quien, sin poder contenerse, le dice a su amigo:

–¡Veo que usted tiene muchas amistades en la ciudad!

–Esos señores son dos grandes hombres de bien, muy inteligentes y estudiosos. El de la derecha es don José Antonio Saco y el otro es Luz y Caballero, amigos míos.

–Pues, sí. La juventud que asiste a la Universidad de San Gerónimo habla muy bien de ambos como profesores y por su manera de pensar. A veces llegan personas a mi sedería y mencionan mucho sus nombres y sus rasgos humanitarios.

–La verdad es que poseen una gran cultura e ideas muy avanzadas. Ya los he invitado a que me visiten en el realengo de Cayajabos.

La pareja sale a la plaza y camina hacia la calle San Ignacio, y más adelante se sienta en uno de los muchos bancos existentes allí. Realmente era curioso para los que paseaban a esa hora observar aquellos jóvenes tan diferentes entre sí conversando tan animadamente. Los soldados españoles y algunos oficiales que recorrían el lugar no podían impedir que sus ojos se posaran extrañados en aquella pareja. No pasaba nada, pero era algo poco común. Hasta el perro Dogo Cubano o "perro Cuba", de gran talla, llevado por los guardias españoles a modo de recurso coercitivo, observó a la pareja al pasar frente a ellos.

Úrsula, rompiendo el silencio, y algo molesta por ser la causante de tanta desconfianza, le manifiesta a su amigo:

–Si estuviera usted acompañado de una jovencita criolla o una señorita europea, seguramente no le miraran tanto, Cornelio.

–Por lo tanto, será mejor que salgamos más a menudo para que se adapten.

–¡Parece que le agrada lo imposible! –contestó Úrsula.

–¿Será que le han cambiado su bello nombre, por el de "Santa Imposible"? Pero no, yo prefiero el de Úrsula.

–¿Y por qué?

–¡Porque Santa Úrsula es mi querida festividad litúrgica y se celebra el 21 de octubre y, además coincide con mi nacimiento!

Úrsula quedó sorprendida por lo que acababa de escuchar. El atractivo franco-alemán quien pretendía que ella lo acompañara para siempre en su proyecto de vida, cumple años el 21 de octubre, el día en que se celebra la festividad litúrgica de Santa Úrsula. Cuantas veces ella había escuchado a la señora Lambert, allá en los cafetales, hablar sobre este tema y la relacionaba a ella con esta fecha.

–¡Qué casualidad! Siendo pequeña, Magdalena, mi querida madre, me decía Gloria Bendecida, pero doña Lambert hizo que la castigaran varias veces porque me bautizaron como Úrsula, en recordación a la muchacha que hizo votos de castidad, al ser martirizada por el tal Atila. Mi ama decía que yo sería santa, que tenía que conocer esa historia y me obligaba a escucharla diariamente, por eso, cuando pude, abandoné a los Lambert y vine para La Habana después de muertos mis padres. Entonces ella me recordó mi condición de Ursulina, y al preguntarle yo el por qué, solo decía:

–"Deus Vult, deus Vult" y nada más.

Cornelio comienza a reír sin poder parar.

–¿Por qué se ríe así?

–Ella le decía, Dios lo quiere, Dios lo quiere.

–Yo era libre y no quería que me impusieran nada. Aquella historia de Úrsula y Atila tuve que aprendérmela de memoria, fue lo único que me enseñó la señora Lambert, a quien agradezco mucho haberme declarado libre.

Cornelio se pone de pie y ambos se encaminan por la calle

San Ignacio hasta O`Reilly, y al llegar a la esquina con Mercaderes, Úrsula pregunta:

—¿De quién es ese hermoso palacio que está a nuestra izquierda?

—Es la casa de los Marqueses de "Arcos", pero creo que ahora construyen la administración de Correos. Y este que está a nuestro frente es el Palacio del Segundo Cabo, y aquel, a nuestra derecha, tan hermoso, es el palacio de los Capitanes Generales, que tiene su frente hacia la plaza de Armas.

Continuaron el recorrido y al llegar a la esquina, doblaron nuevamente en dirección al Castillo de la Real Fuerza, donde sobresalen varios morteros con sus bocas de fuego, muy cortos y anchos, los cuales son utilizados para realizar disparos curvos, junto a más de una docena de largos cañones y de otros obuses, que son un arma entre el mortero y el cañón, pero más pequeño que este último, el cual se dispone disparos rasantes y de poco alcance.

Cornelio observaba el armamento de defensa de la ciudad mientras caminaban por aquella zona, pero Úrsula lo detiene:

—Veo que le agrada mucho el Castillo de la Real Fuerza, pero yo quisiera continuar hasta el mar.

—No es eso, solo pensé que daríamos la vuelta al castillo y regresaríamos a la Catedral.

Los dos cruzaron la ancha calzada y fueron a sentarse frente al profundo canal que permite la entrada de los barcos a la bahía, y donde el 13 de marzo de 1698 se hundió la famosa nao, "Nuestra Señora de las Mercedes", con grandes riquezas para la corona española. Al lado opuesto del canal de la bahía se encontraban las formidables construcciones de la Fortaleza de San Carlos de la Cabaña.

Tanto el Castillo de San Salvador de la Punta, como el Castillo de los tres Reyes del Morro, la Fortaleza de la Cabaña y el

Castillo de la Real Fuerza constituían las defensas de la ciudad y que protegerían muy bien a esta de un nuevo ataque, como el de los ingleses en 1763.

Mientras la pareja conversaba animosamente, Harry, el calesero, había seguido a los caminantes y se había detenido a la sombra de una gran ceiba frente al Castillo de la Real Fuerza, en espera de su amo. Más de una hora permanecieron sentados frente al mar; el sol iluminaba los altos de la Cabaña. Allí sentados eran muy felices; era como si no pertenecieran al odioso mundo esclavista y racista que los condenaba por sus sentimientos y por la diferencia del color de la piel.

–Úrsula, mire qué felices somos aquí, fuera de la vista de las autoridades; es por esto que quisiera llevarle un día para mi hacienda. Me ayudaría mucho y así podremos estar lejos de las autoridades españolas. Construiré un gran lago y varios botes de roble para que no extrañe su preciosa bahía.

–¿Construye botes? ¿Es que acaso usted es carpintero?

–¡Púes sí! En mi país aprendí con un viejo amigo carpintero a construir pequeñas norias y ruedas hidráulicas y también botes. Me gustaba pasar mis vacaciones en la casa de Hanau, a orillas del río Meno. El viejo carpintero me llamaba el pequeño Donareiche o dios del trueno. También, disfrutaba mucho cuando visitaba el río La Loire, allá en la lejana ciudad francesa de Orleans, de dónde salió mi familia para Alemania. A Orleans yo solía ir con mi abuelo a pasear por sus muelles atestados de barcos.

–¿Donareiche? ¿Y qué es eso?

–Es el roble donar. Siempre me gustaba construir con madera de roble.

–En Guantánamo, los Lambert construían los yugos también de roble. Yo aún lo recuerdo, porque mi padre también los construía para poder juntar dos bueyes o dos mulos a la vez y tirar de las carretas.

–El roble es mi árbol favorito, no solo porque sea nuestro árbol nacional, sino por su madera especial.

Úrsula se queda un rato mirando a su amigo y luego cambia la vista hacia el este, donde después de la gran bahía se observaban algunas construcciones:

–Así que puedo llamarle el Roble, y si yo soy la reina del café; usted puede ser el Dios del Roble o como dijisteis ya, el Roble de Trueno.

Esta ocurrencia asombró mucho a Cornelio; le toma la mano y mirándola a los ojos, repite:

–Por eso quiero que venga conmigo a mi hacienda. Allí será la "reina del café" y nadie nos mirará ni se preocupará de nosotros.

–Las autoridades españolas están en todas partes, Cornelio. No crea que porque se haya ido para el realengo de Cayajabos podrá hacer lo que usted desea. Para eso ellos tienen al capitán y juez pedáneo. Además, el rumor del pueblo y de los visitantes lo delatarán y tendrá grandes problemas.

–Es que aún no me conoce bien, Úrsula. En mi hacienda todo será diferente a lo que usted ha vivido y conocido; el esclavo tendrá dinero, no será maltratado, será bien alimentado y tendrá su propia familia. Espero que ellos deseen estar en mi hacienda.

–¿Y piensa que todo eso pasará inadvertido para las autoridades?

–Espero que todo quede en silencio.

–¿Y cómo piensa lograrlo?

Cornelio se puso de pie y caminó hasta llegar casi a la orilla del mar, que cubre el estrecho canal de la bahía. Con voz pausada responde:

–He pensado dar por nombre a mi hacienda, el de la diosa

romana del silencio, "Angerona" y he mandado a construir una estatua de ella a tamaño natural para ponerla de pie frente a la entrada de la casa principal.

–¿Y?

–Siempre que llegue un visitante, lo primero que hará, será preguntar por aquella estatua de mármol blanco representando una bella mujer con el dedo índice de su mano derecha invitando a hacer silencio. Entonces yo le explicaré que es Angerona, la diosa del silencio y la fertilidad de los campos en la mitología greco-romana, y desea que todo lo que vea o escuche en la hacienda quede en ella y no se divulgue para que no sea atacada por sus enemigos.

–¿Y cuándo lleguen las autoridades, que les dirá? ¿Lo mismo?

–No, Úrsula, para ellos es la diosa del silencio que desea paz, hablar en voz baja y silencio.

–¡Parece que lo tiene todo bien calculado, usted es un hombre muy inteligente!

–¡Oui, mais pas content! Tiene que decidirse y acompañarme en este proyecto. Ahí, podrá trabajar y ayudarme a mejorar la vida de los esclavos. Me dice que le gustaría verlos felices, allí vivirán como usted quiera.

–Tengo miedo de que las autoridades le impidan hacer todo lo que piensa. No sería una revolución como la de Haití, pero si usted trata a los esclavos como obreros asalariados, téngalo por seguro que no lo logrará. ¿Recuerda al negro Aponte? En 1811 lo mataron por conspiración y colgaron su cabeza dentro de una jaula a la entrada de la ciudad.

–Hay que confiar en el silencio y en nuestra inteligencia. Cada cosa que hagamos tendrá doble significado; uno para las autoridades y otro para los visitantes.

Úrsula escuchaba a Cornelio con atención, pero había

cosas que no entendía:

–Por favor, dígame un ejemplo para poder entenderle mejor.

–Bien. Un confortable hospital será para mantener la dotación sana y que produzcan más; a la vez para nosotros es que se resuelvan los problemas de salud de la hacienda. Que los esclavos tengan dinero en el bolsillo y que puedan gastarlo, sería porque así están estimulados; nosotros sabemos lo diferente que piensa el hombre cuando tiene dinero para resolver sus necesidades. Además, ellos gastarán su dinero en su tienda y usted recogerá toda esa plata. El criollero, donde vivirán los más pequeños de la dotación, será una forma de que las madres sean más productivas sin su carga a la espalda mientras trabajan. Pero por otro lado sabe usted muy bien lo felices que serán esos pequeños atendidos por usted, en un recinto cómodo, jugando, con buena alimentación y sus madres trabajarán felices sabiendo que sus hijos están bien cuidados. También tendré varios enormes dogos cubanos, quienes darán la impresión que son para perseguir y amedrentar al esclavo, sin embargo, serán mi entretenimiento, para cazar liebres y codornices y otras aves.

–¿Y yo quién seré en ese mundo?

–¿Usted? Mi mejor operario, una asalariada. Además, usted hizo votos de castidad, por eso se llama Úrsula y nadie sospechará de mi amor por usted...

–Casi me convence, Cornelio. Veo que lo tiene todo, todo pensado. Su hacienda no solo será la más grande de todas, con mayor número de cafetos y fábricas de todo tipo, sino que será la más humana y menos esclavista de toda la Isla. Pero tanto silencio traerá muchas leyendas y misterios...

–También es algo que quiero lograr. Angerona será por mucho tiempo mi paraíso, el Jardín del Edén, pero habrá muchas cosas que no se comprenderán por ahora y quizás en cientos de años.

—Creo que me está gustando la idea de ser parte de ese misterio. Pero pienso que ahora es tiempo de terminar por hoy nuestra charla y el paseo.

—Ha sido un día especial para mí. Mañana regreso a mi hacienda, pero me voy muy feliz por el día que me ha regalado. Gracias, Úrsula.

Pese a la atracción tan grande que existe entre ambos seres humanos, pasan más de diez meses sin que Cornelio pueda abandonar la hacienda. El joven necesita agilizar los proyectos para crear una auténtica villa que se autoabastece y que deslumbra por sus adelantos. Finalmente, regresa a La Habana y pasa por la casa de Úrsula, convocándola al paseo acostumbrado por la ciudad, que era lo primero que hacía cada vez que iba a la capital, no sin antes explicarle los motivos de la larga e insoportable ausencia.

Mientras caminan por la Alameda bajo la sombra de bellos árboles, Cornelio se decide a hacerle la proposición más importante a su amiga:

—Úrsula, espero que a mi regreso a Vuelta Abajo, usted me acompañe de una vez por todas.

Úrsula, algo sorprendida, lo mira fijamente, aunque en otras ocasiones ya Cornelio se lo había insinuado, pero ahora ya era una invitación formal:

—Deme usted un tiempo para pensarlo, Cornelio. Me gustaría mucho, pero tendría que cerrar mi sedería por varios días.

—Pero pudiera dejar la tienda a cargo de su amiga Belén Samuel.

—No, porque me gustaría que ella me acompañe y vea también su famosa hacienda de la que tanto usted se vanagloria.

—¿Que yo me vanaglorio? Es injusta usted, Úrsula. Es Enrique, el que siempre está alabando el cafetal. Para mí es aún un simple cafetal. Pero puede estar segura usted que, si consigo una persona que me ayude a administrarlo y me de nuevas ideas, lo convertiré en el Jardín del Edén.

–¡Entonces será el verdadero paraíso! –Úrsula mira al joven como si estuviera ante un futuro promisorio.

–Estoy seguro que usted será testigo de eso y no cualquier testigo...

–No lo entiendo, Cornelio.

–No me haga caso, solo diga que me va a acompañar a la hacienda y luego le explicaré.

–¿Y para cuándo usted piensa irse para Vuelta Abajo?

–Me voy pronto –Cornelio toma un respiro, sabe que no puede dejarse llevar por el primer impulso y hace una nueva propuesta–: pero quizás sea mejor que venga conmigo en diciembre; pues a principios de diciembre debo estar aquí para recibir con mis compañeros de la Casa Frías y Compañía al barco sueco "Catalina" con un cargamento de ropa proveniente de Hamburgo.

–Bien, amigo mío, pensemos que después que usted reciba al barco sueco y regrese a su hacienda, yo lo acompañaré, pero solo por dos, tres días.

–Muy bien Úrsula, verá que le va a encantar el viaje –responde Cornelio rebosante de alegría.

–¿Pero por fin, me permitiría usted que invite a nuestra amiga, Belén Samuel?

–Si usted lo desea, hágalo. Solo que, si ella no pudiera ir, no me gustaría que usted cancele la visita.

–Descuide, Cornelio, ya le di mi palabra y siempre la cumplo.

–Aguardaré impaciente por ese gran día.

Cornelio se despidió de Úrsula y al parecer iba tarareando

una canción, porque movía en forma de círculos su viejo bastón fuertemente agarrado en su mano derecha.

Así llegó el cinco de diciembre del año 1817, día señalado para el arribo del barco sueco al muelle de La Habana. Como de costumbre, cuando arribaba un barco a los muelles se aglomeraba mucho público, porque con su llegada los precios de las mercancías bajaban y la cantidad de productos en venta era enorme. En los barcos venían vinos de Castilla la Vieja en barriles de ocho aros de hierro, vinos del puerto de Santa María, aceitunas negras, aceites en botijuela, fresadas, avellanas, pasas de Almuñécar, comino, canela, nuez moscada, azafrán y otros muchos alimentos. También traían telas, hilos, ruan de Flandes, vitre, sombreros de fieltro forrados con tafetán, lienzo, hilo primo de zapatero, seda de Granada, camisas de ruan para hombres importadas de la lejana Francia. Traían estribos de hierro estañados, cuchillos de carniceros, herrajes de caballos, clavos de hechizo, clavos de costado, calderas de cobre y candados. Además, jabón, cera labrada en forma de velas, hilo revela, espléndida cerámica de Sevilla estilo Delft, azulejos, zócalos, loza blanca de Triana, lebrillos, loza fina del reino, entre muchas más cosas.

Desde temprano Cornelio y sus socios de la casa comercial aguardaron la llegada del buque. Este arribó a la rada habanera sobre las siete de la mañana y una hora después el grupo de amigos y tres oficiales del barco sueco se encaminaron hasta las oficinas de la casa comercial, a pocas cuadras de allí. Todo el día cinco y parte de la mañana del día seis, Cornelio acompañó a los oficiales, quienes después de almuerzo se despidieron de los cubanos.

Cornelio no perdió tiempo y en cuanto terminó, se presentaba en la calle Cuba; tocó la campanilla de la sedería y no dio tiempo a que lo mandaran a pasar. Llegó al mostrador y se dispuso a llamar a la joven dueña del establecimiento, pero en ese instante ella aparecía de detrás de la roja cortina, con su pequeño perro, al tiempo que decía:

–Parece que la calle está ardiendo... ¿Por qué usted está apurado, señor?

Úrsula levanta la vista y al ver que era su amigo alemán se sorprende.

–Ay, discúlpeme usted, don Cornelio. Es que en ocasiones llegan empleados corriendo y con apuro, como si una tuviera que estar esperándolos en la puerta de la sedería.

–Buenos días, Úrsula. Discúlpeme por mi imprudencia.

–¡Sí! Yo lo disculpo a usted ahora, pero no por ayer en la noche, cuando lo aguardé. Esperaba que pasara por aquí a darme noticias de su regreso de Vuelta Abajo.

–Ay, es eso. Anoche tuve que salir con los marineros suecos que me pidieron que les enseñara la ciudad.

Úrsula lo mira con algo de desdén y hay un poco de reproche en su voz:

–Y seguramente los llevó al teatro y a las fiestas colmadas de jóvenes habaneras. Usted ha de ser un especialista en esas fiestas. Yo lo he visto junto con el señorito Enrique de noche en las grandes fiestas muy bien acompañados.

–Es injusta usted. No le niego que he acompañado a Enrique con las jóvenes Urdapilleta-Bosmeniel, cuando hemos coincidido aquí. Pero no soy así. Usted conoce muy bien mis sentimientos...

Cornelio parecía contrariado, pero ya él se imaginaba que Úrsula no estaría muy alegre sabiendo que desde el día anterior él estaba en La Habana y no había pasado por la sedería. Mientras ella permanece en silencio, al parecer, para que su amigo siga justificándose y, a la vez, exponiendo sus sentimientos, cosa que le costaba mucho trabajo hacer.

—Además, madame, en muchas ocasiones la he invitado a usted a que me acompañe y me ha rechazado.

—Sí, lo he rechazado de noche, porque de día hemos visitado ya toda la ciudad y sus extramuros. Creo que una vez fuimos hasta Guanabacoa. Además, usted sabe muy bien que al Gran Teatro Principal adónde asiste lo que más brilla en la ciudad, no nos permiten ni asomarnos de lejos...

Úrsula iba a seguir ahora con su defensa, pero Cornelio la interrumpió:

—Pero lo importante ahora es que estoy aquí y quiero que hoy me acompañe a caminar por la bahía; extraño mucho el mar.

—Será así, solo que por un momento pensé que diría que me extrañaba a mí...

Cornelio la miró fijamente, con sus ojos azules bien abiertos, como el que quiere correr hacia la persona que tiene en frente y tomarla en brazos y apretarla para que sienta la fuerza y el calor de su sangre corriendo por sus venas. Tomó con suavidad la delicada mano de su amiga y la colocó sobre el lado izquierdo de su pecho, para que pudiera sentir los fuertes latidos de su corazón.

—Extrañarla a usted, Úrsula. No sabe bien cómo he contado cada hora del pasado noviembre, pidiéndole al dios Chronos que volara y me trasladara hasta el día de hoy.

Quedaba en silencio, pensativo, mientras Úrsula se acercó un poco más a él y puso su temblorosa mano sobre la de él:

—Pasado mañana espero regresar a la hacienda, recuerde que me prometió acompañarme.

—¿Tan rápido se marcha al campo, usted?

—Sí, mi mayor interés en venir, era para regresar con usted, no para visitar la ciudad.

La conversación duró un par de horas más, al igual que

ocurría siempre que los amigos se encontraban. Pasaban juntos mucho tiempo. Cornelio pedía muchos consejos a Úrsula sobre el cuidado de los negros, su salud, la siembra del café, y otras tantas cosas. Él valoraba los grandes conocimientos de Úrsula sobre los esclavos y sobre las plantaciones cafetaleras, ya que ella le había explicado mucho sobre sus días en Santo Domingo y en Guantánamo, junto con sus padres esclavos y la familia francesa de los Lambert. Ella se había convertido en la asesora de Cornelio en su ambicioso proyecto y él hacia las cosas como ella le pedía. Su mayor deseo era que Úrsula visitara la hacienda y se entusiasmara con su proyecto y que por fin se decidiera a vivir y trabajar con él.

CAPÍTULO CUATRO

Por fin el viaje

A l fin llegó el día tan deseado por Cornelio y esperado por Úrsula, aunque ella no lo daba a entender, moría de las ganas de conocer aquella hacienda.

Sobre las ocho de la mañana dos calesas se detuvieron en la casa de la calle Cuba. De una de ellas bajó don Cornelio y en la otra permanecieron Belén Samuel y don Enrique, que estaba en La Habana y regresaría a Cayajabos. Cornelio entró a la casa donde lo esperaba Úrsula con su pequeño pedazo de algodón blanco ladrando al recién llegado. La joven, al verlo le preguntó:

−¿Será que puedo llevar a mi pequeño?

−Si lo puede dejar con su sirvienta será mejor, porque mis grandes dogos no lo conocen y podrían comérselo vivo.

−Bueno, en el futuro tendrá que educarlos.

Ambos salieron a la calle, y después que Úrsula saludó a Belén y a Enrique, ya sentados en el carruaje, subieron y el coche se puso en movimiento, acompañado de otro coche donde viajaba una esclava junto al calesero de Úrsula. Avanzaron hasta la calle Muralla y al travesar los fuertes muros de la muralla, los caballos tomaron un trote largo y apurado por la ancha calzada, dejando atrás el matadero con su olor infernal, pero sin poder avanzar rápido debido a la presencia del gran número de reses que a esa hora de la mañana arribaban al matadero de la ciudad.

Aunque las dos amigas en ocasiones atravesaban la muralla y visitaban amistades en los barrios de extramuros, hoy era diferente. Desandaban zonas más grandes y más pobladas que la propia capital con sus doscientas diez hectáreas de tierra. Eran grandes aglomeraciones de casas, ranchos, bohíos y centenares de mercados vendiendo todo tipo de mercancías. Infinidad de arrias de mulos cargadas entraban y salían de la ciudad y de los pueblos.

No tan lejos aún de la muralla, cruzan la zona del Cerro donde se han construido hermosos palacios, jardines y estancias para el descanso. Dejaron atrás los puentes sobre el río de la Chorrera, donde por segunda vez fue emplazada la capital del país. Continuaron por el caserío de Marianao, la Liza y el Cano, famoso por sus tejares, y donde Cornelio había acudido en varias oportunidades para aclararse alguna duda con el montaje de su tejar.

El amplio camino corre en dirección suroeste; fueron dejando los pueblos de la costa como Mayanabo, Jaimanitas, Baracoa y Banes. Atrás quedan Punta Brava, Bauta y Caimito. El camino es como un largo vaivén con pequeñas ondulaciones por la presencia de sencillas lomas y entre ellas extensos declives que terminan en una pequeña correntía de agua, formada solamente por las lluvias. Un sin fin de sitios y potreros son atravesados por el camino, al igual que hermosos cafetales y excelentes plantaciones de todo tipo de productos agrícolas. Sus suelos son por lo general arcillosos y color sobre lo blanco o amarillento por la presencia de margas relativamente jóvenes originadas en el fondo marino.

En una gran ceiba que está en el cercado de piedras que bordea el camino real a la salida del caserío de Caimito, los amigos se detuvieron para estirar las piernas, ingerir algunos de los deliciosos dulces preparados en la madrugada por Úrsula y su sirvienta Luisa y a beber un poco de limonada. Después de una media hora, los dos coches continúan la marcha. Recorrieron el camino que va desde La Habana a Guanajay y El Cusco, en el centro de la Sierra del Rosario; viajaban por este porque su amigo Enrique regresaba al corral de Cayajabos y así lo acompañarían ellos hasta su casa. Úrsula y Belén iban colmadas de felicidad, disfrutando del hermoso paisaje del campo cubano.

Al convertirse Cuba en el principal productor dé azúcar de caña a raíz de la independencia de Haití, fueron talados muchos bosques para dar paso a los extensos campos de caña, cuya planta, a diferencia del café, no necesita de sombra. Sin embargo, la plantación de café, en forma de largas filas y columnas semejante a un extenso tablero de ajedrez, es cobijada por enormes algarrobos, cedros y otros muchos árboles que por lo general ya existían cuando comenzaron a fomentarse los cafetales. Todas estas plantas con sus fragantes flores, como el naranjo, el limón, la lima, el galán, la muralla de pequeñas hojas de color verde intenso y flores blancas y perfumadas, y el delicioso olor de las numerosas frutas maduras que cuelgan de sus ramas, despiden hacia el aire un aroma tan variado y tan delicioso que da la impresión al caminante, de que está rodeado de algo mágico e increíble. Por otro lado, los campos de caña de azúcar son espacios inmensos sin bosques donde la vista se pierde en la lejanía.

Al bajar las últimas estribaciones de las pequeñas elevaciones de la parte suroccidental habanera, donde sobresale la Sierra de Anafe o Mesa de Mariel y dejar atrás un buen número de cafetales, el cuarteto de jóvenes llega a una excelente calzada que anuncia la proximidad del pueblo de Guanajay; ya habían recorrido unos cuarenta y cinco kilómetros desde la capital. Es este uno de los pueblos más grandes de la región de Vuelta Abajo, con más de siete mil habitantes, trescientas casas de mampostería y tejas, varias escuelas, varios cuarteles militares y una acogedora plaza, donde se destaca la gran iglesia con una excelente torre campanario. También existen numerosos comercios, tiendas de lencerías, almacenes, ferreterías, zapaterías, talabarterías, tabaquerías y varias fondas y tabernas para que el viajante se reponga de la fatiga del camino.

En el pueblo aún se nota un gran regocijo y aires de fiestas. Todo está muy bien adornado. Al preguntar qué se celebrará por estos días, los lugareños señalan que el pasado 21 de octubre fue el día de San Hilarión, el patrón de la ciudad, quien después de muchos años curando y haciendo milagros en la población chipriota se retiró a una caverna en las montañas del pequeño país, y en una fecha como esa, murió. Es por esto que en vísperas del día 21 comienzan las fiestas en este pueblo y duran más de un mes.

Úrsula y Cornelio se miraron sorprendidos, ellos guardaban un pequeño secreto: el 21 de octubre es el día de la Santa Úrsula y según la señora Lambert, ella le dio el nombre de Úrsula debido a que fue ese día en que su negra madre la parió allá en Saint-Domingue, y según Cornelio Souchay, la fecha de su nacimiento es el 21 de octubre del año 1784. Ahora también el 21 de octubre es el día de San Hilarión, que gran casualidad.

A la salida del pueblo donde hay más tranquilidad, detienen la marcha otra vez. Debajo de una frondosa yagruma con sus enormes hojas de color claro por un lado y de un reluciente color verde por el otro, y de un quiebrahacha de pocas ramas y hojas redondas de color verde brillante, los recién llegados se sientan en el suelo. Cornelio da unos pasos alrededor de los árboles, mientras la sirviente de Úrsula, que viaja en el segundo coche, pone un blanco mantel entre los jóvenes y también una cesta de guano. De su interior saca platillos, tazas y tazones sin asa de porcelana de l'Alcora, hechas mediante un torno alfarero y utilizando una pasta de textura muy compacta y fina; luego son adornadas con una gama de colores que van desde el rosa pálido a tonos amarillentos, cubiertas por una fina capa de esmalte estannífero, cuyo origen es de las fábricas famosas de la provincia de Castellón, España. En otra cesta descansan dulces y frutas deliciosas. Cornelio y Enrique, con mucho apetito comienzan a elegir sus golosinas.

Belén Samuel les reclama:

–¡Pero hombres, permitan que le sirvamos en los platillos! Quelles manières!

–Es verdad, Enrique, parecemos niños hambrientos. Utilicemos la preciosa vajilla de madame Úrsula. Aunque, a decir verdad, esta no es la misma que utilizamos en su casa.

Úrsula mira a Cornelio algo intrigada. Aquel hombre era capaz de recordar el tipo de loza que utiliza cuando toma café o come, a diferencia de otros que solo ven lo que está dentro del plato o la taza.

–¿Y podría decirme usted cómo es en la que yo le he servido en mi casa?

–Claro que puedo, madame. Es un mal hábito mío, el reconocer las lozas en que bebo, como o tomo café. Mi querida madre nos enseñó a reconocer las cerámicas de nuestras casas.

–¡Dígame pues!

–Su preciosa loza es "Provenzal Azul sobre Blanco", fabricada entre los años 1725 a 1765. Muy fina y cara actualmente. Es traída desde Francia a diferencia de esta que es española.

Es similar a la que usa mi buen amigo Enrique. Cuando vi esa loza en su casa, me llamó la atención, pero no quise ser indiscreto, porque comprendí que estaba delante de una persona de buen gusto.

La aludida mujer se sonríe por la frase de halago, pero no dice nada.

Enrique, para evitar que continuara la plática sobre las lozas interpone:

–Sabes una cosa, Cornelio, cerca de aquí, en el Mariel existió un Cornelius muy famoso.

–No me digas, amigo mío. ¿Y se dedicaba al café o a la caña de azúcar?

–Ni a lo uno, ni a lo otro. Fue uno de los piratas holandeses más temibles por estos mares.

–Bueno, si tú lo afirmas, yo lo creo. Lástima que se dedicara a lo mal hecho, pero según tú, fue exitoso en su empresa y a eso aspiro yo también. Pero los piratas no me agradan, por eso no compré las tierras del Pan de Guajabón, que tanto me gustaron.

Los cuatro amigos se echaron a reír y continuaron comiendo por espacio de una hora. Varios arrieros, cada uno con grupos de más de veinte o treinta mulos pasaron próximos a ellos rumbo a Mariel. Estos hombres por lo general iban vestidos con pantalón y camisa de pectina de listado azul. La camisa siempre por fuera y pañuelo negro atado al cuello y un sombrero de paja. Son de grandes patillas, boca ancha, nariz aguileña, algo curva, y ojos negros protegidos por cejas espesas. Continúan la marcha cuesta abajo mientras Cornelio les cuenta a sus amigos:

–¿Ven aquel humo? Es el ingenio San Francisco, del señor Herrera, donde pernoctó Luis Felipe de Orleans y sus dos hermanos en el año 1797. Según me contó Luz y Caballero, ellos vinieron a esconderse de las autoridades españolas aquí, en Guanajay, en este cafetal, y al ser descubiertos, la condesa los ayudó con dinero a los tres.

Los cafetales e ingenios azucareros habían sido visitados por Cornelio en numerosas ocasiones. Siempre que podía, visitaba a sus dueños y observaba las técnicas empleadas, y aseguraba que así era como más se aprendía. Eran famosos el Barbanera; La Tinaja; Begoña, al pie de la Gobernadora; San Bautista, y otros muchos más y este San Francisco, casi al pie del camino rumbo a Cayajabos, era el más visitado por Cornelio para descansar sus piernas.

En lo adelante sobresalían los numerosos ingenios azucareros, cuyas chimeneas desprenden tanto humo que se podían ver a toda la redonda de la región. Finalmente llegaron al corral del Jobo. Media hora después alcanzaban las tierras de San Roque, donde es necesario dejar el camino real y doblar al sur para llegar a Cayajabos. En este punto Cornelio manda a detener la marcha. Desde la salida de Guanajay habían recorrido más de 25 kilómetros y quería aprovechar para mostrarles a sus compañeras el hermoso paisaje que se abre en este punto de intersección de los dos principales caminos. Además, deseaba descansar sus adoloridos huesos, perjudicados por la erisipela que lo aqueja.

–Al frente nuestro, se levanta la Sierra del Rosario, en donde Enrique tiene una vivienda en el bello cafetal de La Ermita y más allá está el Cusco, donde según las leyendas se encuentran los más peligrosos palenques de esclavos escapados de sus plantaciones –comienza explicando Cornelio en el momento que todos se pararon debajo de lindas carolinas que crecen a orillas del camino–. Más al occidente aún está la hacienda del italiano Pitoletto, quien ha sembrado numerosos árboles del cacao.

Toma aire y agrega:

–Si miramos ahora al norte tendremos los corrales de Quiebrahacha, Cabañas, y al noroeste, el corral de San Diego de Núñez, en dirección a Bahía Honda. Pero cuando miramos al sur, observamos los corrales de San Marcos, Dolores y San Juan de Contreras.

–¡Donde a usted le agrada mucho ir a bañarse en sus manantiales! –sentencia Úrsula, interrumpiendo la disertación de geografía de su acompañante.

Cornelio la contempla fijamente pero no responde, ya que conocía los cuentos que su amigo Enrique les relataba a las mujeres sobre la presencia de las bellas hijas de la familia del corral de San Juan de Contreras, que, por la desgracia de padecer de erisipela, lo obligaba a darse los famosos baños en las aguas medicinales de su río.

–Cada una de estas áreas se diferencia mucho de las otras por los tipos de rocas que yacen bajo nuestros pies y esto provoca la gran diferencia de suelos existentes y por tanto la diferencia en los cultivos que se plantan en cada región.

–¡Avemaría purísima, este hombre es un gran libro! –exclama asombrada Belén Samuel, y los demás irrumpen a reír.

–Mi buena amiga, Belén, lo que sucede es que en mi país estudié un año de ciencias naturales, y entre ellas la geología y la paleontología, que son ciencias que se dedican al estudio de las rocas, minerales y los fósiles.

En este momento Enrique lo interrumpe:

–No me habías dicho nada de eso, Cornelio, pero el primer día que recorrimos la hacienda localizaste el barro rápidamente y las rocas para hacer la cal, ahora me lo explico.

–Y cada vez que caminamos por la Catedral o el Castillo de la Real Fuerza, se queda como encantado mirando los restos de animales que hay en las piedras –agrega Úrsula.

Cornelio ríe:

–Le he explicado, Úrsula, que esos son fósiles y cuando voy a los manantiales de San Juan, también veo muchos.

–Y continúa el hombre con San Juan de... –enfatiza Úrsula, pero Cornelio no la deja continuar.

–Bueno, por eso los terrenos son diferentes de una región a otra...

–¿Entonces en esas montañas azules los suelos son diferentes?

–Así es, Úrsula. Esas montañas están formadas por rocas calizas muy antiguas, con más de sesenta y cinco millones de años, como en algunos sitios de Europa y por rocas silíceas como en Cayajabos.

–¿Y para esta llanura? –vuelve a preguntar Úrsula.

–Esa es la llanura sur, cubierta de suelos rojos donde abundan los cafetales, el tabaco y las viandas, allí los suelos se forman a partir de calizas arcillosas ricas en hierro...

–¿Y por qué hacia el norte en la región de Mariel, Cabañas y Bahía Honda, predominan los ingenios azucareros? –ahora Enrique.

–Enrique, en esa región, pude ver cuando las visité en el pueblo de Bahía Honda y en Las Pozas, al noreste del gran Pan de Guajaybón, la presencia de rocas volcánicas, estas al descomponerse en presencia de tanta agua que baja de los ríos y con abundante materia orgánica de los bosques secos, se transforman en suelos negros algo pantanosos. Junto con el frío clima de la costa norte, hacen que la caña de azúcar se desarrolle muy bien...

–Bueno, sigamos, amigos, que nos coge la noche sin llegar a Cayajabos y ya tengo deseos de llegar a casa –inserta Enrique y sin más palabras sube al carruaje interrumpiendo así la charla de su amigo.

El pueblo de Francisco Javier de Cayajabos, hacia donde se dirigen los cuatro jóvenes y que constituye el corral y el pueblo cabecera del partido de igual nombre, está ubicado exactamente en la intersección de tres zonas agrícolas muy bien delimitadas geográficamente y de gran importancia económica. Desde 1573 se asentaron aquí los primeros pobladores y se fue conformando un importante núcleo de campesinos y artesanos dada la abundancia de tierras fértiles ociosas y el deseo de las autoridades de poblar los campos cubanos. Se conoce de la presencia de tribus de aborígenes en el pasado, por la existencia de numerosísimas piedras elaboradas por ellos. Además, su nombre es típicamente una voz de los primeros pobladores de Cuba, que se refiere a una enredadera que crece a la orilla de los ríos y que produce una bella semilla utilizada como amuleto.

El corral de Cayajabos se dividió en varias haciendas y posteriormente se asentaron numerosos emigrantes franceses expulsados de Saint-Domingue por la revolución liderada por Toussaint L'Ouverture, acaecida durante los años 1793 y 1803. La región fue convertida de pronto en un emporio de cultas familias francesas, quienes, con sus costumbres, bibliotecas y conocimientos, trajeron grandes avances a la región de Vuelta Abajo y especialmente a Cayajabos. Así fue que se fomentaron numerosas haciendas en sus alrededores que permitieron el desarrollo del pequeño pueblo, y con los años pasó a convertirse en el Partido de Cayajabos, con la iglesia auxiliar de Guanajay y capitán juez pedáneo. Poco a poco se fueron construyendo numerosas fábricas, talabarterías, tabaquerías, herrerías, panaderías, fondas y tiendas mixtas, llegando a alcanzar una población de más de cinco mil habitantes.

El centro del pueblo está constituido por la plaza. En la parte más elevada de dicha plaza, se encuentra la gran iglesia de piedras y ladrillos con elevado techo de tejas planas y una gran campana de bronce en su parte central. La plaza posee un rectángulo en su interior con piso de losas de piedras, y por sus orillas hay numerosos bancos donde se sienta la población, fundamentalmente los domingos en las tardes y el sábado en la noche. Entre los bancos y las calles existe un espacio sembrado de flores y árboles que dan una agradable sombra. Desde la casa del capitán y juez pedáneo, la iglesia parece más grande y más imponente al encontrarse en la parte más elevada del pueblo.

A pesar de la hora en que Cornelio y sus acompañantes arribaron a Cayajabos, en sus pocas calles existía un gran bullicio de ir y venir de monteros, arrieros y también carretoneros cargados de mercancías que pronto serán enviadas a las diferentes haciendas de la región. Este pintoresco pueblo en la falda de las primeras estribaciones de la Sierra del Rosario es atravesado por un pequeño río que nace más al norte y que como el de Guanajay sirve de baño para el disfrute de su población, la cual ha crecido considerablemente con la llegada de los franceses. Los patios de las casas constituyen verdaderos jardines de árboles frutales y plantas ornamentales, y el cálido aire que baja desde la cordillera junto al frescor que emana de las cristalinas aguas del río que circunda el pueblo hace que la temperatura sea fresca y agradable.

Los recién llegados detuvieron los carruajes frente a la casa de Enrique y pasaron a su interior para asearse y luego conocer y almorzar con la familia del joven. La casa es una soberbia construcción de piedras y ladrillos, y su techo de tejas planas, no muy alto. Los recién llegados pasaron a una amplia sala con piso de losas criollas. Dos recias puertas de madera dan paso hacia los cuartos, y al fondo de la sala una gran puerta abre al amplio comedor y la cocina donde una mujer blanca de pelo negro, fuerte complexión y aire de española preparaba la comida junto a una esclava. Ella se adelanta a recibir a Enrique y sus acompañantes. Una estrecha puerta da paso al traspatio de la casa. Enrique, después de un rato conversando con sus amigos en la sala, los invitó a pasar al comedor.

Los cuatro mostraron un apetito voraz y liquidaron en poco tiempo casi todos los platos presentados por la buena cocinera a quien Úrsula personalmente congratuló por la calidad de los dulces y galletas. Terminado de tomar el imprescindible café, los visitantes salieron a la calle, atravesaron la plaza y subieron varios niveles de la escalera que remonta hasta llegar frente a la alta iglesia.

Ya dentro de la iglesia, las dos mujeres se dirigieron al altar mayor ubicado en el fondo del inmueble y después de encender velas, se arrodillaron y rezaron. Pero este rezo es un "moyubbar", es decir, un rezo de recordación a sus muertos. Por su parte Cornelio y Enrique fueron a una esquina donde se encontraron el cura, quien los recibió con gran alegría y conversaron por varios minutos. Luego, los jóvenes salieron a la calle y siguieron el paseo por el pueblo. Sobre las seis de la tarde Cornelio, Úrsula y Belén subieron al carruaje detenido frente a la casa de don Enrique y partieron después de despedirse.

Al pasar la Granada, a unos seis kilómetros de Cayajabos comenzó a verse un cercado de limoneros apodados; se observaron numerosos árboles de gran tamaño, así como montones de plátanos de los cuales cuelgan poblados racimos de esta fruta de color amarillo, listos para ser comidos, y debajo de su cálida sombra, la plantación de preciosas plantas de café. Unos seiscientos metros más adelante se llegaba frente a una gran puerta constituida por dos amplias hojas de hierro y rematadas por un alto arco de piedras y ladrillos que a su vez estaba custodiado por llamativas columnas rematadas en su parte superior por una figura en forma de pirámide trunca. A ambos lados de las columnas existían dos puertas de madera para dar paso a las personas que entraban a pie.

La gran puerta de hierro se abrió frente a la presencia del carruaje del dueño de la hacienda, empujada por el viejo guardiero alto y flaco, vestido de pantalón y camisa blanca y un pequeño tabaco en su arrugada boca. El hombre, al ver a su amo, hizo una señal de reverencia quitándose el sombrero de guano y bajando la mirada, pero nunca mostró miedo ni preocupación, más bien de alegría por la llegada del amo, que lo protege de los impulsos del mayoral.

Los carruajes entraron por la ancha puerta y se deslizaron a través de la guardarraya de tierra blanca bien apisonada para impedir la formación de barro en los días de lluvia. A ambos lados de la vía, habían sido plantadas dos hileras de palmas reales, setenta y siete en cada hilera, eran aún jóvenes, las cuales ya iban tomando forma de rectas columnas blancas, adornadas con penachos de hojas verdes que se batían bajo la fuerza de viento. Unos seiscientos metros más adelante, terminan las palmas y el ancho camino se abre en dos brazos formando una pequeña circunferencia dentro de la cual existe un jardín bien cuidado. Detrás del jardín se construía un enorme edificio, en cuyo frente se podía observar cuatro enormes columnas, muy semejantes a las hileras de palmas reales, como si fueran una continuación. Al parecer estas columnas serán el frente del futuro palacio o mansión de la hacienda.

Subieron por el camino empedrado de la izquierda del jardín y penetraron pegado a un alto muro de piedra con un amplio arco en forma de media luna que deberá ser parte del futuro edificio. Al costado del gran muro, existe un enorme edificio de más de cincuenta metros de largo, hecho de madera y tejas. Entre estas dos construcciones se detuvo el carruaje. Pero Cornelio le gritó al calesero que continuara. Este dobló a la izquierda y avanzó un poco más y luego se paró frente a la entrada principal del largo edificio de madera.

Cornelio y sus huéspedes abandonaron el coche y subieron por una pequeña escalera de madera, al amplio portal norte del edificio sostenido por fuertes horcones de quiebrahacha. Al pie de la escalera estaban paradas dos negras vestidas de blanco, con sayas de listado y camisas de plantilla con un pañuelo de holán como reboso, pero con una limpieza poco habitual para los esclavos del campo. Ambas corrieron al encuentro del amo franco-alemán, con la alegría con que se recibe a una persona querida y respetada. Eran su nana y la ayudante, quienes hacían todas las tareas hogareñas. Después de saludarlas con gran afecto, Cornelio les presentó a Úrsula y a Belén como a dos grandes y queridas amigas de La Habana y mandó a preparar para ellas el cuarto de huéspedes aledaño a su alcoba.

La nana no entendió bien sí se refería al cuarto especial que ocupan el señorito Enrique u otra amistad blanca del amo, y al verla algo indecisa Cornelio le explica con cierta sonrisa:

–¡Sí, mujer, los dos mejores cuartos de arriba!

Y las dos sirvientas dieron sus espaldas y se retiraron. En ese momento existía un gran alboroto en aquel enorme edificio, donde se escuchaban gritos de los negros arriando los bueyes, el chirriar de los hierros de las fábricas y un entrar y salir de hombres negros y blancos por otras puertas del pasillo. Úrsula, que no ha comprendido en qué edificio se encuentra, le pregunta a Cornelio:

–¿Me puede explicar qué edificio es este con tanto trajín y movimiento? Es inmenso y se parece a los grandes astilleros o al mercado de Cristina en La Habana.

—Es un edificio multiuso, muy grande y fuerte. Aquí tengo instalada temporalmente mi residencia, más el molino de maíz, la desgranadora de mazorcas, almacenes de café y un salón para escoger el grano.

Realmente el edificio era impresionante. Además de largo, era de dos pisos y con un amplio colgadizo de casi seis varas de ancho. La segunda planta era de madera también y el pasillo superior estaba en su parte norte cubierto por grandes cristales. El techo por su parte era de tejas planas.

Cornelio condujo a las dos mujeres hacia una sala muy bella con piso de losas criollas y sus cuatro paredes de maderas finas. Estaban graciosamente adornadas con bellos cuadros de personajes y otros con paisajes europeos. Es la sala donde Cornelio suele recibir a sus amigos. También existía un conjunto de muebles oscuros construidos con caoba de la propia hacienda y una pequeña mesita en el centro de la habitación. Cornelio invitó a sentarse a las jóvenes y seguidamente entró la ayudante de la cocinera con una jarra llena de limonada y tres vasos que dejó sobre la pequeña mesita no sin antes pedir permiso, como lo hizo al entrar.

Úrsula seguía muy atenta a todo y sin poder esperar, pregunta:

—¿Y al gran edificio de mampostería que levanta al lado de este, que será en el futuro?

—Ese será mi mansión o la casa de vivienda, como la llaman por aquí. Bueno, demos una vuelta rápida por allí, aún se puede ver.

Salieron nuevamente al pasillo central, bajaron una pequeña escalera y atravesaron el camino empedrado por donde antes había entrado el coche. Por todas partes existen enormes aglomeraciones de las piedras calizas utilizadas en la construcción. Frente al ancho arco subieron por una escalera de piedras en forma de media luna de tres escalones de alto y penetraron por un pequeño pasillo dejado entre los montones de piedras y ladrillos en espera de ser puestas. Atravesaron por lo que sería una pequeña biblioteca, a decir de Cornelio, y continuaron hacia otra habitación mucho mayor que será la sala en el centro del futuro edificio con ventanas hacia el camino real. Siguieron por el estrecho pasillo entre piedras y pasaron al futuro comedor. Pegado a todos los altos muros continuaban los andamios de madera.

Al llegar al extremo oriental del edificio en construcción, se detuvieron al pie de otra escalera semicircular como la primera y mirando a otro edificio, también en construcción frente a este, Belén Samuel pregunta:

–¿Cornelio, y esa otra construcción... ¿Qué será?

–¡Muy buena pregunta, Belén! Espero que esa sea la casa de nuestra amiga Úrsula –y continúa bajando por los tres escalones de piedra recién labrados.

Úrsula algo sorprendida, pregunta:

–¿Dijo usted, para mí? Y se quedó mirando a su amigo que se hacía el desentendido.

–¡Sí, para usted, pero si no le agrada mando a derrumbarla y que la hagan a su gusto!

–No es eso, Cornelio. Es que aún no he decidido si vengo a trabajar con usted.

–Es verdad, tiene usted razón, pero yo construiré una hermosa casa y aguardaré a que usted se decida a ayudarme en este proyecto. Estoy seguro que sin su ayuda no podré llevarlo a buen fin.

Caminaron en silencio por dentro de las tres habitaciones en construcción.

Decidida, Úrsula mira fijamente a Cornelio:

–Será muy bella y acogedora, pero llévanos ahora a dónde

pondrá la estatua de que me habló en La Habana.

Salieron nuevamente al frente del edificio en construcción hacia el final de las cuatro hileras de palmas reales, hasta donde empieza el jardincillo en semicírculo. Cornelio se detuvo en medio del pequeño jardín.

—Deténgase usted mirando al sur y póngase el dedo de su mano derecha sobre sus labios, como si estuviera invitando a ser silencio, como usted les indica a los niños durante las misas en la iglesia cuando el padre habla —y el propio Cornelio se llevó su dedo índice de su mano derecha a los labios, en demostración.

Úrsula lo mira callada, mientras su amiga Belén sonríe al ver aquel teatro. Después gira su cuerpo hacia el largo camino que conduce a la entrada principal. Obedientemente, como si actuara en el teatro, se para firme y con mucha gracia levanta su mano derecha y lleva el dedo índice hasta tocar sus finos labios negros rodeados de un fuerte color rojo, como la rosa que arrancó en el jardín y se prendió en su negro pelo. Pregunta:

—¿Maestro, es así?

Todos rieron con deseos, mientras el negro jardinero que ya había terminado su labor, los observaba asombrado por lo feliz que veía a su amo en compañía de aquellas dos mujeres, alegres y desenfadadas, pero negras como él.

Rato después, Belén que no comprende nada de lo sucedido, pregunta:

—¿Me pueden explicar ustedes que es todo esto?

Pero ellos continuaron riendo, hasta que Belén se dirige a su amiga:

—Vamos, Úrsula, me tienes intrigada.

—Es mejor que él te lo explique, porque yo tampoco lo entiendo muy bien.

Cornelio se acerca a Belén:

—Mi buena amiga, yo mandé a construir una estatua de mármol de Carrara, Italia, de la diosa Angerona que es la diosa de la virtud del silencio y la fertilidad de los campos y que se representa así, como se puso Úrsula y la plantaré en un pedestal en este punto central del jardín, dándole la bienvenida a los visitantes...

—¡Oh!, será muy bonito...

—Pero pídele que te explique qué espera de ella —le dice Úrsula, y empieza a reír de nuevo.

—Bueno, regresemos a la casa y le voy contando por el camino, Belén... Yo estaba buscando un nombre para mi hacienda y pensé en "La Reina del Café" y una estatua en mármol negro, pero madame Úrsula no quiso; entonces me decidí por "Angerona", la diosa romana del silencio. Deseo que cuando me visiten mis amigos escritores y demás, ella le pida que no divulguen las cosas que vean y oigan aquí; es decir nuestros secretos y...

Belén lo interrumpe y le pregunta media asustada:

—¿Acaso, usted piensa intentar algo contra España?

Cornelio y Úrsula vuelven a reírse de la pregunta de la amiga.

—Nada de eso, Belén, en este proyecto todo será diferente a otras haciendas. Aquí los esclavos vivirán como obreros, tendrán esposa e hijos, dinero y una tienda para comprar lo que necesiten, un criollero para que los pequeños descansen, un hospital, un pueblo para vivir, no trabajarán al medio día, ni en la noche...

—¡Dios mío, usted se ha vuelto loco! —lo interrumpe nuevamente Belén—. ¡Tendrá graves problemas con las autoridades!

—¡No, mi amiga, los visitantes respetarán los deseos de Angerona, de que no se divulguen estos secretos!

Entraron al soberbio edificio de madera y pasaron a la sala

donde habían bebido el delicioso jugo de limones; se sentaron y siguieron conversando y haciendo cuentos. Cornelio solicita hacer un brindis por Angerona con vino francés.

Úrsula le dice a Cornelio:

–Merci de votre gentillesse.

Rato después Cornelio invitó a las mujeres a subir a sus aposentos y tomar un baño de agua caliente. Cerca de una hora más tarde las dos amigas bajaron al comedor, próximo a la cocina y se sentaron en una amplia mesa de caoba, en la cual estaban ubicadas ocho sillas de igual madera, una en cada extremo de la mesa y tres a ambos lados. Ya Cornelio las esperaba. Después que los comensales se sentaron, la cocinera y su ayudante fueron depositando los alimentos. Primero fue servida una excelente sopa de gallina criolla con malanga blanca y pedazos de calabaza recién recogidas de la huerta; luego fue servido un exquisito chilindrón de cabra en una salsa de tomate espesa y algo picante, acompañado de arroz blanco y yuca hervida, rociada con manteca de puerco y jugo de naranja agria. Casi una hora después de estar sentados a la mesa degustando todas aquellas delicias, Úrsula y su amiga Belén comienzan a reírse y Cornelio las imita:

–¿Sucedió algo, Úrsula?

–No, nada, Cornelio, discúlpenos –responde Úrsula–. Es que cuando Belén y yo comemos fuera de nuestras casas nos sirven unas comidas tan deliciosas, que comemos y comemos sin saber cuándo terminar, como si fuéramos pequeñas.

Cornelio sonríe y comienza a comer más él también:

–Me agrada mucho que se sientan como en su propia casa, además, espero que pronto lo sea...

Belén mira a Úrsula con cierta picardía en sus ojos y Cornelio lo observa y añade:

–Belén, usted y Úrsula están invitadas permanentemente

a dejar La Habana y venir conmigo para acá.

–Gracias, Cornelio. Yo vendré a visitarlos a ustedes dos.

En ese instante sirven el café, y al probarlo, Úrsula exclama:

–¡Es muy bueno este café! Su criada sabe muy bien cómo hacerlo.

–Sí, es realmente bueno; pero usted tiene un misterio que le permite hacerlo mejor aún. Tiene que enseñar a mi nana su secreto.

Finalizada la cena subieron nuevamente al piso superior y Cornelio invitó a las dos amigas a salir al pequeño balcón donde permanecieron un tiempo más conversando. Pero, el cansancio del largo día los obligó a descansar, y los tres jóvenes se despidieron y se retiraron a sus habitaciones respectivas.

Al otro día, después del desayuno, Cornelio llevó a las mujeres a recorrer el resto del edificio donde habían dormido. Dentro de un vasto salón existía un molino de pilar café con dos ruedas de piedra que giraban permanentemente y su canoa. Pasaron al gran molino de maíz movido por una yunta de bueyes unidos por un artefacto hecho del precioso roble de yugo. En la pieza contigua había una máquina sencilla para desgranar las mazorcas movidas por una manivela y más adelante un gran almacén para depositar los toneles con el café listo para la venta.

El pasillo norte del piso superior frente a los molinos y almacenes constituía un largo salón para escoger el café con los esclavos sentados y protegidos del frío invierno por altos cristales multicolores. Regresaron abajo y los tres jóvenes avanzaban dentro del grupo de esclavos, hombres y mujeres, que trabajaban en cada área, ellos bajaban la cabeza en señal de respeto y se detenían para permitir el paso de los recién llegados. Al final, los tres bajaron por la escalera hacia el camino de tierra, en el cual se levanta una casa de madera y techo terminado en una amplia cúpula, donde está la descascaradora de café.

Nuevamente salieron al aire libre y Cornelio se dirigió a sus amigas que venían detrás:

—Bueno, ¿qué les ha parecido todo hasta hora?

Belén que estaba más cercana a él, le contestó:

—¡Es increíble lo que usted ha logrado!

Y Úrsula que regresa junto a ellos, después de apartarse para arrancar una rosa, señala:

—Es realmente imponente todo lo que he visto, pero no sé cómo podrá descansar usted con tanto ruido en el mismo edificio en que se trabaja y usted descansa...

Cornelio se echa a reír:

—Recuerde usted que construyo un nuevo edificio para mí, además, como usted misma me sugirió —y dijo esta palabra muy despacio, para que la recordara—, aquí se descansan los mediodías y no se trabaja de noche.

Al oír estas palabras, Belén, que estaba próxima a Úrsula, la toma del brazo:

—¡Verdad, madame, que usted es brava, seguramente querrá que los esclavos descansen sábado y domingo también!

Úrsula, medio aturdida por las palabras de su compañera, solo puede decir:

—Pero yo solamente sugerí...

—Todo está bien, Belén; fui yo quien pidió a Úrsula que me indicará la forma más correcta para tratar a los esclavos y obtener de ellos los mejores resultados, según su experiencia. Así será como único yo pueda realizar el "Jardín del Edén" o mi paraíso. Bueno, no se preocupen más y sigamos el recorrido.

Tras la descascaradora de café, llegaron a la gran carpintería de madera y techo de tejas donde existen numerosos bancos y herramientas. También hay grandes estivas de maderas recién acerradas, listas para ser transformada en ventanas, puertas y muebles para el nuevo edificio que se construye como vivienda principal. Numerosos instrumentos de hierro como son serruchos, serrotes, sargentos, suelas, martillos y clavos de diferentes tamaños se observan bien organizados, mientras otros están en las manos de los hábiles carpinteros. Cornelio se aproximó a un fuerte negro que tenía en su mano derecha una enorme escofina, la cual pasaba por encima de una bella pieza de madera:

–Este es el buen Isaac, habilidoso carpintero, me ayuda a construir un arpa eólica que colgaré en una de las ventanas de la casa para que el aire, al pasar por su interior, produzca una bella melodía...

El negro bajó su cabeza y detuvo el trabajo, mientras las mujeres observaban la pieza de madera. Úrsula enseguida pregunta:

–¿Y sonará? ¿Usted la ha visto antes?

–Claro que sonará. No hago cosas que no esté seguro que funcionarán, madame.

Dudosa, Úrsula toca al negro por el hombro:

–¿Y tú, gran Isaac, crees que funcionará ese aparato que construyen?

El pobre negro, algo sorprendido por la familiaridad de la joven, contesta:

–Si el señorito Cornelio dice sí, así será, madame.

Continuaron el paseo los amigos dejando a Isaac y los demás carpinteros en su labor. Más adelante de este edificio se encuentra el ropero, donde se almacenan las vestimentas de los esclavos y donde ya existen más de cien gavetas. Detrás del ropero hay un largo edificio de madera con techo de guano de la palma real, el cual está dividido en tres aposentos y donde hay numerosos catres. En el momento en que Cornelio y sus invitadas se acercan al lugar, los pequeños criollitos, hijos de esclavos, descansan, mientras sus madres trabajan en el campo. Úrsula le pidió a Cornelio entrar al edificio y no pasar de largo como lo habían hecho con otras fábricas. Al entrar, Úrsula saluda a dos jóvenes esclavas que se ocupaban del cuidado de los pequeños y les pregunta a ambas:

–¿Tienen algún pequeño enfermo ahora?

Una de las esclavas la llevó donde había una pequeña criatura dormida. Úrsula le puso con suavidad su mano sobre la frente del pequeño y con los ojos medio húmedos, pregunta cuál era el mal que padecía aquella criatura:

–Ha tenido calentura y mal de barriga –contesta la muchacha.

–¿Y ha vomitado?

–¡No, sumecé!

–¿Y cuando viene el médico, Cornelio?

–Él viene los lunes y jueves de cada semana y si hay problemas mayores se puede mandar a buscar otro día.

–Este es el local que más me agrada; me gustaría mucho trabajar en un lugar así.

–Úrsula, eso depende solamente de usted... ¡Bueno, sigamos!

Al norte del camino estaban los secaderos de café y al sur se observaba enormes andamios hechos de madera encima de los cuales todavía varios carpinteros negros martillaban y clavaban. Detrás de ellos existía una gran depresión del terreno. Belén, caminando un poco asustada detrás de Cornelio, le pregunta:

–¿Y qué espera usted hacer allá bajo, don Cornelio?

–Lo primero que hicimos fue formar una cantera para sacar las piedras de la pared sur y al final dejar el piso y el fondo muy bien cuadrados. Ahora los carpinteros y albañiles dividen el lado este en seis enormes tanques o cisternas subterráneas, para almacenar agua, separadas unas de otras por un gran tabique y el techo será como grandes bóvedas arqueadas por dentro y por arriba planas para servir de piso a una enorme enfermería o hospital que se construirá en su parte superior, y a la derecha serán otras construcciones subterráneas, donde las esclavas podrán lavar la ropa, hacer pan, etc., y en su parte superior, donde están ahora los criollitos, pienso construir un moderno edificio que pueda albergar más de cien pequeños, mientras sus madres trabajen, y más allá espero construir una casa para mis queridos perros.

Úrsula y Belén estaban sorprendidas por toda la explicación, solo viendo todo aquello se podía creer. Continuaron rumbo al barracón. Numerosos esclavos, que después de la recogida del café trabajaban en la construcción, ahora levantaban un largo y enorme muro en forma de un gigante rectángulo. En el centro de la pared sur, que será en el futuro la entrada al recinto, se construía una gran puerta en forma de arco algo similar al de la entrada principal de la hacienda. Los recién llegados se adentran por entre el bullicio de los trabajadores, donde unos cargaban enormes piedras, y otros pegaban rojos ladrillos. Ya en el interior del recinto, Cornelio les explica a sus acompañantes:

–Este será un pueblo para los esclavos y no un simple barracón. Vivirán en parejas; tendrán lugares comunes, comedor, cocina y sus letrinas.

–Pero ahora viven en esa gran nave –señala Úrsula–, mirando hacia una gran construcción de madera y techo de guano...

–Así es, pero ya le va faltando poco al pueblo. Habrá dos tipos de cabañas, unas de mampostería pegadas al alto muro mirando hacia el centro, cómodas y confortables, y otros bohíos en hileras dentro del pueblo separados por estrechas calles de tierra. En las primeras vivirán las mujeres preñadas y parturientas, y en los bohíos, las solteras.

–¡Entonces será un privilegio estar preñada o parida! –señala Belén.

–Eso es, Belén –dice Úrsula–. No ves que lo que quiere nuestro amigo es que todas tengan hijos y así no tener que comprar los esclavos...

–Tiene razón, Úrsula, pero también serán más felices así. ¿No cree usted? Cuando uno tiene compañía es más feliz –afirma Cornelio sin dejar de observarla.

–Bueno, es posible que usted tenga razón, pero ahora me gustaría ver uno de sus famosos cafetales –responde Úrsula.

Todos salieron del recinto en construcción, pasaron por frente a un gran edificio de horcones de quiebrahacha con techo de guano que era utilizado como caballeriza. El camino los conduce al tejar y quedaron frente a los grandes sembrados de cafetos. Cornelio avanza por una calle entre dos hileras de cafetos, se detiene frente a una de las plantas y toma un grano pequeño:

–Cada uno de estos grandes cuadros debe contener aproximadamente diez mil cafetos; se siembran a dos varas una de la otra, por lo tanto, un cuadro mide próximo a doscientas varas por cada lado y así, van quedando los cuadros unos al lado del otro, como si fuera un tablero de ajedrez...

En ese momento pasaba por su lado un carretón tirado por dos bueyes que van unidos por el yugo hecho de roble, cargados con varios racimos de plátano bien maduros y otros verdes, abundante coco y otros canastos con frutas. Cornelio detuvo al hombre e invitó a sus acompañantes a coger algunas frutas. Todos se decidieron por los plátanos.

–Qué bueno es trabajar rodeado de amigos, bajo la sombra de los árboles y con tantas frutas deliciosas –comenta Úrsula.

–Por eso me decidí a construir una hacienda cafetalera y no un ingenio azucarero. Los cafetales son como grandes jardines dentro de un bosque.

–Sí, Cornelio, pero eso es aquí, porque donde yo nací, no era tan placentero como un jardín...

–Vamos, Úrsula, no te pongas a recordar ahora esos días –regaña Belén y pregunta–: ¿Para qué siembran tanto plátano, Cornelio?

–Aquí sembramos plátano fruta y otro que se come como vianda. Este último también se seca al sol y se muele y se guarda como harina para los tiempos en que este escasea y sirve para alimentar a los esclavos.

–¿Y qué más comen sus trabajadores, Cornelio? –pregunta Úrsula.

–Comen mucha carne salada y pescado salado con yuca, malanga, boniato, plátano y ajiacos de carne y vianda...

–Estarán felices, porque eso es buena comida –asegura Belén.

Úrsula la mira deseosa de decirle algo, pero Cornelio la interrumpe:

–¡Regresemos a la casa que el tasajo debe estar servido!

–¿Tasajo dijo usted? –pregunta Úrsula.

Pero Cornelio sin hacerle caso camina en dirección al camino principal, bajo la risa de las dos jóvenes. Ellas subieron a sus habitaciones para asearse y recogerse el pelo, revuelto por el aire. Minutos después bajaron hasta el comedor donde Cornelio las esperaba sentado en la cabecera de la mesa. Entonces aparecieron la buena cocinera y su ayudante con varias fuentes, colmada una con tasajo, otras con carne de puerco frita, fritas de malanga, yuca hervida y plátanos maduros, y en el centro, una gran fuente con arroz cocinado con frijoles colorados y pedazos de carne, todos mezclados y sazonados con orégano, comino, ajo, cebolla y culantro. Por largo rato a los amigos degustaron aquella riqueza de comida y al final, Úrsula advierte:

—Su nana lo sobre alimenta y en verdad es muy buena cocinera.

—Al principio yo no comía tanto, pero ella me aseguraba que los Bosmeniel comían así y eran muy saludables, entonces me he ido habituando.

—Bueno, cuando coma con nosotras en mi casa puede estar seguro que no será así.

—No importa —sonríe Cornelio—, yo me adapto a cada situación; el miedo es que me quieran envenenar —y todos continuaron riéndose.

Al terminar el almuerzo Úrsula quiere saber qué sucederá después:

—¿En la tarde que haremos?

—¡Descansar seguramente! ¿Verdad, Cornelio? —responde Belén.

—Me gustaría pasear a caballo por el río y enseñarles el tejar.

—¿Y podremos bañarnos en el río? —pregunta Úrsula.

—No, Úrsula, será en otra ocasión; ahora el río está crecido y sus aguas están turbias.

—¿A qué hora saldremos al campo? —pregunta Belén.

—Descansen un rato y sobre las tres emprendemos la marcha —asegura Cornelio.

A la hora acordada, partían los tres jinetes desde el frente del gran edificio. Como siempre, el gran caballo blanco y patas delanteras negras era el de Cornelio. Tomaron el camino del río y Úrsula, haciendo alarde de buena jinete, emprendió una veloz carrera dejando rezagados los demás. Cornelio, viendo que su acompañante no se atrevía a apurar la marcha de su cabalgadura, le dice:

—No se preocupe, Belén, no irá muy lejos, hay varios caminos y ella no sabe cuál tomar.

Y así mismo fue, unos quinientos metros más adelante, el camino se cruza con otro y en ese punto esperaba Úrsula cómodamente sentada sobre su caballo.

—Es usted muy buen jinete, madame —al llegar junto a ella.

—Deja ver si esa bestia te tumba —señala Belén, algo envidiosa por la habilidad de su amiga.

—Hacía mucho tiempo que no montaba a caballo, pero desde niña aprendí a montar, allá por Guantánamo, y siempre andaba a caballo.

—¡Allons-y! —Cornelio retoma el camino que pasa cerca de cochiqueras y corrales de ovejas y carneros.

Los cafetales seguían a un lado y otro del camino por todos aquellos parajes, siempre bajo la sombra de enormes algarrobos, guácimas, jobos y matas de plátano o de otros muchos frutales. Al final llegaron a una gran curva que da el río. Cornelio encabezó la bajada al río muy suavemente; detrás lo sigue Belén algo asustada y al final, Úrsula, quien se detuvo en el medio del arroyo para que su bestia bebiera agua. Ya al otro lado del río, Cornelio comenta:

—Aquí construiré una gran represa para poder llevar el agua hasta el aserrío y las cisternas que se están construyendo en el batey.

—Y tendrás que hacer algunos botes para pasear nosotras.

—Claro, Úrsula, yo mismo los construiré. Aquí hay robles suficientes para eso, también quiero construir una gran noria para sacar el agua del río y subirla hasta los canales.

—¿Qué es una noria? —pregunta Belén.

—La noria es una gran rueda de madera con paletas o cubetas adosadas en sus costados, que, al girar por la fuerza del agua, eleva y vierte el agua sobre un canal en la parte superior.

–Yo nunca las he visto; en los cafetales del oriente el agua se traía por gravedad desde el río en su parte superior.

–Es más fácil así, pero el río está más abajo que las cisternas –contesta Cornelio–. Vamos a ver el tejar.

Avanzaban los tres jinetes hacia la puerta del fondo de la hacienda cuando Cornelio terció su caballo, pero Úrsula lo detuvo al observar un grupo de cruces clavadas en un terreno limpio y cercado de piedras. Con duda y miedo, pregunta al alemán:

–¿Acaso ese es el cementerio de su hacienda?

Cornelio hizo retroceder a su caballo y se dirigió lentamente hacia aquel sitio que Úrsula señalaba. Efectivamente, se había limpiado un pedazo de terreno llano y cercado con piedras. Junto a la cerca habían sembrado plantas de flores y en su interior crecían numerosas palmas reales, algunos cipreses y otros pinos.

Úrsula se bajó de su caballo y en silencio abrió la puerta y se dirigió a una de las cruces en la cual había escrito un nombre. Alrededor de la cruz se dibujaba con piedras un rectángulo pequeño, lo que reflejaba que el cuerpo pertenecía a un menor; luego caminó alrededor de otros rectángulos de piedras, en su mayoría pequeños. Se veía muy adolorida, a cada rato arrancaba un puñado de flores silvestres de las que abundan allí y las depositaba delante de una cruz, sobre la tierra. Regresó al caballo y sin decir palabra alguna montó y siguió a sus dos acompañantes que volvieron al camino principal, hasta llegar a los hornos y fábricas de ladrillos, tejas y otras piezas de barro.

Ya dentro del tejar, Cornelio fue explicando a sus invitadas las distintas áreas de la fábrica, sin embargo, se daba cuenta de que Úrsula había cambiado de humor, impresionada por la gran cantidad de pequeñas tumbas. Por fin regresaron a la casa. Las mujeres subieron a sus dormitorios, mientras Cornelio se fue a su biblioteca. Cerca de las ocho de la noche, Cornelio y sus invitadas pasaron al comedor a cenar; Úrsula comió poco y se lo achacó al cansancio del día. Terminado de tomar el café subieron al balcón del segundo piso y fue cuando Úrsula se animó a conversar:

—Amigo, usted me pidió en La Habana le diera algunas ideas sobre su plantación...

—Claro, Úrsula, para mí es muy necesario que me indique las cosas en que usted crea que debemos mejorar.

—Lo primero que he visto es que, a pesar de sus esfuerzos, mueren muchos niños. Las causas habrá que buscarlas en la falta de limpieza, en los malos hábitos... aunque me imagino que mueren muchos antes de los siete días de nacidos.

—Tiene razón, usted.

—Ese es el mal de los siete días, y es provocada al cortarle el ombligo al recién nacido y luego lo amarran con hilo de la telaraña u otro pabilo, infestando al pequeño.

Cornelio y Belén escuchaban Úrsula que explicaba con mucha dedicación. La risa había desaparecido, parecía una maestra dando clases y nadie se atrevía a interrumpirla.

—Por último, una semana es muy poco tiempo para que la madre y el recién nacido vivan juntos.

—¿Y qué me recomienda usted, entonces?

Úrsula permaneció en silencio durante un rato mirando en dirección donde dormían los esclavos, luego regresó a su silla:

—Lo primero es construir un nuevo recinto o criollero para atender a los pequeños, pero más grande del que usted tiene ahora y con más catres para que duerman; el piso debe ser de loza o madera para que los pequeños no puedan comer tierra, también deben estar vigilados constantemente. La comadrona tiene que lavarse bien las manos antes de atender el parto y puede hacer un nudo con el propio cordón del pequeño y la madre debe estar junto al hijo al menos un mes después de nacido y si es posible, descansar un mes antes del parto y alimentarse bien. Muchas de ellas mueren de debilidad, plétora sanguínea, hemorragias violentas, males venéreos y caídas, y la criatura pierde a su madre. Las ropas y trapos de esos pequeños deben lavarse constantemente y no permitir que jueguen o se embarren con sus excrementos. Por otro lado, la puerta de entrada al criollero debe ser por el lado norte, hacia el patio de las cisternas, para que ellos no puedan venir para el área de trabajo de los secaderos de café.

–¿Pero, muchacha? –exclama preocupada Belén.

–Disculpe, Belén, ¡deje que ella continúe!

–Bueno, eso es con los niños. Además, usted necesita un hospital y un médico permanente y no que venga dos veces a la semana. Y por último creo que en el espacio vacío que está al este de los secaderos, pudiera mandar a construir un gran jardín de plantas medicinales para atender muchas de las enfermedades de sus esclavos.

–¿Y dónde se compran esas plantas? –pregunta interesado Cornelio.

Úrsula y Belén comienzan a reírse y provocan la risa de Cornelio.

–¡Comprar nada; aquí en su hacienda tiene la mayoría de las plantas que necesita!

–¿De verdad?

–Hoy he visto la yagruma de hojas verdes y blancas, la guacamaya, el gandul, la calabaza, güira, mango, aguacate, la verdolaga, la escoba amarga, la artemisa y muchas yerbas y plantas más. Pero también abunda el anamú o arada, el cuál puede provocar el aborto en las esclavas, cuando no quieren parir.

–¡Mon Dieu, sabe usted más que un médico! Pero puede estar segura que en lo adelante cuidaremos mejor a los pequeños criollos –afirma Cornelio muy serio.

Los tres amigos continúan charlando y riéndose de los sucesos del día. Belén se ve algo preocupada y al final Cornelio le pregunta:

–¿Hay algo que le preocupa a usted, Belén?

–Bueno, pensaba en cuándo regresaremos a La Habana.

–¿Ya quiere marcharse usted?

–Es que tengo algunas cosas pendientes por resolver.

–¡Yo también tengo cosas urgentes que hacer en la ciudad! –dice Úrsula.

–Veo que a ustedes les agrada mucho La Habana; parece que extrañan mucho las fiestas habaneras. Creo que tendré que hacer algunas fiestas y algunos bailes aquí.

–No diga usted eso, Cornelio; nosotras vamos a muy pocas fiestas; allá usted es a quien le gusta mucho el teatro y los bailes de salón con su amigo Enrique y sus amiguitas criollitas.

Él comienza a reírse al escuchar las bromas de Úrsula, sabiendo que lo hacía para provocarlo:

–Entonces, ¿cuándo quieren regresar?

–Pasado mañana –contesta Belén.

–Sí, pasado mañana, así conversaré con la comadrona sobre algunas cuestiones con los niños pequeños y le enseñaré algunos remedios contra las diarreas, las fiebres y las lombrices, aprovechando las yerbas que hay por aquí –señala Úrsula.

Junto con la gran luna que resplandece en el cielo, las antorchas encendidas en las columnas de las fábricas y las lámparas de aceite colgando en el pasillo de la casa, provocan gran claridad alrededor del edificio. También, el silencio de la noche crea una atmósfera muy agradable alrededor de los tres amigos. Belén se pone de pie y pide permiso a su amiga y a don Cornelio para retirarse a su dormitorio, entonces Úrsula quiere despedirse también, pero el joven le pide que se quede unos minutos más.

De la bella mujer emana un fino aroma a una suave colonia francesa que embriaga el alma de cualquier mortal y con su vestido de hilo rosado parece una verdadera diosa. Con los brazos apoyados en la baranda de madera y mirando hacia arriba donde flotaba la bella luna en el cielo, Úrsula permanece callada y pensativa.

Por su parte, Cornelio también permanece de pie, con su alta figura, su traje blanco como era generalmente su costumbre, en silencio, pero observando a aquella mujer de perfil. Sus ojos recorren la figura esbelta; desde los pies a la cabeza todo era curvas perfectas, de sus hombros las líneas bajaban estrechándose en la cintura y luego su cuerpo se iba levantando a la altura de los glúteos, provocando una gran prominencia, para después bajar suavemente hasta conformar sus bien contorneadas piernas. Úrsula lo sorprende en esta contemplación, y con voz suave, muy femenina, le pregunta:

–¿Se quedó mudo usted? ¿O me va a confeccionar un traje a la medida?

–No, es solo que no había tenido tiempo de mirarla bien.

–¿Y qué ha notado...?

–No sé explicarte porque me he quedado sin palabras, pero de lo que sí estoy seguro, es que mis ojos nunca habían visto un cuerpo humano tan perfecto, ni había sentido yo una atracción tan fuerte como la que usted ha provocado en mí...

En ese momento ella se vuelve hacia él:

–Creo que es mejor que me marche a dormir...

Pero Cornelio se abalanza sobre su mano apoyada aún en la baranda de madera y la retiene; con delicadeza la trae hasta él y cuando están tan próximo uno del otro que sus narices se rozan, le dice muy bajito, pegando su boca a su oído:

–¡Te amo, te amo como nunca amaré a nadie! Y regresa su cara frente a la de ella, de forma que sus labios rozan su mejilla y se detienen contra sus labios. Ella iba a hablar, pero las dos bocas se juntan en un beso tan ardiente, como cuando es grande y ardiente el amor que lo provoca. La luna, apenada, se esconde detrás de una gran nube, para que su luz no delate lo que ocurría entre los jóvenes y para que los amantes no sean interrumpidos. Sus cuerpos quedan unidos por sus propios brazos temblorosos que recorren cada palmo del cuello, la cabeza y las espaldas de ambos.

Los amantes, desde hacía mucho tiempo, pensaban en aquel beso, pero no se atrevían. Ahora, tenían miedo a terminarlo, era tan fuerte la energía que los atraía a uno contra el otro, que pasaron maravillosos segundos sumidos en aquel estado, parecía que el tiempo se había detenido y había petrificado a aquella pareja; sin embargo, en su interior hervía y amenazaba con provocar una enorme erupción. Era cómo, cuando una masa de lava se enfría en su superficie creando una costra sólida y en su interior la roca fundida continua caliente y fluida, desplazándose por todo su interior.

Un ruido, al parecer proveniente de la habitación de Belén o de uno de los almacenes de café, interrumpe a los enamorados, ellos se sueltan bruscamente y se separan, pensando que habían sido sorprendidos, pero no había nadie. También podría haber sido otro flechazo del propio Cupido, cansado de esperar para ver la felicidad en el rostro de la pareja. Cornelio quiere atraer nuevamente a Úrsula hacia su pecho, pero está asustada, ella balbucea unas palabras y corre para su habitación. Largo rato permanece el amante en silencio recostado a la baranda de su balcón, mirando la lejanía. Por sus mejillas corren las lágrimas, lágrimas de rencor e impotencia por no ser capaz de retener a aquella mujer junto a él.

La mañana estaba muy clara, el sol ya despuntaba en lo alto pasando sus rayos por encima de los muros del nuevo edificio en construcción, más allá del comedor. Al fin bajaron las dos jóvenes desde sus dormitorios, y la nana mandó a llamar a Cornelio que las esperaba en su biblioteca. Reunidos los tres en torno a la gran mesa, el desayuno fue servido rápidamente. Belén y Cornelio mostraban más apetito que Úrsula, quien, al contrario del día anterior, estaba más callada y menos hambrienta.

Preocupada, su amiga Belén le pregunta:

—¿Qué te pasa amiga, extraña La Habana?

—No es eso, Belén; es solo que no tengo mucho apetito hoy.

—¡Pero debes comer algo, Úrsula! —señala Cornelio.

—No se preocupe usted, Cornelio, más tarde si tengo hambre, comeré algo.

En eso, la nana que ha visto que Úrsula no ha probado nada, pero mantiene un brillo diferente en sus ojos al de días anteriores, le dice a su ayudante:

—Marta, corre al almendro y trae varias frutas para la señorita.

Úrsula mira a la mujer, pero no entiende lo de las almendras y entonces le pregunta:

—¿Y para que las almendras, buena mujer?

—Antes, mi suama, mi madrina, doña Blasa María, mi antigua ama dueña de estas tierras, cuando la niña Agustina no quería comé, cuando venía señorito Enrique a casa, me decía que le sirviera almendras, que era bueno para los problemas del corazón...

Belén, comienza a reírse, sin mirar para su amiga, quien aún seguía sin comprender lo que quiso decir la cocinera. Pero

Cornelio se vira para la pobre mujer y le pide que traiga el café y vaya a buscar ella misma al mayoral, porque quería hablar con él.

–¡No entendí a tu nana, Cornelio! –confiesa Úrsula con mucha pena.

–No le hagas caso. ¿Pero realmente no conoces la historia del árbol del almendro y San Valentín?

–¡No, no conozco a ese hombre! Es primera vez que oigo hablar de él.

¿Tendré que conocer yo a todo el mundo, en este bendito país?

Sin poder contener la risa por el estado de Úrsula, Cornelio le dice a ella:

–En otro momento le cuento. Bueno mandé a buscar al mayoral para que busque a una esclava y usted le explique sobre las plantas medicinales...

–No, no, por Dios, deje a ese hombre tranquilo. Por mí, los haría desaparecer a todos juntos. Yo trabajaré con una de tus esclavas del criollero.

–Bien, yo estaré en el área de las cisternas, hay atrasos con esos trabajos; pero si me necesitan me mandan a buscar.

–¡Vaya usted con Dios, San Balancín! –dice Úrsula al ver que Cornelio se levantaba de su silla, sin poder dejar de reír y se alejaba por la puerta hacia el patio.

Mientras tanto, Belén seguía sin poder aguantar la risa por la ocurrencia de la negra esclava. Posiblemente nadie allí, menos Cornelio conociera lo ocurrido a San Valentín, aquel lejano 14 de febrero. Úrsula le confía a Belén:

–Aún no sé qué pasó con la cocinera y las almendras...

–Para mí que la cocinera no tenía sueño anoche o velaba a Cornelio y vio algo raro entre ustedes, porque estoy segura que quiso referirse a ustedes dos.

Úrsula se queda mirando a su amiga Belén, quien seguía con su sonrisa a flor de labios:

–¿Será eso? Bueno, ahora sí voy a comer. Tremenda hambre que tengo–. Y comienza a comer pan, mantequilla, frutas y se bebe un tazón de leche de vaca, recién hervida.

Las dos amigas se fueron al criollero y rato más tarde salían hacia fuera con una de las jóvenes que atendían a los niños. Úrsula cada vez que veía una planta conocida arrancaba un puñado y se lo mostraba a la muchacha y la hacía aprenderse el nombre. Le explicaba para qué enfermedad se podía usar y cómo aplicarla:

–Si notas cólicos y dolores de vientres en los pequeños, puedes preparar un cocimiento de hojas o flores de naranja, también de anís. Si tienen vómitos y mal de transporte le preparas algo de comer o un té con jengibre; cuando tienen diarreas, le das a tomar agua con un poquito de sal y de azúcar para que no se deshidraten y le preparas un cocimiento con grama común o pata de gallina, mastuerzo o agua de arroz. Con siete guayabas verdes le preparas un cocimiento en un poco de agua y lo endulzas con miel de abeja.

Seguían caminando y buscando otras hierbas.

–Si tienen asma, le das un cocimiento de hierba de la niña o malnommé; para la bronquitis, le haces un cocimiento de llantén o plantago –arranca una mata de llantén y se la muestra. Así le aconsejó para la fiebre, para curar una herida, entre otros malestares.

Estuvo junto con Belén y la joven esclava hasta más de las doce del día, cuando Cornelio regresó: –Dejen eso para otro momento, que es hora de almorzar. Usted sin desayunar estará muerta de hambre.

–Ya vamos, don Cornelio, pero comimos unas frutas de su arboleda –contesta Belén, aún que Úrsula seguía explicando una nueva planta a la pobre muchacha que luchaba por memorizar todo aquello.

En seguida los tres amigos fueron a sus habitaciones a asearse, y al rato ellas esperaban por Cornelio sentadas en el comedor. Úrsula aprovecha la ausencia de Cornelio y va a la cocina y le pregunta a la cocinera:

–¿Buena mujer, usted ha comido muchas almendras aquí?

La mujer no sabe qué contestar y permanece callada. Entonces Úrsula le dice con cariño:

–Tiene que tener cuidado y acostarse temprano, que el mayoral siempre anda dando vueltas y la puede sorprender husmeando por ahí.

Más tranquila, regresó al comedor y en eso entró Cornelio y comenzaron a almorzar. Mientras él se interesaba por el trabajo de Úrsula y cuando esta le explicó lo que habían hecho, le sugirió que sería mejor que ella le dictara el uso de cada planta, para él anotarlo y que después, junto al médico, la muchacha recolectara dichas plantas. Finalizado el almuerzo, fueron a la biblioteca y Úrsula le fue dictando a Cornelio que escribía sobre un papel blanco los nombres de las plantas y frutas, y su uso para cada malestar o enfermedad. Al terminar, Cornelio muy serio, pregunta:

–¿Y para el mal de amores, que recomienda usted?

Belén y Úrsula se miran sorprendidas, pero comienzan a reír; hasta que Úrsula más calmada responde:

–Para el mal de amores se recomienda comer mucha almendra y trabajar todo el día, para no tener tiempo en pensar en esas cosas.

–Pero si es eso lo que he hecho todo este tiempo y cada día estoy peor...

Las jóvenes seguían riendo por la ocurrencia de Cornelio, luego Úrsula contesta:

–Yo alivio el mal del cuerpo, no el mal del alma.

–¡Ay!, ¡Dios mío, estoy perdido, no tengo cura! Qué lástima, tan joven y tener que morir así.

Por varios minutos se mantuvieron riendo, haciendo bromas y diciendo locuras propias de la edad y del buen estado de ánimo, hasta que subieron a sus alcobas a descansar. Luego de la siesta del mediodía, las dos muchachas regresaron a la biblioteca en la que Cornelio se encontraba rodeado de papeles, planos y varios libros. Cornelio las invita a sentarse. Úrsula se para detrás del hombre para observar el plano que tenía abierto, mientras Belén se acomoda en una butaca:

–Amiga, deje que don Cornelio trabaje.

–Belén, solo miraba. Creo que Cornelio se va a volver loco con tantos papeles y libros.

–Mira, Úrsula, este es el plano de las cisternas y encima está el gran hospital.

–Yo no entiendo nada de eso, soy muy bruta.

–¡No diga usted eso! Es demasiado inteligente, solo que nunca tuvo posibilidades de estudiar. Pero cuando venga para aquí, yo la voy a enseñar.

–Cuando niña mis padres querían que yo estudiara, pero los Lambert no nos daban dinero y había que pagar. Cuando llegamos a Cuba, allá por Dos Bocas y Ti Guabo, no había maestros y mis padres murieron sufriendo porque yo aprendiera a leer y a escribir, pero una de las niñas de la casa me enseñó a leer un poco y también los números, pero nunca aprendí a escribir...

–¡Aún está a tiempo, madame!

–¡No, ya no! Fíjese si soy bruta, que no conozco a San Bartolín o San Balancín en La Habana.

Cornelio no puede contener la risa por la ocurrencia de la joven, que lo hacía a propósito:

—San Bartolín, no. San Valentín, y ¡no está en La Habana!

—Ese mismo.

—Esta noche yo le explico.

—Pero esta noche nosotras cenaremos y dormiremos en casa de don Enrique.

—Sí, es cierto, Enrique quiere salir mañana bien temprano para la ciudad, yo también iré con ustedes.

—Pero usted nos dijo que nos iríamos con don Enrique, que usted no podía ir.

—Así es, por la mañana yo regreso para acá. Por lo tanto, preparen sus cosas que sobre las seis de la tarde nos vamos.

Las jóvenes subieron a sus habitaciones para preparar sus equipajes y descansar hasta la hora de la partida, mientras Cornelio aún seguía enredado con sus planos. A las seis de la tarde los dos coches estaban parados frente a la cocina. En el segundo coche en el cual iba la sirvienta de Úrsula, fueron montados dos sacos con café y un racimo de plátanos bien maduros y una gran cesta con guanábanas, naranjas y varias aves de corral.

Ambas mujeres se despidieron de las dos siervas de Cornelio, subieron al coche y se dio la orden de partida. Los carruajes, aprovechando la inclinación del terreno, entraron a la guardarraya custodiada por las palmas reales, hasta llegar al camino real, que une Artemisa con Cayajabos. Al doblar en dirección oeste, Belén le dice a Cornelio:

—Nos fuimos y no visitamos el pueblo de Artemisa, don Cornelio.

—¡Ni los baños de San Juan! —asegura Úrsula.

—Ustedes vinieron muy apuradas; cuando vuelvan, las llevaré.

Así los coches y sus ocupantes rodaban veloces a donde se ocultaba el sol, frente a ellos se veía la gran llanura llena de cafetales y plantaciones de caña de azúcar y sobre estas, muy a lo lejos, las azules montañas de San Salvador en plena Sierra del Rosario. Pasaron la curva de Orta, Santo Cristo, el camino de la Tumba, que sigue para San Salvador, la entrada de la hacienda de don Matienzo a la derecha y en lo adelante ruedan al norte. Casi a un kilómetro de Cayajabos está la pequeña elevación de calizas blancas, últimos representantes de las rocas micénicas autóctonas de la región, para dar paso a las rocas carbonatadas y silíceas, muy plegadas del cretácico y jurásico que forman el punto inicial de la Sierra del Rosario en su extremo más oriental. Pasaron el viejo puente de madera sobre el río y comenzaron a aparecer las primeras casas de los campesinos, arrieros y la del rancheador, reconocida por la gran cantidad de perros que tenía amarrados en su parte delantera.

Este hombre, alto y de grandes patillas que se unen con el espeso bigote, raídas y sucias ropas, y un largo machete colgado de su cintura, está parado al lado del camino y al reconocer el carruaje de don Cornelio, hace señas para que el cochero detenga el vehículo. Cornelio, al verlo parado al lado del coche, se enrojece, y sin cara de buen amigo, le pregunta:

—¿Qué desea usted, Esteves?

El hombre se quita de su boca un pedazo de tabaco apagado y mal oliente, y se acerca más al carruaje, al parecer con el interés de reconocer a los acompañantes. Después de dar las buenas tardes, dice:

—Tengo entendido que a su señoría se le han extraviado varios de sus malditos negros de la plantación. Avíseme usted y en dos días se los devuelvo vivos o muertos.

Al escuchar eso, Úrsula saca la cabeza para poder ver al dueño de aquella ronca y desagradable voz. Rápidamente Cornelio le responde:

—Se equivoca usted, mis buenos negros no me abandonan, gracias. Y con la misma le grita al calesero—: ¡Arre, hombre, que estamos apurados! –y añade a voz baja–: Desagradable hombre. La escena había dejado mudas a Úrsula y a Belén, quienes se mantuvieron en silencio mientras los coches suben una cuesta del camino. Ya dentro del pueblo y al llegar a la esquina de la plaza, doblan y se detienen frente a la casa de Enrique. Cornelio sé bajó del carruaje y les brinda su mano derecha a las mujeres para ayudarlas a descender. Úrsula le pregunta:

–¿Quién era ese hombre, Cornelio?

–Esteves, es un rancheador que vive de la caza de los esclavos que se apalencan; es un asesino y un abusador. Siempre anda rodeado de sus flacos perros, que parecen hienas desesperadas por morder al prófugo y destrozarlo. Pero dejemos ese hombre y entremos. En ese preciso momento, salía Enrique de la casa y saludó a sus tres amigos y los invitó a pasar a la vivienda, mientras le decía al calesero de Cornelio que llevaran los coches para el fondo de la casa. La señora que cocina y atiende a Enrique saludó a Cornelio y a sus dos acompañantes y les brindó un refresco y llevó a las jóvenes hasta sus dormitorios, mientras Cornelio y Enrique salieron nuevamente al portal y se sentaron en cómodos sillones de mimbre.

–¿Enrique, y doña Blasa sigue en La Habana?

–Sí, no han regresado aún. Cuéntame, ¿qué les pareció a las mujeres tu hacienda?

–Figúrate, amigo, todo muy bien. Úrsula me dio muy buenas ideas, además enseñó a una de las enfermeras esclavas a conocer las plantas medicinales y sus usos. También me explicó por qué se mueren tantos recién nacidos y también cómo mejorar la vida de esos infelices.

–Cornelio, hay algo que me preocupa y quiero decírtelo. Creo que no debemos tener secretos entre nosotros.

–Dime, Enrique, puedes hablar siempre conmigo. Creo que los amigos no han de tener secretos.

–El problema es que yo veo como proteges a tus esclavos, como los alimentas y trabajan menos que en otros lugares; además Úrsula influye mucho con su conducta con sus esclavos también. Otra cosa, amigo, cuando vamos a las tertulias en el café en la ciudad, conversas mucho con Luz y Caballero y con José Antonio Saco, y esos tienen fama de ser problemáticos y todo eso te puede traer un día problemas con las autoridades. Aún se habla mucho de las revueltas de los Soles y Rayos de Bolívar...

–¿Problemáticos? Creo que estás equivocado, Enrique, esos son profesores de los seminarios más importantes de Cuba, solo que no piensan igual que las autoridades; además yo sé hacer bien las cosas y nunca permitiré que los secretos de Angerona sean divulgados.

–¿Entonces ya te decidiste por el nombre de Angerona para tu hacienda?

–Ese será el nombre en lo adelante y mandaré a construir una estatua de esa deidad en el mejor mármol del mundo, mármol de Carrara, para ubicarla frente a mi futura mansión...

–¿Y qué decidieron usted y Úrsula? Ese también es un gran problema.

–¡Nada! Aún tiene miedo a las autoridades.

–¿Y por qué no te decides por otra muchacha? Pudiera ser la señorita Alicia, de San Juan de Contreras, o la del ingenio Barbanera o la bella hija de don Matienzo...

–Mira, Enrique, no te ofendas, pero yo no soy así; a ti te gustan todas y a mí, me gusta una sola: Úrsula.

En ese momento se acercan las dos jóvenes y Úrsula sorprende con su pregunta:

–¿Hablaban de mí?

–Sí, Enrique me preguntaba sí le había gustado mí hacienda.

—Es un jardín, realmente un paraíso.

—Lástima que no consigo aún una jardinera –asegura Cornelio.

—Bueno, amigos míos, ahora yo tomaré un baño –se disculpa Enrique.

Al retirarse el amigo, las dos mujeres se sentaron en el portal de la casa junto a Cornelio. Desde aquella posición tenían frente de ellos en lo alto de la plaza a la gran iglesia con su enorme campana de bronce.

—Cornelio, hay algo que le quiero pedir.

—Diga usted, sumecé. Sus deseos son órdenes para mí.

—No, Cornelio, je suis sérieux.

—Moi aussi, Úrsula. Je vous écoute.

—Bueno, el asunto es que yo estuve indagando con sus esclavos y me contaron que su mayoral no les permite realizar sus actividades de santería.

—¿Pero y qué quiere usted que yo haga; que les permita esas brujerías en mi hacienda también?

Úrsula mira a Belén y después a Cornelio:

—¡Avemaría purísima, qué hombre más bruto!

—¡Pero, Úrsula! –dice apenada Belén.

—No he dicho ninguna ofensa, Belén.

—Amigo mío, la santería es una religión venida desde África con los propios negros, usted no se lo puede impedir.

—¡Yo no, pero el mayoral sí, lo hace!

—Gran error de su parte, Cornelio. Eso no tiene nada de malo. Sus rezos, bailes y cantos no hacen daño.

—Pero si hasta una serpiente y una lechuza y otras partes de animales tenía uno de los negros en su choza.

Úrsula no podía contener su asombro.

—Ese es el santero. Nada de eso es malo. Ellos solo buscan curar sus males, adivinar sus causas.

–¿Y qué me dice de cortarle la cabeza a un pobre chivo o a un gallo alrededor de una ceiba?

–Nada, Cornelio, eso es un ebbó, el sacrificio de un animal, es como la fe cristiana, pero no para perdonar los pecados, sino para restaurar el "ritmo" interrumpido en la persona. La sangre de ese animal es capaz de restaurar ese "ritmo" y por lo tanto de ayudar, y la ceiba es su árbol sagrado; recuerde que ellos no tienen iglesia.

–¿Entonces qué quiere que yo haga, dígame usted?

–Lo primero es exigirle al mayoral que no entre más en las chozas de los esclavos; segundo, permitirles a esos pobres que hagan sus bailes y cantos, y que cuando necesiten matar un chivo u otro animal que se los permita. Y, por último, entrégueles un pedazo de tierra para que siembren sus plantas y críen sus animales.

Cornelio permanece callado, todo aquello no le gustaba mucho, pero sabía que Úrsula también tenía sus creencias, aunque no lo demostraba: según ella, era católica.

–¿Qué otra cosa le gustaría cambiar en la hacienda?

Belén mira a su compañera suplicándole que pare, que no exija más.

Úrsula sigue:

–Solo una última cosa. El número de machos y hembras debe ser proporcional, para que no existan riñas entre ellos. ¿Entiende lo que quiero decirle?

–¡Muy bien, en eso estoy de acuerdo! Creo que deben existir parejas, no la relación libre entre todos como serpientes u otros animales. Para mí el amor debe ser entre una pareja de un hombre y una mujer, no en tríos. Bien, tomaré un baño yo también, que al parecer me hace mucha falta.

Úrsula sonríe, y Belén aplaude:

–¡Estarás contenta, tus caprichos fueron concedidos!

Las farolas recién instaladas en la plaza y frente a la iglesia fueron encendidas, mientras en el resto de las casas de mampostería: del capitán y juez pedáneo, así como la del cura y de varios hacendados y comerciantes comenzaron en sus alrededores a iluminar sus portales también. La entrada de la noche en aquel pequeño pueblo de Cayajabos era muy diferente al anochecer en la gran capital, pero era muy sencilla y hasta romántica para las dos mujeres tan alejadas de sus casas. Más adelante aparecen Enrique y Cornelio con la invitación de dar un paseo por la plaza, hasta que sean las nueve de la noche, hora en que Enrique acostumbra a cenar. Los cuatro amigos regresan a la casa y pasan al comedor a cenar. En un momento de la comida, Enrique les anuncia:

–Quiero informarles a los tres, que están invitados a mi boda el próximo mes. Espero, si no hay otro contratiempo, desposar a mi linda novia en la iglesia de Cayajabos.

–¡Felicidades, Enrique! –dicen los tres amigos como si lo hubieran ensayado.

–¡Brindemos por Enrique y su felicidad! –dice Cornelio mientras levanta su copa y los demás lo imitan.

Terminada la comida, se retiran al portal de la casa y conversan sobre los planes futuros. Enrique, trata de conocer las ideas de Úrsula respecto a su amigo:

–Y usted, Úrsula, ¿cuándo nos informará sobre su casamiento?

La pregunta sorprende a todos, al propio Cornelio parece no agradarle, pero no dice nada; Úrsula contesta:

–Mi buen amigo Enrique; cuando yo nací, alguien decidió por mí que yo pertenecería a la familia religiosa de Las Ursulinas, con votos de virginidad perpetua. Yo no fui martirizada por el gran Atila, como dicen que se llamaba aquel bárbaro, pero los Lambert esperaban que yo siguiera los pasos de Santa

Úrsula. Es por eso que me bautizaron con el nombre de Úrsula Lambert. Todos quedaron boquiabiertos, nadie pensaba que Úrsula pudiera conocer aquella historia, ya que, según ella, apenas sabe leer y no sabe escribir:

—Hasta hoy he cumplido esos votos. ¿Qué pasará en lo adelante? ¡El tiempo lo dirá!

—No le hagas caso a Enrique. Él siempre queriendo que todos sigamos sus pasos —dice Cornelio tratando de restar importancia al comentario del amigo.

—Ustedes son mis amigos y yo solo quiero que me inviten a sus bodas. Tendremos cuatro grandes ocasiones para divertirnos... ya estoy harto de tanto trabajo.

—Puedes estar seguro, Enrique, que serás el primero en saberlo —afirma Belén.

—Yo pensaré en eso y si cambio de idea, le aviso también, amigo. Pero no creo que usted esté muy aburrido porque lo ven muy a menudo acompañado siempre de jóvenes, tanto criollas, como pardas ingenuas —dice Úrsula.

—De eso es de lo que Enrique se aburre —interpone Cornelio.

Enrique se puso de pie fingiéndose algo molesto:

—Será mejor que vayamos a dormir que mañana tenemos que salir temprano.

—Yo estoy muerta de sueño —asegura Belén.

—Ve tú, Belén, que te alcanzo enseguida.

Úrsula camina hasta el muro que cierra el portal, pone sus brazos sobre este y mira la plaza. Cornelio, que se había puesto de pie también al marcharse Belén y Enrique, se acerca a Úrsula:

—No sabía que usted pertenecía a Las Ursulinas y yo haciendo tantos proyectos.

Ella sonríe al escuchar las palabras de Cornelio y el

tono en que lo dice:

–Las Ursulinas de ahora viven en las realidades del día y son mujeres emancipadas, dueñas de su propio destino. Pero como usted me enseñó, hay que tener un doble sentido para cada cosa que hagamos o que digamos y eso fue lo que hice con el señorito Enrique.

Cornelio queda sorprendido por lo que acababa de escuchar. Qué mujer más hábil y astuta. Aunque no había podido aprender a escribir tenía una inteligencia innata; cada día la admiraba más. Sonríe y baja suavemente su mano haciéndola coincidir con la fina mano de la joven y al sentirla junto a la suya la aprieta con delicadeza:

–Vamos a dormir, mi Santa Úrsula.

–No, amigo. Usted me va a contar esta noche sobre las almendras y el tal San Bartolín, amigo suyo.

Irrumpe Cornelio en una fuerte risa sin darse cuenta que todos dormían:

–Pensé que querías dormir; además, no es Bartolín, es San Valentín. Bueno, cuando yo era pequeño recuerdo que mi tía me leía un poema de un escritor inglés, titulado "El parlamento de los pájaros" y en él, mencionaba a San Valentín, un sacerdote que murió decapitado por el emperador Claudio II allá en Roma un 14 de febrero, debido a que este hombre casó a los soldados antes de ir a la guerra y eso estaba prohibido. Los soldados al regresar de la guerra sembraron un almendro en su tumba. El almendro es considerado hoy el árbol del amor y comienza a florecer por estos días de febrero. Más adelante fue declarado esta fecha como el día del amor y la amistad.

–¡Pero que bella y que triste historia! ¿Y usted nunca ha sembrado un almendro en Angerona?

–Quel dommage! ¿Por qué lo pregunta?

–Por nada, cuando vuelva a Angerona, sembraremos uno.

Además, yo no sabía sobre eso, pero sí le puedo asegurar que la almendra tiene muchos usos medicinales. Sus hojas son como la quina, muy buena contra su erisipela.

–¿Realmente son buenas para curar la erisipela? ¿Cómo es que no me lo había dicho antes?

–No se me había ocurrido. Sus hojas en cocimiento son muy utilizadas.

–Veo que usted es realmente muy culta, madame.

Y tomados de la mano entraron a la sala de la casa, muy felices, pero a la vez tristes porque iban a separarse el otro día. En el comedor, bajo la luz de un candil, la cocinera de Enrique leía unas hojas de papel y casi que sorprende a los jóvenes tomados del brazo. Al verla, estos asustados por la presencia de la mujer, a quien ya hacían durmiendo, se soltaron bruscamente, y al unísono dicen: "Hasta mañana doña". Y cada uno va hacia sus respectivos cuartos.

Al otro día temprano, mientras desayunan, Cornelio, muy animado, pregunta:

–¿Y qué les pareció esta experiencia?

–Merveilleux!

Finalmente, Enrique con sus dos acompañantes, partieron para La Habana, y Cornelio regresó a su hacienda. Nuevamente la tristeza se apoderaba de los dos enamorados. Los días pasaban para Cornelio muy rápidamente; las construcciones planificadas eran diversas y grandes en el cafetal, además estaba interesado en aumentar sus tierras, por eso había enviado con Enrique un papel a su amigo y abogado Rafael Días para que este le fuera agilizando algunas diligencias. Por su parte él ya había conversado con los herederos belgas de la familia Bosmeniel y habían acordado la próxima compra de nuevas tierras...

El sábado, nueve de febrero de 1818, en la escribanía de La

Habana, cierra el negocio de la compra de 11 caballerías y 40 cordeles, unas 150 hectáreas de terreno, por once mil pesos, con el señor don Nicolás Manuel Tanco, heredero de su difunta madre, doña Josefa Bosmeniel. De esta forma, Cornelio se convierte en propietario de más de 362 hectáreas de tierra. Poco a poco la nueva hacienda franco-alemana va siendo noticia en el país. Aprovecha los días en la ciudad para con el pretexto de realizar nuevas compras de tierras y ropas para sus esclavos, visitar a Úrsula y pasear por las calles habaneras que están siendo empedradas y adoquinadas. También visita los astilleros y se deleita con el olor a roble recién cortado y cepillado utilizado en la construcción de los navíos, famosos en todo el mundo.

Son días muy felices y además útiles para él. También se reúne con un famoso profesor llamado Pedro Abad y Villarreal, quien está construyendo obras de estilo neoclásico en Cuba e introduciendo el uso de los arcos del triunfo romano. El estilo neoclásico es el preferido por Cornelio para su mansión y pide consejos y ayuda a este hombre. Igualmente proyecta la construcción de un cementerio particular para él, junto al de sus esclavos, lo cual demuestra su apego o poco temor a la muerte; además su profundo amor a la libertad de sus sentimientos; la importancia que ve en el amor entre parejas, no al libre albedrío; y su inconformidad con el mundo donde vive.

El tiempo no se detiene, Cornelio tampoco; es un trabajador tenaz, agiliza la construcción de los edificios principales. Sus salidas para La Habana han disminuido porque el trabajo en la hacienda aumenta cada día; sigue comprando esclavos y tierras, pero también la necesidad de ver a su amiga Úrsula lo impulsa a viajar una o dos veces o más. Ella, aunque distante, es la consejera principal para resolver los problemas de enfermedades y otros asuntos de la dotación esclava. Ya la ropa de los esclavos es fabricada por ella y sus costureras con medidas para cada uno; el por ciento de hembras y machos es bastante similar y fue terminado el pueblo de los esclavos, existiendo chozas especiales para los matrimonios y los que esperan hijos. Todo esto tiene a Úrsula muy contenta; ella sabe que ya van quedando pocos días para su partida definitiva hacia Angerona y solo sale a la calle por pura necesidad.

Ahora aprovecha la presencia de Cornelio para disfrutar de un paseo y comprar algunas cosas. Quiere tenerlo todo listo para cuando se mude a vivir al realengo de Cayajabos. Así, le propone a su amigo salir a recorrer la ciudad. El coche avanza por la calle Cuba, dobla por Teniente Rey y una cuadra más abajo se estaciona frente a la Plaza Vieja. En el centro de la plaza, una bella fuente proporciona agua a la población, y un gran número de niños corren y juegan a su alrededor, mientras los vecinos del lugar los ahuyentan como a palomas cuando van en busca del agua.

La plaza por sus cuatro lados está rodeada de numerosas casas y comercios, y al fondo el "Santo Ángel", que limita con el mercado de Cristina. Este es un homogéneo edificio de estilo neoclásico, levantado del suelo hasta el primer nivel de las casas mediante cinco puertas de accesos, arcos y galerías en su interior. La construcción del Santo Ángel, con su balcón y voladizos de madera en su segunda planta y la torre mirador, que permite observar tanto la ciudad como el mar, es maravillosa. Hasta aquella torre se llegaron Úrsula y Cornelio en su andar. Parada en la baranda y con la mano sobre esta en una elegante posición y algo distraída, queda Úrsula por varios segundos, hasta que Cornelio le dice:

—¡Ama mucho esta ciudad; sé cuánto le cuesta abandonarla! Pero le prometo que vendremos a visitarla cada dos o tres meses.

–Es cierto que la amo, son casi diez años viviendo aquí. Ella me ha permitido ser libre, además me permitió conocerlo a usted.

–Eso se lo estaré yo agradeciendo infinitamente a nuestra singular Habana, yo también viví aquí casi diez años. Pero le prometo que en Angerona va a ser verdaderamente libre; el racismo tan desmedido de nuestras autoridades, no nos permiten ni a negros ni a blancos ser realmente dueños de nuestros deseos.

Días después Cornelio regresa a Angerona cargado de ropas y otras cosas necesarias para la hacienda. Nuevamente está absorto en el proyecto de su futuro Edén; sus fábricas de cal, ladrillos, tejas, los molinos, carpintería y herrería marchan bien. Falta por terminar la fábrica de toneles para envasar el café, la sierra hidráulica, la tercera planta del hospital y dar los toques finales al pueblo de los esclavos.

La producción de café ha aumentado, también de plátano, de mijo, miel de abejas y otros muchos productos. Los vecinos de la región visitan Angerona asombrados de todo lo logrado por el franco–alemán, elegante soltero y libre a pesar de ser tan rico. Es el tema de conversación en cada casa y en cada reunión; todos alaban su hacienda y esperan impacientes su inauguración, pero Cornelio espera el día oportuno: faltan algunas cosas, pero además falta una persona y después de su llegada se hará la inauguración oficial de la hacienda Angerona, conocida hasta ahora como La Chucha o El Susset.

En el año de 1821, subarrienda a don Simón de Soria las ricas haciendas ganaderas de Punta de Cartas y Coabillas, próximas a la ciudad de Pinar del Río, específicamente a unos cuarenta kilómetros al sur del entronque de Ovas con el camino real. Al fin llega el año 1822; Cornelio ha concluido los principales edificios en construcción. Un enorme y bello palacio de estilo neoclásico es su nueva vivienda, el cual está separado del antiguo edificio de madera de dos plantas por una entrada a modo de pasaje, es de unos diez metros de largo y cuatro de alto con el techo abovedado. La construcción de piedras y ladrillos de seis habitaciones principales al lado del enorme edificio de madera da la impresión de ser un solo edificio, parte de madera y parte de mampostería y más de noventa metros de largo.

Al costado oriental del edificio principal también queda terminada la casa de mampostería y tejas planas de tres divisiones y una sola planta que habitarán el administrador de la hacienda, el médico que ya permanece a tiempo completo en el cafetal y el inmueble para Úrsula Lambert, cuando decida vivir en la hacienda. Estas tres piezas tienen una puerta y una ventana al frente y una puerta al fondo cada una. La habitación destinada para Úrsula tiene una puerta que conduce a la futura tienda del cafetal hecha también de mampostería y tejas.

El camino entre ambas casas está empedrado y es la continuación del camino principal; al pasar entre las dos casas, se vuelve a dividir en dos, como una Y griega. El camino de la izquierda va en dirección al área de los aljibes pasando por entre el hospital y el criollero, distantes unos cuarenta y siete metros. Por su parte, el camino de la derecha va en dirección al pueblo de los esclavos, que está a unos ochenta y siete metros de ambas casas. Antes de llegar a la esquina del gran muro donde está la torre-campanario, este se divide nuevamente, así continúa uno en dirección al río y al cementerio y otro a la puerta principal del barracón.

Ya corren los días finales de abril. La situación en Angerona con el agua es muy crítica igual que en toda la región de Vuelta Abajo. Son más de cuatro meses sin llover; las reservas de agua se han agotado, los pozos y el río están casi secos. Las plantaciones parecen como quemadas por el fuego, animales y plantas mueren por la falta de lluvia, nada ni nadie se salva de la sequía. Días y noches los trabajadores elevan sus plegarias al cielo. Los adivinadores presagian con sus cocos y caracoles la llegada de las lluvias; se le ofrecen sacrificios a Changó y Santa Bárbara, dios del trueno y la buena fortuna; otros esclavos hacen ofrendas al gran Olodumare, dios universal. Recuerdan todos, cuando sus antepasados, allá en las lejanas tierras africanas, hacían que las lluvias aparecieran. Un gran milagro es esperado con desesperación por todos; nunca la sequía había sido tan grande.

El propio Cornelio está exasperado, pero él no tiene fe en aquellos rezos que Úrsula le había pedido que les permitiera a los esclavos. Él toma las decisiones más reales y se las trasmite a su mayoral y los contramayorales. A Enrique, el contramayoral de más confianza, negro africano de unos cuarenta años, lo envía a que tome un grupo de hombres y bajen a los pozos de la plantación y los profundicen aún más. Estos pozos tienen una profundidad de más de 36 metros y el agua se ha perdido, entonces hay que seguir tras ella. Con el resto de la dotación se aprovechaba para limpiar las plantaciones; en el plátano es necesario eliminar todas las plantas enfermas y las ya cortadas, para que no les roben la poca agua a las plantas sanas. De igual manera se continúa trabajando en las construcciones de madera, en la carpintería, en la herrería y en otras labores.

Muchos vecinos de la región vienen en busca de agua, pero ya es imposible ayudarlos, y esto también molesta a Cornelio que siente el grave problema de aquellas pobres familias desesperadas. Aún se le nota algo contrariado con los ritos que observó antenoche detrás del pueblo de los esclavos, donde un gran grupo de hombres y mujeres vestidos de forma poco usual, bailaban alrededor de la ceiba, cantando en un idioma desconocido. Parecían una tribu salvaje, de esas que aparecen en las leyendas sobre los comedores de carne humana. Al principio el mayoral pensó que se trataba de una fuga hacia las montañas del Cusco y hasta disparó al aire con su revólver.

A Cornelio, solo algo lo mantiene alegre y dispuesto para enfrentar esta grave situación, y es que Úrsula, en el mes de febrero le comunicó que después de abril dejaría la ciudad y vendría a vivir a Angerona. El sábado, 27 de abril del año 1822, Cornelio sale temprano para La Habana. Le duele dejar la hacienda en un estado tan difícil y lastimoso para todos, peor que una epidemia, pero pensar en traer a Úrsula lo reconforta. Toma el camino de Artemisa, San Antonio de los Baños y desde allá busca el camino real hasta el barrio de Jesús del Monte y va directo a la calle Cuba. Nunca antes se había visto a aquel hombre tan ecuánime y precavido, correr de esa forma montado en uno de sus caballos preferidos.

Va directamente a la mercería de Úrsula. Una barba rojiza le cubre gran parte de la cara, ahora más huesuda que antes porque la sequía lo había afectado también a él, pues no tenía casi nunca apetito. Sus ropas le quedan un poco anchas, demostrando que había perdido peso y el cabello había crecido más de lo acostumbrado. Úrsula, al verlo parado frente a la entrada de la casa, corre a su encuentro. No puede creer que ese sea su Cornelio, hasta el brillo de su mirada se ha extinguido. Asustada, lo toma del brazo y lo conduce hasta el comedor. Cornelio se sienta en una silla que ella le ofrece; enseguida la mujer le brinda agua y un fuerte café. Bebe el agua y el café con gran deseo y luego deja el vaso y la taza sobre la mesa. La hermosa morena se para a su lado y con sus brazos recuesta su cabeza medio despeinada contra su pecho y con sus grandes y negros ojos empapados en lágrimas, le pregunta:

−¿Qué ha pasado, mi señor? ¿Qué sucedió para que esté así?

Cornelio no puede hablar. Al sentirse cubierto por el cuerpo tan deseado de aquella mujer tiembla y enmudece; parecía que estaba dominado por la fiebre, despliega sus manos y la abraza por la cintura, apretándola más contra sí. Pasaron varios minutos sin que ninguno de los dos se moviera, ni hablara, un gran silencio los envolvía. Úrsula levanta suavemente con sus manos la cabeza de Cornelio:

−¿Qué pasó, mon ami? ¿Por qué está todo barbudo, tan delgado y desajustado?

Cornelio toma las manos de Úrsula, la mira fijamente a los húmedos ojos le dice con voz firme y a la vez suplicante:

−¡Vine a buscarte! ¡No puedo estar un día más sin ti, amor! La hacienda está perdida, la falta de agua lo ha acabado todo. Las plantas, los animales, los trabajadores mueren de sed; ya no tengo fuerzas para enfrentar solo todo esto, necesito tu ayuda.

La siempre hermosa y elegante negra queda muy impresionada; nunca había visto a su Cornelio así. En La Habana la situación era muy difícil también con el agua. Ella misma estaba padeciendo la falta de agua. Se hablaba entre la gente de la gran hambruna en los campos, la pérdida de las cosechas y la muerte del ganado.

−Deme dos o tres días más, y me voy con usted, Cornelio. No resisto ni un día más separada de usted.

La acongojada pareja se estrecha aún más, el uno contra el otro, como sí alguien quisiera separarlos. Pasaron unos minutos así, hasta que el ruido de unos pasos que se acercaban los hizo separarse. Era la ayudante Luisa que venía a informarle de la llegada de un cliente. Úrsula se alisó el pelo con su mano derecha y también el vestido, fue al cuarto y se lavó el rostro, y al salir le dijo a su sirvienta:

−Luisa, el señor Cornelio necesita más agua y café, y luego

prepárale un baño con agua bien caliente. Ah, ve al mercado, trae varios pollos que estén buenos y un poco de vianda, para el almuerzo.

–¡Si, sumecé, como usted mande!

Úrsula se fue y Cornelio quedó sentado junto a la mesa, su rostro había recuperado la alegría de siempre; solo había que esperar un par de días para llevarla consigo a su hacienda. En lo adelante, sería el hombre más feliz del mundo y tendría fuerzas para enfrentar la sequía y sus problemas. Así pensaba el enamorado, mientras reponía sus fuerzas sentado en el recinto tan diferente a su cómoda mansión, pero qué feliz era aquí, a pesar de la sencillez del lugar.

Rato más tarde, se reúnen en la segunda planta del edificio y continúan la charla. Cornelio le cuenta los problemas con los ritos de sus esclavos. Úrsula lo escucha con detenimiento, observa cómo aquellas cosas aún impresionan al hombre culto. Conoce de sus ideas y su manera de pensar. Ella le explica nuevamente ese tema, dada su experiencia con sus padres y el resto de la dotación de esclavos en Guantánamo y Santiago de Cuba:

–Todo eso que me cuentas de las noches de tus trabajadores, no es más que un rito abakuá, llamado del "sacrificio"; es muy similar a una obra teatral, como las que te gustan ver en el teatro. Seguramente el sacrificado era un excelente cabro.

–¿Excelente? ¡No, el mejor!

–Pero recuerda que en Grecia y en España también se hacen sacrificios. Eso para tus negros es un embori mapa.

–¿Entonces eso es como una tragedia griega?

–En todas partes hay tragedias; seguramente ese día se iba a "jurar" a un novicio hacia una "plaza" de más jerarquía. Ellos no tienen iglesia, solo tienen, el isarako o la plaza y tienen que usar la ceiba próxima al camino y el campanario del barracón...

–Asimismo fue, tal parece que los viste –la interrumpe Cornelio, sorprendido.

–Seguramente también usaban la ceiba que está cerca de donde construían el pueblo de ellos. Esa está más discreta que la próxima al barracón.

–Allí mismo fue.

–Bueno, debes respetarles ese sitio, permite que lo cerquen, y lo protejan, como si fuera su Plaza Vieja y su Catedral.

–Pero aquel negro con un gran gorro puntiagudo y sonando muchos cencerros o cascabeles atados a su cintura y tobillos, no me agradó en nada. Además, vi un trozo de madera en su mano con la que mataron al pobre cabro, golpeándolo por la cabeza.

–Esos son los "diablitos" y el "Aberisun" o verdugo, con su otón y un irán, que no es más que un puñado de hierbas, especialmente de escoba amarga.

–Otro negro vestido muy raro, lo raya todo con un color amarillo...

–Sin esas rayas mágicas, no pasaría nada, el ekue no se manifestaría.

–¿Así se llama otro negro?

–No, Cornelio, el ekue es el gran misterio, es invisible y solo con esas rayas, los conjuros y la sangre de un gallo, es que el ekue se manifiesta con su voz de leopardo. El efit, que es como un brujo o sacerdote, himpla como el leopardo en la selva...

–Sí, es una voz fea y asustadiza.

–Más adelante todos van a la ceiba, donde está amarrado el cabro y se lo ofrecen al ekue, quien ruje de contento y así sigue la ceremonia. Pero como puedes ver es similar a una obra de teatro.

–Bueno, tú sabes de esas cosas, pero a mí un poco que me asustan.

—Que no se diga que usted tiene miedo. Recuerde que aún yo lo llevo en mi sangre. Además, esos ritos también se hacen para traer la lluvia o para ayudar un enfermo.

—Ojalá funcionen y que la lluvia llegue rápido.

—No lo dudes, Cornelio. Pero ahora date un baño, mientras se prepara el almuerzo.

Los dos seres inseparables pasan los días conversando y paseando en los ratos libres de ambos, que eran escasos. No querían dejar nada pendiente en La Habana. Úrsula le ofreció a Cornelio su sedería para pasar la noche, pero este se disculpó. Era mejor no crear más comentarios de los que ya recorrían las calles y hasta en los cafés por las tardes.

En la noche hicieron una gran cena e invitaron a Belén Samuel, quien no dejaba de demostrar su rechazo a aquella partida. Eran más de diez años de sincera amistad. Comieron y tomaron vino hasta la madrugada. Unos amigos de ambas trajeron instrumentos y cantaron y bailaron por varias horas. En lo adelante Belén se ocuparía del negocio de su amiga. Ya muy cerca de las dos de la mañana, todos se fueron a dormir. Muchas lágrimas vertieron ambas amigas al despedirse y sobraron las promesas de reencontrarse lo antes posible.

CAPÍTULO CINCO

El verdadero despegue de la hacienda

Por fin llegó el día primero de mayo del corriente año 1822, el caluroso amanecer presagiaba el intenso calor para la jornada. Tras cuatro días en La Habana, Cornelio regresaría a su maltrecha hacienda. Pero este es muy diferente a otros primeros de mayo, en que desde finales de abril comenzaban las lluvias que dan fin a la época de seca en el país. Antes de que saliera el sol ya los tres carruajes salían de la ciudad. Úrsula y Cornelio iban en el coche tirado por dos bien cuidados caballos, pues estos tenían agua y alimento. El maíz, el mijo y otros granos se almacenaban en tiempos buenos, al igual que la harina de plátano para los esclavos. Detrás de ellos iban dos carruajes más, con las cosas de Úrsula y varios de sus esclavos, porque otros habían quedado con Belén en su sedería.

Salieron por la puerta oeste de la ciudad en dirección a San Antonio de los Baños. Dejaron atrás la iglesia de San Francisco de Paula y Nuestra Señora de Belén y por toda la calle Desamparados cruzaron la muralla abierta desde bien temprano para dar paso a los arrieros, a los monteros con sus innumerables hileras de ganado y carretoneros llenos de mercancías. Era un ir y venir de negros y blancos, animales, carruajes y carretones cargados, todo acompañado de la mayor algarabía posible. Atrás también quedaban los edificios y palacios construidos con la piedra de Jaimanitas, cargadas de innumerables restos fósiles de corales, gasterópodos, crustáceos y gusanos marinos, que señalan la antigua presencia de un ambiente marino de aguas poco profundas, cálidas y limpias; y que tanto llamaban la atención de Cornelio siempre que visitaba la Catedral, la Plaza de Armas y otras muchas construcciones que daban la semejanza de un museo al aire libre. Pasaron el Castillo de Atarés, erguido en la pequeña colina al suroeste de la ciudad, y continuaron rumbo al sur; atravesaron grandes aglomeraciones de casas y campos de labor donde la sequía también dejaba ver su mortífera acción. Todo denotaba tristeza, ya no existían las hermosas siembras de lechuga, tomates y otras verduras que hacían famosas las tierras de la región de Santiago de las Vegas. El hermoso paisaje de antaño había perdido su esplendor y la felicidad del campesino, el arriero y el montero brillaba por su ausencia; ya no se escuchaban sus tonadas y canciones. La mente de Cornelio corría tras la posible llegada de la necesaria lluvia, y la crecida del río que calma la sed y purifica el cuerpo del viajante.

Pasaron San Antonio de los Baños, Vereda Nueva, Puerta de la Güira. En Dolores, continuaron al poniente, cruzando el río de Gamboa que se pierde a la entrada del pueblo de Artemisa. Más adelante entraron por la puerta norte de Angerona.

El viaje ha sido muy diferente al que Úrsula realizó junto con su amiga Belén y el señor Enrique, y aunque ha sido más rápido, también ha sido más triste y caluroso. Recorrieron setenta y cinco kilómetros en menos de siete horas.

En el arroyo, ya casi no quedaba fango o barro que delatara la presencia de agua, solo la multitud de piedras en su cauce lo señalaban como el de un río seco. En sus orillas habían desaparecido las inigualables mariposas, plantas de hojas largas parecidas a una hoja de espada, y flores blancas de exquisito perfume que semejan los insectos de igual nombre.

Al pasar el río, ya cerca de la sierra hidráulica, un gran número de esclavos estaban trabajando en la profundización del pozo construido en la intersección de los dos caminos. Cuando aquellos infelices hombres, llenos de barro, harapientos y agotados del duro trabajo a más de cuarenta metros bajo tierra, se dieron cuenta de la presencia del amo ausente por más de cuatro días, corrieron a saludarlo y ofrecerles sus respetos. Úrsula presenciaba la escena en silencio y se sentía orgullosa del hombre a quien había decidido entregar el resto de sus días y por el cual abandonaba su Habana.

Continuaron la marcha, atravesaron el muro del pueblo de los trabajadores y el muro con cascos de botellas en su parte superior que circunda el área de las cisternas. Uno de los contramayorales corre al campanario y sube a lo alto de la torre. Al pasar la comitiva por el costado del alto campanario de la esquina del pueblo de los esclavos, la gran campana comenzó a repicar. Decenas de hombres y mujeres, adultos y niños corren desde diferentes posiciones de trabajo hasta el área libre entre los secadores y el alto edificio del hospital para dar la bienvenida al amo, casi que impidiendo el paso de la pareja hacia el pasillo entre las dos viviendas principales.

El bondadoso amo se tiró rápido del coche. Todos gritan de alegría; los más pequeños halan a don Cornelio por la ropa, tirando de sus pantalones con sus manitas terrosas y abriendo sus boquitas resecas. Cornelio ayudó a su acompañante a bajar del coche y luego fue a la parte posterior de este y sacó una gran cesta hecha con bejucos, la cual había sido llenada de galletas y panecillos en La Habana, y comenzó a repartirles a aquellas criaturas. Úrsula, por su parte, empezó a distribuir los regalos tan apetecidos por todos, quienes extendían sus manos pequeñas y grandes y regresaban atrás.

Los recién llegados seguían el camino en dirección a la casa principal, bajo los gritos y cantos con los que la gente demostraba su alegría. El gran edificio ya estaba pintado de arriba abajo de color blanco y su elevado techo y sus cuatros esquinas en forma de pirámide lucían sus cubiertas de tejas planas de color rojo. En el centro de la inmensa pared, un gran arco abierto, y a ambos lados cuatro grandes ventanas que señalan la presencia de dos plantas en dicho edificio. Subieron al comedor seguidos de la nana y su ayudante que habían ido a saludar al amo y a su compañera. Úrsula no hablaba, iba detrás Cornelio. De pronto se detuvo en el centro de la amplia puerta del largo portal donde sobresalían las cuatro soberbias columnas y los cinco no menos impresionantes arcos. Parada al lado derecho de su anfitrión, permaneció ensimismada frente al hermoso paisaje que se abre ante sus ojos.

Delante de la casa ya estaba terminado el pequeño jardincillo con la magnífica estatua de la diosa del silencio, representada por una joven romana vestida a la usanza de su país y construida a tamaño natural con el dedo índice de su mano derecha sobre los labios, invitando al silencio. La estatua de Angerona estaba rodeada de otras dos pequeñas deidades y varias plantas de flores; detrás de todo esto, las cuatro singulares hileras de palmas reales que, con sus grandes penachos movidos por el viento, parecen un gigante abanico que bate sus alas para esparcir el fresco aire sobre el caminante que circule por la magnífica guardarraya. A ambos lados de ella, el alto bosque en forma de un perfecto cuadrado, bajo cuya sombra crecen los exóticos cafetos cargados de flores, hoy no tan blancas como debieran ser por su marchitez, que al igual que las tristes hojas del bosque señalaban la falta inmediata de la mágica lluvia que convirtiera la ya extensa sequía en una cálida y húmeda temporada. Al ver a la muchacha tan callada e ida del mundo, Cornelio le pregunta:

—¿Qué vous pensé, madame? Vous aimez?

Ella lo miró con una suave sonrisa y vuelve a posar sus ojos al sur, alimentándose de esa vista mágica, iluminada por los rayos solares que ya comenzaban a declinar a su derecha.

—Una vez me habló de construir un paraíso. ¡Cornelio, usted ha construido el Jardín del Edén; no puede existir una obra humana más hermosa que esta!

—Gracias, pero en el mundo existen verdaderas maravillas como son las pirámides de Egipto, los jardines colgantes de Babi...

—Puede que tenga razón, con esas pirámides que dice; pero no puede haber un palacio más bello y agradable que este.

—Puede ser que, en mi afán de agradarle, lograra yo cumplir mi objetivo. Entonces, como sí le gusta, ya lo cumplí y se lo regalo.

Ella no puede más que echarse a reír por las palabras de Cornelio dichas con tanta ingenuidad. Entonces toma su mano y le pregunta:

—¿Y cómo piensas justificar tamaña osadía contra las autoridades?

—Muy sencillo. Para ellos este es mi palacio, pero para ti y para mí, este es tu trono y desde aquí reinarás. Nos divertiremos juntos, con su desinformación sobre el verdadero dueño de esta casa y también de lo que sucede dentro de ella. Ese será nuestro gran secreto y nadie, por mucho poder y dinero que tenga, podrá descubrirlo. Además, cuando yo muera pudiera donártelo...

—¡Realmente, creo que estás completamente loco, Cornelio!

—¡Pudiera ser, pero ese sería un secreto más!

–¿Y por qué un secreto más?

–¡Por mi inmenso y loco amor por ti! Nadie hablará de él; lo desconocerán o lo callarán por respeto a ambos unos, y otros por el terrible racismo que en ocasiones ciega a los hombres de bien. Solo tenemos que ser buenos anfitriones de todos los que visiten nuestra hacienda y ellos harán el resto.

–¡Pero durante estas visitas siempre estaremos separados!

Cornelio sonrió y extendiendo su mano izquierda hacia el sureste, al sur del tejar, pregunta:

–¿Ves allá a lo lejos las copas de un grupo de árboles?

–¡Sí, las veo!

–¡Bueno, allí se termina de construir un bello edificio de piedras y ladrillos para que duerman nuestras amistades!

–¿Por lo tanto, esta enorme casa tiene un solo dormitorio?

–Así es, ¡no necesitamos testigos ni compañía! Pero veamos el dormitorio y la biblioteca.

Y dándole la mano, regresaron al interior de la sala entrando por la primera puerta que conducía al dormitorio. Tal parecía la habitación de un rey de Francia, la cama, una mesita y dos sillas; cuadros de la familia y en la esquina una puerta hacia el baño. Otra puerta abría a una pequeña biblioteca con más de quinientos libros de diferentes temas, autores e idiomas. En el centro una mesa de caoba, sobre la cual hay varios libros, un tintero y planos abiertos aún, demostrando que hace unos días fue abandonada de imprevisto y sin organizar.

De la biblioteca pasaron a la terraza en dirección a la cocina y de esta al comedor, donde ya estaba lista una jarra de cristal de Bohemia que contenía un delicioso jugo de tamarindo hecho por la negra nana.

Estaban sentados cómodamente en el comedor cuando apareció el médico, quien después de saludarlo, le informó a Cornelio sobre el estado del trabajo en los últimos días y las órdenes que dio al capataz, con quien tuvo necesidad de discutir por cuestiones que enseguida le explicaría. El médico pregunta si podía marcharse a Cayajabos, ya que tenía cuestiones personales que resolver de urgencia, a lo que Cornelio le contesta:

–Tómese el día de mañana y resuelva sus problemas, ahora lo que hace falta es que llegue la lluvia.

–La lluvia se demora, don Cornelio, a pesar de todos los cantos y chivos sacrificados por sus esclavos –asegura el galeno, alto y delgado vestido de negro y maletín en su mano derecha.

–Venga usted pasado mañana, si es que la lluvia se lo permite –dice Úrsula sin mirar directamente a nadie, tal como si hablara sola y con la misma se lleva a su boca el vaso con el delicioso jugo de tamarindo.

Cornelio y el viejo médico miran a la bella morena, pero la mirada de esta está dirigida en dirección a la cocina. Cornelio dice:

–Sí, váyase usted y regrese cuando pueda.

–Hasta pasado mañana, don Cornelio. Bienvenida a Angerona, madame –señala el galeno, con cierta risa en sus labios, como si se burlara por la idea de la proximidad de las lluvias.

En cuanto el pobre hombre se retira, Cornelio le pregunta a Úrsula:

–¿Qué quisiste decirle con que "si la lluvia se lo permite"?

Ella lo mira por un rato:

–¿Será que nunca van a confiar ustedes en el poder de las plegarias y ritos del pueblo africano?

–Hay que ver para creer.

–Bueno, hazme el favor y manda a buscar a tu mayoral y ordénale que mañana no despierte a los esclavos pues darás el día de fiesta.

–Pero, estás loca, a pesar de la sequía, hay muchas cosas que hacer.

–¡Si no llueve! Pero ya es hora que la lluvia llegue. Hoy es primero de mayo y yo también hice mis plegarias por Angerona.

–¡Si realmente comienza la lluvia hoy, mañana nadie trabajará y será un gran día de fiesta!

Cornelio acompaña a Úrsula hasta su dormitorio que ocupará en el ala norte del hermoso edificio, dividido en tres habitaciones independientes una de otra; su habitación sería la de la derecha.

El largo portal está pintado de arriba abajo de color amarillo, y en su parte superior, por todo el borde del techo, está pintado de azul, el cual sobresale frente al rojo intenso de las tejas. Tiene una ventana a la derecha de la puerta principal cerrada con balaústres de ácana. El interior está pintado de blanco desde arriba hasta aproximadamente un pie del piso. Desde ahí está pintado a la redonda de rojo intenso.

En una de sus esquinas está la gran cama imperial de caoba, a su lado una mesita con un espejo en la pared y una butaca para sentarse. En el otro extremo un escaparate ancho y alto donde se guardan ropas, sábanas y demás prendas. En el otro extremo existe una singular bañadera, la cual se llena antes de tomar el baño. Es una habitación sencilla, pero acogedora. Úrsula repasa con la mirada todos los muebles y objetos que sus siervas ya habían tenido tiempo de acomodar junto a sus pertenencias, según su gusto. Además, habían preparado el baño. Cornelio le pregunta su opinión sobre su aposento:

–¿Dígame, madame, le ha gustado su habitación o prefiere hacer algún cambio?

–Todo está perfecto, usted ha pensado en todo. Ahora me gustaría tomar un baño antes de cenar.

—Bien, yo también tomaré un baño y sobre las ocho la mando a buscar para cenar. ¿Le parece bien?

—Perfecto, a las ocho estaré lista.

Cornelio recordó la petición de Úrsula y mandó por el capataz de la hacienda. Lo espera al pie de la escalera; el hombre se presenta con su indumentaria habitual: camisa y pantalones anchos, botas rústicas de cuero mal curtido, sonoras espuelas que permiten conocer su presencia a cierta distancia. También traía un ancho y viejo sombrero de guano encajado hasta las cejas y el nacimiento de las espesas patillas que cubren de un lado al otro el rudo rostro.

—¡Genaro, si comienza a llover haz sonar las campanas en son de fiesta y de día libre!

—¡Pero, don Cornelio, aún hay que terminar algunos trabajos urgentes, que usted me encomendó!

—Y si eran urgentes como dices, ¿por qué no se han terminado? Por favor, haz lo que te digo, Genaro —y subió las escaleras para ir a su alcoba.

Llegó la hora de la cena del gran día, y como de costumbre, Cornelio salió al comedor vestido impecablemente, pero con ropas ligeras y no con las prendas de los días en la capital. También su atuendo era muy diferente a los últimos días, antes de ir a La Habana en busca de Úrsula, por entonces apenas se cambiaba de ropa para cenar o almorzar y cuando lo hacía era respondiendo a las suplicas de su querida nana.

Esta ya había mandado a buscar a Úrsula, con quien había comenzado una nueva amistad al notar lo necesaria que era su compañía para su querido amo. Al llegar Cornelio al comedor ambas conversaban animadamente en la cocina. En ese instante la gruesa cocinera le explicaba a Úrsula cómo varios de los criollitos muy amados por ella se habían salvado de unas diarreas incontrolables meses atrás gracias a los remedios aconsejados por ella en su visita anterior y las medidas para el cuidado de los enfermos.

Cerca de las nueve de la noche, los jóvenes disfrutaban la excelente comida y platicaban de diversos temas. Terminada la cena, pasaron a la sala donde un vientecillo que entraba por las ventanas, aun sin cerrar, penetraba por el arpa ubicada en la parte superior de la ventana y hacía producir una agradable música; al verla Úrsula quedó sorprendida y fue hacia ella. Tras contemplarla por varios minutos preguntó:

–¿Qué es este aparato tan bello?

–Es el arpa eólica que construíamos en la carpintería el día de tú visita. Era muy necesaria ya que no tenía quien tocara su flauta. Quise alegrar las solitarias noches, y la construí...

–¡Seguramente de roble!

–Es de cedro, el roble es para mis máquinas y para los yugos especiales.

–Es realmente bella y muy melodiosa...

En ese momento un fuerte viento empujó con gran fuerza las hojas de las ventanas abiertas y amenazaba con apagar las lámparas de la habitación. De pronto, un gran relámpago seguido de un fortísimo trueno retumbó como sí se hubiera escapado un disparo de escopeta, impidiendo que Úrsula continuara hablando, y la cocinera y su ayudante entraron a la sala muy asustadas, gritando:

–¡Ay, sumecé, protéjanos! ¿Qué fue eso, niño, un disparo?

–¡Qué disparo, ni qué disparo! Eso fue un trueno. No ven que viene una tormenta, ¡por Dios! –dice Cornelio, mostrando una gran felicidad.

Hacía tanto tiempo que no llovía, ni había tormentas, que aquellas pobres mujeres confundieron el fuerte trueno con un disparo. La negra nana abrió la puerta principal de la casa y todos corrieron al portal a mirar hacia lo lejos. Sobre las palmas que batían sus hojas como si quisieran desprenderse de ellas, vieron el cielo iluminado como el propio día, dada la enorme cantidad de relámpagos que lo atravesaban. Negras nubes corrían rápido, empujadas por el fuerte viento. Cornelio, sin poder contener la alegría, grita:

−¡Viva Donareiche! ¡Viva el gran Thor!

Las sirvientas gritan al unísono: "¡Alabado sea Olodumare, bendita tu ashé, gracias, gran Changó!", y se postran en el piso de rodillas.

Úrsula reía con gran fuerza y sin darse cuenta abraza a Cornelio y le grita:

−Ya tiene usted la lluvia, ya puede usted mandar a que las campanas anuncien el saludo a Ebo y a Ifá del pueblo Lucumí.

Por su parte, Cornelio abraza también con fuerza a Úrsula, frente a la mirada de sus dos esclavas:

−¡Bendita Santa Úrsula, gracias Úrsula por traerme la lluvia! −y a continuación les ordena a sus sirvientas−: ¡Corran a sus dormitorios antes que la lluvia las alcance y dígale al mayoral que haga sonar las campanas dándole la bienvenida a la lluvia y que mañana es día de fiesta! ¡Vamos, vamos, corran por Dios!

Las dos sorprendidas mujeres salieron corriendo por el portal del comedor no sin antes cerrar todas las ventanas aún abiertas y recordarle a Cornelio que no olvidara apagar la luz de la sala, a lo que el buen hombre, lleno de alegría, contestó:

−¡Pero aún ustedes están aquí, serán tan haraganas que tendré que ir yo!

Mientras tanto Úrsula había salido en dirección al comedor y se detuvo debajo del arco, donde las luces de las antorchas en los cuatro horcones de la casa y las pequeñas lámparas pegadas a la pared del portal luchaban contra el fuerte viento para no apagarse. Cornelio está detrás de ella con sus manos apoyadas en su cintura:

—¡Hoy tu casa es esta y vamos a celebrar la llegada de la bendita lluvia!

En dirección al pueblo de los esclavos, no solo repicaba la gran campana anunciando la alegría en Angerona, también ya sonaban los tambores, otros hierros y los calderos de las cocinas convertidos en instrumentos musicales. Las voces de los negros y negras bajo la lluvia esperada desde hace meses, retumbaban por todo lo alto y llegaban hasta los oídos de los dos jóvenes, quienes habían regresado a la sala de la casa.

Cornelio se dispuso a cerrar la gran puerta principal que había quedado abierta y Úrsula fue hacia una de las ventanas que dan a la terraza por donde se podía divisar el pueblo de esclavos. Miraba tranquilamente hacia el sitio que le recordaba su infancia:

—Esto me recuerda mi niñez, los días de lluvia cuando dormía en un cuartico de la casa de los Lambert y recordaba a mis padres durmiendo en el barracón y lloraba por dormir con ellos, pero no me lo permitían.

Cornelio llegó hasta donde ella estaba parada y puso sus manos sobre los hombros de la mujer que seguía de espalda mirando por la ventana y le susurra al oído:

—Ahora eres libre de hacer lo que desees, pero te mojarás. Otro día vas con ellos si quieres. Ven, brindemos por la lluvia y también por tu llegada, hoy soy el hombre más feliz del mundo.

—Y yo la mujer más dichosa de la tierra, Cornelio.

Cornelio tomó una botella de su vino preferido que siempre tenía junto a un grupo de copas en la mesita que estaba en la esquina próxima a la entrada de la biblioteca; escanció el vino en dos copas y fue nuevamente hasta donde estaba Úrsula. Le entregó una de las copas y alzó su brazo derecho:

—¡Brindemos por tu llegada a Angerona!

—¡Y por la llegada de la bendita lluvia!

Y así, los dos jóvenes brindaron, pero aquel brindis era realmente inaugurando uno de los proyectos más grandiosos de toda Cuba en pleno siglo XIX. En lo adelante comenzaría el verdadero auge de la principal hacienda cafetalera cubana, cuyo café sería bebido en las principales capitales del mundo. En los salones más famosos de Europa, América y hasta en el Medio Oriente, se hablaría del exquisito grano que embriaga la mente y fortalece el alma, producido en un punto tan pequeño y tan distante de Cuba; pero tan especial, como especiales son los hombres y mujeres que lo producen. A pesar de su fama mundial, nada de lo que ocurrió entre el conglomerado humano de este paraíso, sería verdaderamente conocido.

En otras haciendas, el café estaba manchado por la sangre de los infelices esclavos africanos y criollos que lo cultivaban, muy diferente de lo que ocurría en Angerona, donde el amor entre un joven blanco descendiente de franceses y alemanes y una joven descendiente de africanos había creado un paraíso de humanidad y amor en medio de un enorme desierto. Pero, aunque el esclavizado siguió siendo esclavo en Angerona, estos amaron también a aquella pareja, por lo humano de su trato, el cuidado que le garantizaron tanto a ellos como a sus hijos, mientras el látigo y la muerte reinaban a su alrededor en las demás haciendas.

La noche era muy estimulante para Cornelio, quien había sufrido tanto la falta de agua provocada por la inmensa sequía, como por la necesaria presencia de su compañera durante más de siete años. Aunque, a decir verdad, la espera no fue tanta como la del francés M. Luis Godin, miembro de la expedición de Charles-Marie de La Condamine a Ecuador en 1735 y doña Isabel, su esposa ecuatoriana, separados en el río Amazonas por más de veinte terribles años, pero al final el amor triunfó en la pareja. Entre risas y cuentos, bajo el fuerte tronar y el golpe de la lluvia sobre la casa, se agotó el exquisito vino francés y fue necesario abrir una nueva botella.

Siete años de espera angustiosa para los dos amantes había sido mucho tiempo, la fuerza del deseo y la atracción del uno por el otro, iba acercando cada vez más a ambos; la fuerza del amor aceleraba el pulso y la velocidad de la sangre dentro del cuerpo que amenazaba con romper las venas por donde corría. Así ocurrió esa noche en Angerona.

Primero, se tomaron de los brazos y se estrecharon uno contra el otro, como si quisieran fundirse en un solo cuerpo. Sus labios chocaron impidiendo emitir palabra alguna, tal que si la vida se escapaba si se despegaran. Las manos, otras veces tan lentas y cuidadosas, ahora eran ágiles instrumentos de caricias, unas veces acariciando el cabello, otras la cintura, otras los labios, acariciándolo todo, sin dejar pizca alguna de la piel sin reconocer. Como empujadas por una nueva orden, las mismas manos tan delicadas antes, eran ahora bruscas y destructoras, arrancando las ropas de los ardientes y sudorosos cuerpos y dejando desnudos a ambos.

Los cuerpos rodaron por el piso haciendo a un lado los muebles con los pies. El tronar de la tormenta y el repiquetear de los tambores de los africanos en plena noche ocultaban las voces, o quejidos que salían del alma de los amantes, era la felicidad convertida en sonido, como otras veces se convierte en letras al contestar la carta esperada de la amante. La madera del piso crujía, con el indetenible movimiento de los dos cuerpos en su danza hacia la conquista del placer supremo. Era tanto el calor, que cuando llegó el clímax, ambos jóvenes quedaron inmóviles sobre el piso. Una media hora más tarde el hermoso cuerpo negro y brillante de la mujer se levantó e intentó cubrirse con los restos de su vestido, entendió lo inútil de sus intenciones, intentó caminar hacia el dormitorio de su amante, pero la mano de Cornelio la sujetó por su pequeño tobillo:

–¿A dónde vas? ¿Me abandonas?

–¡Nunca! ¡Sígueme!

Y al sentirse libre, ella corrió hacia la puerta de la alcoba. Caminaba en la punta de los pies, similar a una extraordinaria bailarina, con pasos seguros y rápidos, como si temiera ser escuchada. Él sonrió, sabía que nadie podría oírlos. Entre la tormenta y la alegría de los negros era imposible que escucharan nada fuera de la casa. Lleno de felicidad, Cornelio corrió detrás de ella.

Sobre la blanca sábana que cubría la cama de Cornelio, en el centro de su alcoba, yacía acostada la hermosa mujer, medio cubierta con parte de esta. Su tersa y brillante piel relucía sobre la sabana. Con una delicada y suave sonrisa en su rostro, la mano izquierda doblada debajo de su cabeza y la otra dejada caer sobre la amplia cadera, Úrsula esperó a que apareciera el joven amante en la puerta de la habitación. Al verla en aquella sensual pose, quedó petrificado. Parado en medio de la puerta, sin moverse, levantó la vista al techo y en ese instante Úrsula le pregunta:

–¿Qué buscas, amor?

–No es nada. Es que siempre creí que el paraíso estaba en el cielo y ahora veo que lo tengo delante de mis ojos. Cette beauté est un cadeau de Dieu!

Y con gran rapidez se abalanzó hacia la cama, sobre la cual Úrsula moría de risa por su ocurrencia. Nuevamente los jóvenes se sometieron al impulso espontáneo del deseo, era un deseo frenético y retenido por muchos años, por lo que ahora no era momento de que lo correcto o lo no correcto fuera a detenerlos.

El amanecer casi lo sorprende en la tibia y húmeda cama. Cornelio era de la idea de amanecer juntos, pero Úrsula tomó una frazada, se cubrió con ella y fue hasta la puerta del comedor seguida del amante franco-alemán. Caminó hasta debajo del amplio arco y miró hacia todos lados y comprobó que continuaba lloviendo y que los esclavos no podrían verla por el hecho de encontrarse distraídos con su merecida fiesta y la enorme oscuridad. El mayoral y los contramayorales, debían estar borrachos, ya que a pesar de que el amo tiene prohibido el consumo de alcohol, estos se las arreglaban para tenerlo escondido para días como estos.

Las lámparas adosadas a la pared del frente de la casa de Úrsula aún continuaban encendidas a pesar del fuerte aire del amanecer tormentoso. Ella sintió la presencia de su compañero pegado a sus espaldas; se viró y lo besó con ardor y pasión, propia de un amor aún insatisfecho.

–Amor, debo irme, amanece y es mejor que todos vean que dormí en mi casa. Esta noche nos volvemos a ver.

Y sin dar tiempo a que Cornelio contestara, salió corriendo para su nueva casa, bajo de la lluvia, con una sábana flotando por la fuerza del aire, dejando ver parte de su estilizado cuerpo de ébano, mientras el desconsolado enamorado, inmóvil, ve que su paraíso se aleja. La prudencia se impuso al deseo desenfrenado de continuar dando rienda suelta al placer retenido durante tantos años, y ahora que comenzaba, es ella quien lo interrumpe, como si no fuera lo que menos deseaba hacer.

La hermosa y ardiente mujer va directo a su cama y apoya la húmeda cabellera sobre uno de los nuevos almohadones. Piensa en si había hecho lo correcto o no hasta quedar profundamente dormida. Por su parte Cornelio se mantuvo mirando para la casa donde estaba aquella mujer que tanto deseaba; no podía entender por qué teniendo fortuna y poder, no podía ser libre de amarla a su antojo; estuvo a punto de correr para la otra casa, pero pensó que realmente no era prudente. Más tarde, regresó a la sala y terminó de beber el exquisito vino francés que había compartido con ella; recogió los restos de ropas esparcidas por el piso de la habitación y se fue a su cama.

La tormenta continuó por varias horas más. Cerca de las nueve de la mañana, la cocinera de Cornelio y su ayudante aprovecharon unos minutos de receso de la lluvia y corrieron a la casa del amo para preparar el desayuno. Por su parte los esclavos seguían con su gran fiesta a pesar de la tenaz llovizna. Temprano en la mañana, varios esclavos mataron el gran ternero que Cornelio les obsequió por sus sacrificios para traer la lluvia, mientras otros harían que los tambores no detuvieran su retumbar alegre y contagioso, también entonaban los cantos en la lengua materna, los cuales se escuchaban a grandes distancias, anunciando el retorno a la felicidad.

A las diez de la mañana la experimentada cocinera de Cornelio lo despertó preocupada por el profundo sueño de su amo, quien por lo general era un buen madrugador; pero hoy al parecer por el cansancio del viaje desde la capital y la alegría de la llegada de la lluvia, había quedado dormido por más tiempo.

Al llegar Cornelio al comedor y preguntar por Úrsula, la nana le aseguró que mandó a despertarla para el desayuno y ya estaba por llegar. Minutos después, entraba la esbelta negra, vestida de rosado con un vestido que le cubría unos centímetros más abajo de las rodillas dejando ver sus hermosas piernas y redondeados tobillos, costumbre también nueva en Cuba, en esa época. En la parte superior del cuerpo llevaba puesta una bella blusa de pequeñas mangas, hecha en encajes blancos. Detrás de su oído derecho, estaba prendida una flor roja de mar pacífico, tomado del florero de su habitación. El delicado aroma de una colonia francesa que llevaba puesto invadió el recinto; las siervas quedaron como hipnotizadas por la elegancia y el perfume de aquella mujer que, aunque negra como ellas, parecía una verdadera reina. Al entrar al comedor, Úrsula dio los buenos días y se sentó cerca de Cornelio, quien dirigió su ardiente mirada sobre la bella mujer. En cuanto las esclavas se retiraron dejando el desayuno sobre la larga mesa, Cornelio le dijo:

–Bonjour, madame, ¡bienvenida a su casa!

–Bonjour, Cornelio, gracias por su hospitalidad y la maravillosa bienvenida de anoche.

–Pero se marchó muy rápido usted, me abandonó cuando más la necesitaba.

–¿Esperaba usted que me sorprendiera la luz del día en su cuarto?

–Es mejor que todos se vayan acostumbrando a verla siempre dentro de esta casa, por lo menos los que vivan o trabajen aquí.

–Bueno, pero mejor vamos poco a poco, hasta que se acostumbren.

–Desayunemos, que estoy muerto de hambre.

–¿Por fin qué decidió con los trabajadores para hoy?

–Están de fiesta; escuche sus tambores y cantos. Además, mataron un gran ternero para comerlo con arroz y frijoles, aunque la lluvia continuará, según veo.

–A ellos les da igual la lluvia, hoy son los negros más felices del mundo y nada les impedirá su fiesta.

–Igual que yo y todo gracias a usted.

–¿A mí? ¿Qué he hecho yo para merecer ese elogio?

–Trajo la bendita agua, además, me ha regalado la mejor noche de toda mi vida. Puedo asegurarle que soy el hombre más feliz sobre la tierra.

Úrsula lo mira mientras él hablaba y aprovechaba para tomar un poco de leche de vaca recién hervida:

–Yo tenía miedo de venir para acá, pero creo que me quedaré por mucho tiempo. Me siento muy feliz aquí y trabajaré mucho a su lado. Además, Cornelio, esta madrugada me acordé del árbol del almendro; quiero que mande a buscar una pequeña planta de este árbol, para sembrarla en el centro de mi jardín, entre la tienda y el hospital. Deseo verla desde mi ventana siempre que la abra.

–Pero no es 14 de febrero aún.

–¿Quiere mejor día del amor que la noche de ayer y esta madrugada?

–Tiene usted mucha razón. Mandaré a un contramayoral a que me busque una.

–Gracias, me hace muy feliz.

–Estoy seguro que ahora comienza una nueva etapa para Angerona. Yo me ocuparé directamente del café, las fábricas y los animales, mientras usted velará por los niños y el hospital.

–¿Pero… si usted tiene un médico aquí?

–Sí, es verdad, pero a los esclavos les gusta más sus remedios con las plantas medicinales, además, les hacen muy bien.

–Bueno, cuando pase esta tormenta, comenzaré a trabajar.

–Pero recuerde que también quiero que guarde un poquito de esa energía para mí.

Al terminar el desayuno, fueron a la terraza frente a los secaderos de café. Desde el gran hospital se sentían voces y desde sus ventanas salían en ocasiones negras manos de algún esclavo enfermo agitando un pañuelo, al parecer en señal de saludo a los dos jóvenes. La lluvia continuó fuerte y después del almuerzo y el descanso establecido para todos, Cornelio y Úrsula fueron a la biblioteca, donde este le explicó sus proyectos sobre la mesa de trabajo, especialmente el del acueducto.

Realmente la lluvia no impedía los cantos y bailes de los esclavos, estos se divertían con mucho deseo. Al oscurecer, la lluvia disminuyó y Úrsula fue con la cocinera y su ayudante hasta el pueblo de los esclavos; quería compartir con ellos un rato de alegría. Aquellos infelices, casi todos empapados por la lluvia, bailaban y cantaban al compás de los tambores. Los menores corrían de aquí para allá y al ver aparecer a la mujer negra, tan bella y elegante, todos, grandes y pequeños, bozales y criollos se detuvieron a observarla. La nana de Cornelio les gritó:

—¿Qué pasa, eh? ¿Será que no conocen a madame?

Y continuaron los cantos y bailes, sin dejar de observar a Úrsula que notaba cómo algunas mujeres preparaban la comida. La lluvia apareció nuevamente y Úrsula regresó a su casa, acompañada de las cocineras, quienes corrieron a su puesto de trabajo, aprovechando que el amo aún estaba en la biblioteca embebido en sus proyectos. Ella tomó un nuevo baño y se puso un nuevo vestido para la noche. Esta era una costumbre que comenzó con la llegada de los franceses a Cuba, pues anteriormente el cubano en general no le prestaba tanta importancia al cambio de ropa, como también cambiaron los bailes, la música, la gastronomía, los diferentes oficios tales como los sastres, talabarteros, pedreros, herreros y muchos más. Ella había sido criada por los franceses en Saint-Domingue y al llegar a Cuba continuó con estas costumbres; además era muy fina, femenina y delicada como la culta francesa que enseñaba a las niñas de los Lambert.

La noche fue similar a la del día anterior y la madrugada puede que un poco más ardiente. El apetito amoroso y sexual retenido, brotaba por la sangre de los jóvenes amantes a borbotones, como el agua en las cataratas del Niagara, el Iguazú o del lago Victoria; su fuerza era incontrolable y a veces tan alta como el salto de agua en el enorme Auyantepuy de la sabana venezolana.

El tercer día en Angerona fue más lluvioso aún; parecía que los dioses agradecidos por los sacrificios de los esclavos, las plegarias de Úrsula y los pedidos de Cornelio a su dios Thor, querían retribuir sus esfuerzos y qué mejor que la lluvia necesaria.

Temprano en la mañana, usando una gran manta para protegerse de la lluvia, Úrsula y Cornelio aprovecharon y recorrieron el gran edificio de madera y tejas anexo a la casa principal. El salón de escogida de los granos del café en el segundo piso lucía más grande y agradable ahora con sus relucientes ventanas de cristales multicolores. La amplia vista desde su altura hacia el hospital y el pueblo de los esclavos era fantástica. Después visitaron los molinos de café, de maíz, los almacenes de los grandes toneles que protegen el grano de café durante su viaje a La Habana y también a Viena, París, Roma, Londres, Bruselas, Hamburgo, Múnich, Madrid, New York, Moscú y otras muchas capitales del mundo donde la aristocracia disfruta de esta exquisita bebida negra, aromática y estimulante. Mientras tanto, conversan sobre las leyendas que se tejen alrededor de tan misteriosa, como extraordinaria hacienda cubana, famosa por ser un pequeño sitio que se autoabastece de todo lo necesario en medio de la famosa región de Vuelta Abajo, ya conocida mundialmente por sus inigualables puros o tabacos y su exquisita azúcar de caña. El café, el azúcar y el tabaco eran los tres productos más demandados por las metrópolis europeas.

Los jóvenes continuaron con la visita a la desgranadora de maíz, la despulpadora de café, la nueva carpintería en la que se construyen hermosos mobiliarios, ventanas, puertas, armarios. Bajando al norte, de fábrica en fábrica, mientras la lluvia lo permitía, llegaron hasta la fábrica de toneles construida sobre un promontorio de calizas grises micénicas, a las cuales el Barón von Humboldt había dado el nombre de "Formación Güines" al describirlas próximo a esa ciudad de igual nombre. En las mismas, las acciones de las lluvias y de las aguas subterráneas habían ido construyendo un laberinto de cavernas a través de ellas, y por ahí se escapa el agua durante las operaciones fabriles.

Desde esta altura y a no menos de cincuenta metros, se observa la construcción de una moderna sierra hidráulica, la cual funcionaría movida por la fuerza de un chorro de agua de más de once pulgadas de espesor, provenientes de los futuros canales que, desde el lago construido al represar las aguas del río de Cayajabos, llegaría hasta allí a través de dichos canales.

Úrsula escucha la explicación de Cornelio, subido en lo alto de la tonelería, y apoyado en uno de dichos toneles construidos con especial madera de ateje y fuertes zunchos de hierros, quien explica su proyecto con una convicción que no permite lugar a dudas, y más aún cuando ya se observan otras obras tan desconocidas e increíbles. El orgullo de ser la acompañante en la realización de tan gigante proyecto, hacía que Úrsula se sintiera igualmente parte del mismo. Al final, Cornelio le dice:

—Angerona será una pequeña ciudad industrial y su café el mejor del mundo, como sus esclavos y sus operarios. El mundo entero, al saborear una excelente taza de café, recordará su nombre. Por lo tanto, nuestros nombres estarán ligados a la creación de este Edén en la tierra. Nadie, ni por dinero o por poder, podrá esconder esta obra, pero ¿el cómo fue posible?, será un enigma durante muchos años. Será la plantación cafetalera más importante de toda Cuba y, por tanto, de todo el mundo. Solo así, yo cumpliré lo que me prometí al abandonar mí querida patria y mi familia.

Ella lo observaba sin interrumpirlo, nunca antes lo había escuchado hablar así, con esa pasión por lo que hacía. Ahora comprendía mejor a Cornelio. Él era como ella, víctima de la añoranza de su tierra, como también fueron sus padres, quienes murieron deseando regresar un día a sus tierras africanas, juntos a sus hermanos, padres y abuelos, lo que sucede a todos los infelices esclavos. Habrá siempre quien juzgue mal a este hombre, por incomprensión y por la necesidad que tuvo de disimular sus verdaderos sentimientos, escondidos en el silencio solicitado por la diosa romana y en el doble sentido dado a todo lo que decía o hacía. Desgraciadamente, esta era la única arma capaz de burlar las injustas prohibiciones de esa sociedad racista y esclavista dentro de la que él construía su singular proyecto.

Úrsula tomó con discreción la mano de Cornelio sin importarle la presencia de algunos operarios españoles y franceses junto a los esclavos:

—Por favor, me muestra el criollero, que me muero de las ganas de ver a esos pequeños.

—¡Sí, vamos, que se nos hace tarde para el almuerzo!

Bajaron pegados al muro del fondo del área de los aljibes y se dirigieron a la esquina donde estaban las perreras, luego hacia la escalera de piedra para subir al criollero. El edificio de mampostería que llaman criollero tiene tejas planas y piso de madera, con cincuenta varas de largo por diez varas de ancho; está compuesto por tres divisiones y colgadizos sobre horcones a tres aguas. Posee dos hileras de cunas para más de cien pequeños, aunque ahora solo existían unas veinte y siempre estaban atendidos por una o dos jóvenes esclavas que se encargaban de su cuidado y protección, mientras sus madres trabajan. Además, posee cocina en el patio. La limpieza en el recinto, así como de las ropas de los pequeños y de sus cunas para dormir era buena, algo que Úrsula le había sugerido a Cornelio en su primera visita; igualmente se les protegía de jugar o alimentarse con sus excrementos y al hacer el piso del recinto de tablas, también se eliminaba la peligrosa costumbre de comer tierra. Por este mismo motivo, el piso del patio de las cisternas donde a veces eran llevados los pequeños a jugar, había sido cuidadosamente apisonado o prensado y los alrededores de los árboles cercados con cajones de madera.

El nuevo grupo de medidas aplicadas con los criollitos ya daba sus frutos; en los últimos años había disminuido el número de muertes en los primeros siete días de nacidos y la salud de estos era muy buena. Se había eliminado la contaminación con los bacilos del tétano al cortarle el ombligo al recién nacido y ligarlo con materiales inapropiados.

Al ver llegar a Cornelio, los pequeños que caminaban por el recinto corrieron a su encuentro y los mayorcitos le dieron los buenos días. Aquel rudo hombre de negocios y antiguamente traficante de esclavos se detuvo y cargó en sus brazos a uno de los más pequeños:

–¡Verás que en pocos años llenamos este recinto con decenas de nuevas criaturas!

–Pero que crezcan alegres y saludables...

–Ese es mi proyecto, yo quisiera que los esclavos de Angerona sean criollos nacidos aquí, como mismo ocurre con los europeos.

–Sí, lo que sucede es que los criollos negros no tienen los derechos de los criollos blancos o hijos de europeos, que sí, son libres y ricos...

–Lo sé muy bien, Úrsula, y mis amigos, Luz y Caballero y el buen José Antonio Saco están de acuerdo conmigo en mejorar sus vidas, que tengan dinero y puedan gastarlo, que tengan mujeres y maridos, conucos propios, eliminarle el trabajo al medio día y por la noche, estimularlos para que tengan muchos hijos y a su vez ya serán hijos de Cuba y así este hermoso país tendrá los brazos necesarios para producir.

Úrsula lo interrumpe:

–Tenga cuidado usted, no lo acusen de desarrollar el amor y la libertad entre los negros. Recuerde que muchos poderosos ven mejor que los negros no tengan pareja y que sea más económico comprarlos que criarlos.

–Miedo no tengo, y el amor no se crea; ese sentimiento nace solo y espontáneo. Además, no distingue las diferencias, ya que no pide nada a cambio por lo que se brinda. A Angerona no habrá que inventarle el amor; este nacerá como nacen las flores a orillas del lago. Pobre de los ciegos que no puedan ver el amor que brota aquí.

–Oiga, realmente usted es un verdadero sentimental, como esos que escriben los poemas que lee y que tanto me gustan a mí.

–Gracias, no es para tanto. Los escritores sí son románticos y yo, un enamorado de la vida. Bueno, vayamos a almorzar que se nos hace tarde –así, los dos jóvenes abandonaron el recinto rodeados de los pequeños, quienes no soltaban sus manecitas de las ropas de los visitantes.

Después del almuerzo y el descanso del medio día para negros y blancos impuesto por Cornelio un año atrás en la hacienda, Úrsula y Cornelio visitaron el hospital, para lo cual tuvieron que regresar al área de los aljibes por el pasillo subterráneo y caminar hasta otra gran escalera de más de veinte escalones de piedras, que los conduce al primer piso del bello recinto destinado a preservar la salud de los negros.

El edificio es de mampostería y ladrillos rojos fabricados en la hacienda, con seis divisiones, camas y un lugar común.

Posee un largo de cincuenta y dos varas por doce varas de ancho y un pasadizo con un ancho de cinco, con horcones del árbol de quiebrahacha. Allí se respira un agradable aire de limpieza y buen orden. Ya poseía un médico a tiempo completo y no un visitante una o dos veces a la semana, como en la mayoría de las haciendas, donde la salud del esclavo no es un motivo para gastos.

La pareja recorre uno por uno todos los rincones del edificio y Cornelio le habla del proyecto de la segunda planta que está a punto de concluir, con lo cual quedó ella más contenta. Viéndolo tan alegre y contento por haber cambiado muchas cosas debido a sus sugerencias, Úrsula se acerca más a él:

–No espero más. A partir de mañana, se acabaron los paseos por la hacienda, me dedicaré al criollero y al hospital junto al médico.

–Pero no hay apuro, puedes tomarte otros días de descanso, mi alma.

–Ni un día más. Tengo que ayudarte y ganar mi sustento y los alimentos. Recuerda que yo también soy comerciante y tengo mis responsabilidades.

–¡Très bien, madame, como usted diga! –y juntos se retiran.

En la noche, durante la comida estaba presente el médico quien había llegado al atardecer y Cornelio lo invitó a compartir la cena con ellos dos. En unos de los momentos de charla, Úrsula aprovechó para recordarle lo dicho días atrás:

–¿Al parecer, tuvo usted que esperar a que la "ausente" lluvia le permitiera regresar?

El hombre, algo desconcertado, contesta:

–Sí, madame, tuvo usted razón, la lluvia me sorprendió.

Vea usted como es necesario a veces escuchar y oír a los demás, sin importar quienes sean. La sabiduría de los ancianos, tanto de África como de Europa, es sagrada y no siempre está en los libros. Además, por eso creemos en Dios y le pedimos su ayuda.

—Veo que usted es cristiana.

—Así es. ¿No reconoce mi nombre?

—¡Sí, es Santa Úrsula!

Cornelio que escuchaba la conversación sin interrumpirlos, no pudo más que echarse a reír:

—Úrsula, amigo, no Santa Úrsula.

—Discúlpeme usted, don Cornelio, es que como usted sabe, yo soy nacido en la isla de Tenerife y vivía en una pequeña ciudad llamada Santa Úrsula, llena de enormes frutales gracias a sus tierras volcánicas que le confieren una gran fertilidad. Yo vine de allá en el año 1813 con mi padre Juan José Escobio y el lugar fue declarado municipio pocos días antes de nuestra salida para Cuba.

—Sí, Santa Úrsula es muy famosa y querida en el mundo entero y muchas jóvenes de buenas familias entran a esa congregación. Según me contaba mi madre, este nombre me lo dio la señora Lambert, según el santoral católico.

—¿Y qué día se reconoce?

—Nunca lo pregunté y nadie me dijo, pero voy a averiguarlo.

—No se preocupe usted —dijo solícito el médico—, que mañana yo tengo que ver al buen cura de la iglesia de Cayajabos, amigo mío por demás, y le pregunto. Aunque recuerdo yo, que en mi ciudad, lo celebraban a finales de octubre, pero no recuerdo el día exacto.

—¿Dice usted, octubre?

—¡Sí, en octubre, Cornelio!

—Dígame algo, madame Úrsula, sí es posible. Claro está...

—Pregunte usted, somos operarios de Angerona y amigos, no debemos tener secretos entre nosotros —dice Úrsula muy serena, al parecer sabiendo la pregunta que se avecinaba.

–¿Usted también renunció, como las Ursulinas, a tener hijos y casarse?

Cornelio mira a Úrsula, tratando de adivinar su respuesta, pero ella no da tiempo a nada:

–Sí, señor Juanelo, yo nunca me casaré, ni tendré bellos hijos. Mis pequeños son los de Angerona y los cuidaré, como mis propios hijos.

–Muy grande de su parte, madame, la felicito. Allá en mi ciudad natal de Santa Úrsula, en Tenerife, había también muchas jóvenes Ursulinas, como las llamábamos nosotros.

Algo inquieto por la conversación, Cornelio decide dar por terminada aquella plática que no le agradaba:

–Sabe usted, soy un gran admirador de Juanelo, pero este no es familia suya. Tengo un libro sobre el trabajo de un gran sabio español llamado Juanelo, quien, en Toledo logró elevar el agua desde el río Tajo hasta la ciudad, con una diferencia de cien metros de desnivel. Ahora yo lo aplicaré aquí en mi acueducto, porque el río está a un nivel mucho más bajo que la hacienda.

–Vaya, qué bueno saber que existió un Juanelo tan sabio.

–Quiero decirle, doctor, que, a partir de mañana, madame Úrsula lo ayudará en el hospital, en lo que usted necesite. El resto del tiempo lo dedicará a los criollitos.

–Qué bien, don Cornelio, me alegra mucho tenerla de ayudante y con su experiencia en el uso de las plantas medicinales, lograremos impedir muchas enfermedades ya que a los esclavos les agrada mucho esa práctica.

Después de la cena, el médico se disculpó para retirarse, pues quería continuar la lectura de un libro que le había prestado otro galeno de San Marcos. Al quedar solos, Cornelio le dice a su compañera:

–Qué buen observador ha salido nuestro doctor. ¿Y por qué le dijiste que desconocías la festividad de Santa Úrsula?

–No sé, me estoy contagiando contigo. Pero es mejor así. En lo adelante él se encargará de difundir por ahí que soy una Ursulina y que renuncié a casarme y tener hijos...

–A mí también me sorprendió usted con esa historia.

–¿Sí? ¿Acaso usted se casaría conmigo? No lo creo posible. En lo adelante este doctor repetirá en sus tertulias en Cayajabos y San Marcos mi condición, y usted quedará libre de sospecha. Ahora es usted él que tiene que estar preparado para cuando le pregunten por su futura familia.

–Nadie se inmiscuirá en mi vida privada.

–Es difícil, pero usted sabrá qué decir.

–¿Entonces usted cree, Úrsula, que el doctor será un buen propagador de la noticia? Será como el rey Carlos IV, que se encargó de propagar por el mundo el uso de la vacuna contra la viruela, embarcando desde España a 22 niños con esta enfermedad y la difundió rápidamente en América...

–Puede estar seguro usted, que, en menos de una semana, mi fama como una Ursulina devota será célebre y la noticia será llevada por nuestro galeno.

–Qué bueno. Habrá que agradecérselo.

–Sí, aunque no se lo merezca. Y, hablando de usted, Cornelio, prometió que me hablaría de su familia.

–Es cierto, mañana en la noche hablaremos. Ahora quisiera que toque algo con su flauta que también me lo prometió usted a mí.

–Es cierto, mañana en la noche tocaremos la flauta –dice Úrsula con cierta ironía, repitiendo las palabras del propio Cornelio.

Muy felices, comienzan a reír como dos escolares que se divierten el uno con el otro:

—Ande, su flauta está sobre la mesita desde ayer y no le había dicho que la tocara esperando que usted sola lo hiciera.

—Bueno, haremos un trato.

—Dígame qué trato.

—Yo tocaré y luego iré a dormir a mi habitación.

—¿Pero y por qué? ¿Acaso no desea dormir conmigo?

Úrsula se pone de pie:

—Es lo que más deseo, pero debemos ser inteligentes como usted me prometió. Ahora el doctor lee y escuchará mi flauta y esperará a saber si regresé allí o no. Tenemos miles de noches por delante...

—¡Y también de días!

—¿Cómo que de días?

—¡Mañana por la tarde quiero que me acompañes a visitar el río! Necesito tomar unas medidas del diámetro que deberá tener la rueda, para moler la caña y producir el guarapo. Después nos bañaremos en el río.

—¿Y estará limpia el agua?

—¡Como un cristal!

Úrsula recoge su flauta que la había traído la noche anterior y se había quedado sobre la mesita en la sala, y nuevamente se sienta en su butaca, pero ahora mirando al sur a través de la oscuridad que había más allá del portal de la casa. Pasaron unos segundos y no se escuchaba nada; parecía que se concentraba. Después comenzó a escucharse un débil y dulce sonido, cual, si fuera el mismo canto del viejo ruiseñor, posado en la rama más alta del bosque. La delicada y melodiosa música parecía un canto a la selva, cargado de melancolía. A medida que pasaba el tiempo se elevaba un poco más la melodía y luego disminuía, casi hasta detenerse. Minutos después, termina la canción y Cornelio, con mucha alegría, exclama:

—La felicito, es usted una virtuosa. ¿Pero por qué tanta

melancolía?

–Es una canción que me cantaba mi mamá en Santo Domingo y en Guantánamo y ella me contaba que su madre allá lejos donde ella nació, también se la cantaba cuando extrañaba su tierra.

–Pero ahora toque algo más alegre.

–Esta es una contradanza francesa que el viejo maestro francés le enseñaba a las niñas de los Lambert –y comenzó a tocar una melodía tan movida y alegre que hizo reír a Cornelio.

Sin decir palabra, Cornelio va hasta la mesita y sirve dos copas de su vino preferido. Comienza a beber de una y la otra la pone cerca de Úrsula, quien seguía muy ocupada con su flauta. Al terminar pregunta a su amigo:

–¿Qué le pareció esta?

–Muy alegre, no se puede negar que los franceses han desarrollado mucho la música en Cuba.

–Y también los africanos. Este es un arreglo de un mulato amigo mío de La Habana, muy buen músico, que combina el francés con los temas africanos.

–Excelente música. Aunque yo no conozco mucho de esto, ni del baile, pero me agradó.

–¿No baila usted, Cornelio?

–¡Muy mal! No se lo aconsejo. Úrsula, he pensado dar un baile aquí, para inaugurar esta casa y celebrar su llegada.

–Me alegra mucho la idea, hace tiempo que no voy a un baile.

–Bueno, si usted está de acuerdo la organizaremos para el próximo domingo día doce.

–Muy bien, invitaré a mí amiga Belén, si le parece bien a usted.

–La fiesta es tuya e invitas a quién desees. Yo invitaré a Enrique y otros amigos. Ahora toca algo más, por favor.

–Tocaré la última; estoy cansada y mañana quiero trabajar en el criollero y pasaré un rato en el hospital, también.

–Sí, mi alma.

Úrsula se lleva la delgada flauta a sus labios tras haber bebido del vino que Cornelio le había servido. Ahora tocaba más alto y con destreza canciones aprendidas desde niña y seguramente las había tocado en muchas ocasiones. Cornelio se deleitaba escuchándola, mientras bebía su vino francés, como seguramente lo hacían sus antepasados. Al terminar, Úrsula se lleva su copa a los labios y bebe todo su contenido. Cornelio iba a servirle más vino, pero ella lo detiene:

–Me voy, mañana continuamos –se pone de pie, besa con pasión a su compañero.

Él toma a Úrsula por el brazo y la acompaña hasta la salida del comedor. Al llegar debajo del gran arco, Cornelio suelta su mano:

–Hasta mañana. Contaré las horas hasta el desayuno, en que vuelva a verla.

–¡Hasta mañana! –y baja las escaleras recogiéndose el vestido con su mano derecha, para que no tocara la tierra aún húmeda, mientras en la otra lleva su querida flauta.

Recorre los trece metros que la separan de su casa con rapidez. Al llegar frente a la puerta, empuja esta con fuerza para que el médico la sintiera; la cierra igualmente con fuerza, poniéndole detrás un fuerte madero sujetado por dos herraduras de las usadas en las patas de los caballos, para que no pueda ser abierta desde afuera. Entra, arrastra una silla hasta la cómoda y se dispone a quitarse sus prendas y ropas. Por su parte, Cornelio regresa a la sala y bebe varias copas más de vino antes irse a dormir, está seguro que le será difícil conciliar el sueño con tantas emociones.

El nuevo día amanece soleado y con leve aire del sur; por

lo que sería un bello día seco de primavera. Cornelio, Úrsula y el médico se sientan en el comedor próximo a las siete y media de la mañana a desayunar. Se saludan y Cornelio le pregunta al galeno:

–¿Durmió bien, Juanelo?

–Sí, muy bien, gracias. Leí hasta muy tarde, posiblemente más de dos horas después que madame Úrsula llegó...

–¿Le molesté al llegar? –pregunta Úrsula con picardía.

–No para nada, le digo que estaba leyendo, pero la escuché llegar.

–¿Y estudia usted aún, doctor? –pregunta con interés Cornelio.

–Sí, en medicina siempre hay algo nuevo que aprender.

–Así mismo es, yo no puedo dejar de leer y estudiar. Anoche después que madame Úrsula se fue, seguí enfrascado con el libro del acueducto de Toledo. También estudio español y leo al gran Goethe y otros poetas...

–¿Y usted no lee, madame Úrsula?

–No, yo leo muy mal porque aprendí un poco tarde y me cuesta mucho trabajo. Me gusta más escuchar a los demás leer y además nunca aprendí a escribir.

–Pero aún está usted a tiempo –replica el médico.

–Ella no pudo estudiar, pero es más inteligente que muchos estudiosos –dice Cornelio con orgullo, lo que hace sonrojar a la joven, quien contesta:

–No diga usted eso, Cornelio. Es solo que me crie escuchando las clases que le impartían a las señoritas Lambert y el viejo maestro de música de las niñas me enseñó a tocar la flauta y me regaló una que conservaba como un tesoro. Además, en Guantánamo trabajé un tiempo en una sedería de un pariente del amo de mis padres y allá una buena mujer me enseñó a coser, bordar y cocinar. Pero, nunca pude estudiar.

–¿Y el uso de las hierbas medicinales? –pregunta el viejo médico quien no se quitaba sus espejuelos, y para mirar, bajaba la vista y miraba sobre los cristales, abriendo los ojos más de lo normal.

–Un médico francés, amigo del señor Lambert llamado Erik, tenía un libro llamado Phytothérapique créole; él me leía aquel libro y me enseñó mucho sobre las plantas, y también mis padres me enseñaron muchos remedios.

–Les propongo que dejemos la conversación y desayunemos que se enfría la leche y se nos hace tarde –señala Cornelio.

Después del desayuno cada uno tomó su rumbo. Cornelio regresó a la biblioteca para continuar con su proyecto de acueducto, Úrsula se fue hasta el criollero y el médico, al hospital. Por la tarde fue igual y en la noche cenaron Cornelio y Úrsula. El médico había aprovechado para ir a San Marcos a ver un amigo. Terminada la cena, se sentaron en un portal bajo la luz de una lámpara. Minutos después, aparecía la nana de Cornelio con exquisitas tazas con café y tras brindarles a ambos, pidió permiso al amo para retirarse a dormir. Cuando la pareja quedó sola tomando el café humeante, Úrsula miró a su compañero:

–Bueno, Cornelio, explícame sobre tu familia. Tú conoces todo sobre mí, pero nunca me has hablado de ella.

–Es que nunca me agradó hablar sobre este tema. Pero te lo prometí y te contaré.

Se callaron por unos segundos:

–Mis antepasados vivían en la ciudad de Orleans, a orillas del río La Loire, en Francia, donde habían logrado obtener una considerable fortuna, mediante la orfebrería. Posteriormente se mudaron a Hanau, a orillas del río Meno, muy próximo a Fráncfort, en Alemania. Allí nacimos mis hermanos y yo; entre ellos mi hermana Carlota, quien siempre me mimó mucho. Yo nací el 21 de octubre de 1784. Mi madre, Elizabeth Cornelia Escher era una mujer muy noble y buena, de ascendencia suiza, pero algo enfermiza y mi padre, Isaac Pierre Souchay, era embajador en el reino de Rusia.

Toma aire y prosigue:

–Pero un día, él logró apoderarse de la fortuna familiar y murió por aquellas tierras; esto afectó a mi madre que murió poco después. Más tarde, mi abuelo nos llevó a la ciudad de Lübeck y yo me fui a vivir con mi tía y su esposo, el Barón von Krapff, quienes me educaron. En Hanau tuve amigos que ahora son famosos, como los hermanos Jacob y Wilhelm Grimm, importantes gramáticos y recolectores de cuentos y leyendas del campo alemán. Tengo libros escritos por ellos dos. Íbamos juntos al puerto, nadábamos y pescábamos en el río, también me gustaba mucho visitar a mi amigo el carpintero, para alejar la tristeza y el aburrimiento, y aprender a construir pequeños botes y norias de roble.

–Es verdad que todo fue muy triste...

–En las vacaciones regresaba a Hanau a ver mis parientes y a mis amigos, también a Orleans con mi buen abuelo. Estudié economía. Se desarrollaban las guerras napoleónicas y decidí ir a los Estados Unidos para hacer fortuna. Juré volver a convertir el apellido Souchay en un apellido famoso en el mundo entero.

–Ya entiendo, Cornelio, por qué te empeñas en hacer la hacienda cafetalera más importante de Cuba.

–Angerona será famosa en todas las capitales del mundo y no solo por su café, también por sus construcciones, por autoabastecerse de todo, por sus fábricas, por su moderno acueducto y por muchas cosas más, que poco a poco irán apareciendo.

Cornelio continuó su relato:

—En el año 1805 me embarqué para América y llegué a la ciudad de Baltimore, en los Estados Unidos. Allí trabajé por dos años e hice muchos amigos y en 1807 decidí venir a Cuba, famosa ya por sus tabacos y por el desarrollo que surgía a raíz de la guerra en Haití, donde muchos franceses emigraron a esta isla. Era un sitio ideal para hacer fortuna, no había luchas internas y sí, muchas formas de hacer dinero.

—¡Como el tráfico de los pobres africanos!

—Sí, el tráfico de negros esclavos deja mucho dinero, pero mi objetivo no era ser un gran negrero, yo busco la fama y la fortuna por algo que yo mismo construya, aunque necesito de esos hombres porque en Cuba faltan los brazos. Pero aspiro a comprar solo los necesarios y que se reproduzcan aquí y sean criollos como los demás.

—Igual que los demás nunca serán. Usted lo sabe bien.

—Pero yo no soy nadie para cambiar eso, ya lo hemos hablado antes.

Se mantuvieron callados por un rato. En otras ocasiones habían discutido por lo mismo.

—Mira, Úrsula, en la hacienda El Padre, al este de la capital, no quieren que las esclavas se preñen y, además, prefieren comprar nuevos esclavos y los mantienen sin parejas, eso para mí es un crimen. Ellos son más felices juntos y trabajan más si tienen familias, si tienen dinero, si descansan, si tienen días libres para fiestas...

—Si les permiten adorar a sus dioses.

—Te entiendo y es lo que yo lograré y por eso te pedí que vinieras conmigo. Sabes bien que te necesito aquí, para que me guíes en el trato con ellos y sobre todo para que me des la fuerza que solo tú puedes darme... Mi alma, vamos a nuestra habitación, ya te conté todo lo que deseabas saber —y con la misma se puso de pie e intentó levantarla halándola por el brazo con suavidad.

Úrsula se puso de pie también y lo estrechó entre sus brazos. Lo amaba con todas sus fuerzas. Comprendía cuánto amor tenía que sentir él por ella para escogerla como su compañera, cuando había tantas jóvenes blancas de ricas familias interesadas en él. Cuántas veces al andar ella por las calles habaneras había escuchado su nombre y apellidos de labios de bellas habaneras alabando a aquel hombre rico, apuesto y famoso. Quería resistirse, seguía con el miedo al qué dirán, pero ya estaba en Angerona y sabía su papel, además lo deseaba por sobre todo en la vida. Se dejó conducir por él, y nuevamente los amantes emprendieron el camino de la felicidad, convirtiendo aquel lecho en el paraíso del amor. Lo blanco y lo negro se fundió en una sola pieza y los dioses los protegieron enviándoles una nueva tormenta de truenos y lluvia, como escudo protector ante cualquier posible visita o mirada.

Ambos se entregaron al placer sin límites, al amor libre que todo lo puede, hasta detener el tiempo y que las horas no pasen. Pero la noche pasó efímera, como las estrellas que cambian fugazmente su posición en el firmamento. Húmeda su piel hasta el punto de salpicar de sudor el piso de la casa, aquella perfecta estatua negra viviente corrió por los pasillos en dirección a la suya envuelta en una sábana blanca, también muy húmeda y llena de olores... estrujada como cuando se estruja un papel, casi cubriendo aquellas morenas carnes y sus sensuales curvas. Nuevamente la inhumana teoría de la preeminencia de una raza sobre otra solo por la diferencia del color de la piel, obligaba a aquellos seres tan especiales a ocultar el sentimiento y a tener que apaciguar sus ardientes deseos.

Amaneció, la lluvia había sido oportuna, pero breve y no impidió salir a trabajar. Angerona era como una gran colmena donde todos laboraban y cada cuál sabe qué hacer, además, lo hacía con ahínco. Unos trabajan en los cafetales; otros en las huertas arando tierras para los nuevos cultivos; otros recogen las cosechas afectadas por los días de lluvia como el plátano y la yuca que se puede podrir si no se recoge rápido; otros le dan sol al café húmedo por tanta lluvia; otros en el tejar y también en nuevas construcciones, y así todos trabajan entonando canciones difíciles de entender, pero que los obreros disfrutan mucho.

Cornelio, tras terminar su desayuno pasó la mañana en su biblioteca con los planos de la pequeña rueda que instalará en el río, calculando el diámetro necesario y las medidas de las piezas auxiliares. Úrsula dedicó el día para conocer la situación de cada niño, conversó también con algunas mujeres que descansaban porque estaban a punto de parir, y más tarde estuvo por el hospital con el buen y comunicativo Juanelo y con la vieja negra Susana, o Susel, comadrona que atendía a las parturientas. En lo adelante ella velaría por el nacimiento de las criaturas y su cuidado en las primeras semanas.

Al llegar la tarde, Cornelio mandó a ensillar sus dos caballos preferidos y salió con Úrsula rumbo al río. El camino, a pesar de la lluvia, se mantenía en buen estado y habían sido quitados del medio algunos árboles tumbados por los fuertes vientos de días anteriores. El rugido ronco del río que bajaba desde las elevaciones de Cayajabos indicaba que el nivel y la fuerza del agua eran altos; sin embargo, sus aguas no estaban cargadas de sedimentos que tiñen de amarillo las aguas durante las crecidas. Al llegar a la cabaña construida en la orilla sur del río, los jóvenes se desmontaron; Cornelio entró en la construcción de madera y tomó un fragmento largo de madera, luego se asomó por la ventana norte de la cabaña que daba directamente al río e introdujo la vara en el agua. Acto seguido, marcó con un carbón vegetal donde estaba la línea del agua marcada y anotó la cifra en un pedazo de papel que extrajo del bolsillo de su camisa, puso la vara nuevamente, pero sin que entrara en el agua, y midió la altura hasta el borde inferior de la ventana, volviendo a anotar esta otra medida.

Úrsula lo observa complacida:

–¿Qué es lo que mide usted?

–Al lado de esta ventana construiré una noria que girará por la fuerza del agua del río. Por lo tanto, necesito calcular el radio necesario de esa rueda y también el largo del eje horizontal hasta las dos masas ubicadas dentro de la cabaña, las cuáles molerán las cañas y extraerán el sabroso jugo azucarado.

–Excelente, así yo traeré a los pequeños a bañarse en el río y les daremos el delicioso guarapo, que tanto les gusta.

–Pero hoy nos bañaremos usted y yo solos.

–Termine primero su trabajo y después pensaremos en ese baño, joven.

Cornelio comienza a reírse y tomando el brazo a la mujer, sale de la cabaña y sigue río arriba:

–Ya yo terminé mi trabajo, el resto es en la biblioteca.

llegar a un pequeño muelle rústico donde había amarrado un botecito de madera recién terminado, Cornelio le dice:

–La invito a dar un paseo por mi lago, madame.

–¿Y este bote no se hunde? ¿Quién lo construyó?

–Yo lo construí junto con el buen Isaac, mi mejor carpintero y le aseguro que es muy confiable.

–Seguramente lo hiciste de roble.

–Claro, esta. Es una madera muy noble y me gusta trabajar con ella. Bueno, cámbiate de ropa y sube al bote.

–¿Qué me cambie de ropa? Yo no traje más ropa, jovencito.

–¿Cómo? Bueno, entonces suba para zafar el bote.

Cornelio se quita las botas, el sombrero, la camisa y se sube el pantalón hasta las rodillas; desata la cuerda que ataba al bote al muelle y ayuda a Úrsula a subir, después empuja el bote con uno de los remos y emprende el paseo por el manso río, ahora más ancho por las crecidas pasadas.

La bella mujer reía de felicidad o quizás estaba algo nerviosa. Disfrutaba ver a Cornelio con aquella estampa, remando como un viejo marinero, era para ella una visión nueva. Por su parte Cornelio, sentado frente a Úrsula, también disfrutaba de ver a la mujer tan entusiasmada. Subieron río arriba; numerosos patos silvestres nadaban sin miedo junto al ligero bote, también gallinuelas y otras aves. En las orillas del río, crecían plantas de las mariposas y su fragancia se esparcía por todo el aire.

La vista al norte era muy amplia ya que no crecían árboles frondosos, tal como ocurría en la orilla sur y esto permitía ver desde el bote al triste cementerio y una cabaña de las más de 30 que cobijan al esclavo en los días de lluvia o repentina tormenta. Ya en el centro del río Cornelio se lanzó al agua, perdiéndose en sus profundidades y salpicando completamente a Úrsula, quien reía con mucha fuerza y gracia. Segundos después apareció nuevamente la cabeza del joven, se acercó al bote y sosteniéndose de este, alargó el brazo izquierdo invitando a Úrsula a que lo imitara, pero esta no aceptó la invitación y Cornelio comenzó a lanzarle agua al rostro con la mano, y más reía ella...

El alemán subió nuevamente al bote y remó hasta la orilla opuesta en dirección al cementerio. Al aproximarse a la orilla se bajó del bote, demostrándole que ella daba pie allí y que podía bajarse. Ella lo imitó y sintió el agua muy fría, por lo que Cornelio le dijo:

–Tienes que agacharte y mojarte completamente para que se te quite el frío.

Úrsula permaneció varios segundos bajo la superficie para

luego aparecer con el agua deslizándose por su piel lisa y brillante. Cornelio amarró el bote en una estaca clavada en el fango. Después nadó bajo el agua hacia la mujer, que gritó al sentir aquellas manos bajo el agua. Rápidamente saca su cabeza y pegado al esbelto cuerpo de la hermosa mujer:

–¿Pensabas que era un caimán?

–¿Hay caimanes aquí?

–No, solo peces muy buenos.

–Me asustaste.

Pegados como estaban uno al otro, se fundieron en un fuerte abrazo. Sus labios se buscaron y se besaron ardientemente y sin prisa. La felicidad brotaba por sus poros. El vestido de Úrsula estaba pegado a su cuerpo como si fuera una segunda piel dejando ver la silueta de aquellos redondos senos, duros y puntiagudos, como filosos cuernos de un bravío toro y las singulares curvas de sus hombros y caderas, las que vista de lado parecían un yugo que ata y une a dos cuerpos. Los dos jóvenes abrazados aún, salieron a la orilla y se acostaron bocarriba sobre la arena mirando al sol, que amenazaba con esconderse detrás del follaje de los altos arboles de la otra orilla.

Pero dentro de ellos, seguía despierto el intenso apetito sexual que los atraía y sin darse cuenta nuevamente sus labios se fundieron y sus cuerpos rodaron por la arena húmeda. Con rapidez se despojaron de sus ropas, quedan ya desnudos bajo los débiles rayos solares. Todo era tan espontáneo, que, en su disfrute, no se daban cuenta que las sombras de la tarde caían sobre ellos y amenazaban con oscurecerlo todo. Tiempo después, ya saciados, los jóvenes regresaron al agua, se sumergieron varias veces en ella y subieron al bote, regresaron al pequeño muelle donde amarraron la embarcación. Cornelio se puso sus botas, el sombrero y su camisa y fueron en busca de los caballos que pastaban tranquilamente junto a la cabaña.

Llenos de alegría regresaron a la hacienda cada uno en su caballo, conversando animadamente; todo les causaba risa y al pasar cerca del pueblo de los esclavos, esos hombres y mujeres, aún cansados de sus duras labores del día, se detenían a observar y saludar a la pareja. Anque Cornelio y Úrsula disimulaban la felicidad que los embargaba, los trabajadores veían al amo feliz y esto era señal de que todo marchaba bien y era bueno para todos. No había ninguna duda que la llegada de la bella y libre negra traía cambios para Angerona. Desde su llegada ellos habían tenido dos días de fiestas, y la imprescindible agua también había caído. Cornelio estaba muy diferente a los días anteriores al primero de mayo; ahora parecía más joven, más lleno de vida y, sobre todo, feliz.

Este ambiente traía consigo más dedicación al trabajo, más cuidado de sus instrumentos, menos enfermedades y menos muertes. La tarea de Úrsula con las parturientas junto a la comadrona Susana y al doctor, así como con los recién nacidos, provocaba un gran cambio en la vida de los esclavos. También ya era más estable la prohibición de realizar trabajos al medio día y por la noche. La alimentación había cambiado al explicar ella a Cornelio mejores costumbres alimenticias y al proporcionarles a estos un conuco a cada familia para que sembraran sus alimentos, aparte de lo que garantiza la hacienda. Además, podían criar animales de corral.

La creación de una tienda con productos necesarios para los esclavos, y la decisión de Cornelio de que el trabajador debe tener dinero y poder gastarlo, también había sido un gran cambio. Esto era muy beneficioso para Úrsula, ya que ella era la única autorizada a vender en dicha tienda y por lo tanto adquiría una gran suma de dinero, aparte de su salario de 200 pesos mensuales por su trabajo en el criollero, en el hospital y enseñando a las mujeres en las labores de costureras, cocineras y enfermeras.

En el campo también el cambio había sido muy positivo con la llegada de las lluvias. El color verde se apoderaba nuevamente de la vegetación y las flores del café y otros frutales recuperaban su fragancia y su aroma. La perspectiva de que se restaurara la floración de los cafetos había sido una gran preocupación de todos. Mientras más producción de café hubiera, más dinero para el amo y por lo tanto más dinero para repartir entre los trabajadores. Septiembre y octubre eran los meses de la cosecha cafetalera, eran los dos meses de la maduración del fruto y solo la llegada de algún temible ciclón podía afectar su total recolección.

A veces en la tarde Úrsula y las ayudantes que atendían el criollero salían a pasear con los pequeñitos. Caminaban bajo la sombra de las cuatro hileras de palmas reales, las cuales al aire batir sus enormes hojas producían una agradable brisa. Numerosos pavos reales se paseaban orgullosos de sus bellas colas; las gallinas de guinea con su peculiar canto "pascual, pascual, pascual", como si llamaran al señor Pascual, desde lo alto de las palmas, eran la admiración de los niños. Más adelante entraban hacia los cafetales donde numerosos árboles frutales daban sombra al café y en cuyas ramas ellos recogían guayabas, chirimoyas, anones, guanábanas, naranjas, mandarinas, caimitos morados y especialmente los plátanos, que al madurar esparcían su exquisito aroma, a esos podían llegarse con los ojos cerrados, solo guiados por el agradable olor. Las dos jóvenes ayudantes siempre llevaban con ellas canastas de bejucos para recolectar frutas y también huevos de aves. Al regresar, pasaban entre la casa de Úrsula y la cocina de la vivienda del amo, y la nana les brindaba algún jugo de fruta o dulce de coco que tanto les gusta a los niños.

Otras veces Úrsula los llevaba a la orilla norte del río donde la crecida corriente había depositado un gran banco de fina arena como si fuera una playa, mientras que en el lado sur se hacía más profunda por la corriente. Los niños disfrutaban mucho este baño, jugaban entre ellos, pero también aprendieron a nadar. Al regresar, recolectaban flores de las plantas de mariposas que crecen en primavera a orillas del río y que son las preferidas de Úrsula para ambientar las habitaciones. Aprovechaba el momento para explicarles a sus pequeños el uso de las plantas silvestres para curar una herida, quitar la fiebre calmar las diarreas y muchas otras enfermedades. Cuando ya estuvo listo el trapiche de caña movido por las aguas del río, llevaban hasta allí a los niños que en jícaras de güira tomaban el fresco jugo de la caña de azúcar.

Úrsula era muy feliz en su nueva vida; el cuidar a los pequeños le recordaba su infancia y a sus padres. En sus ratos libres enseñaba a las niñas y a otras siervas mayores a coser ropa, zurcir desgarrones, poner botones y hasta bordar. Cuando permanecía en el criollero, le gustaba tocar la flauta y, en muchas ocasiones, el propio Cornelio llegaba hasta allí y permanecía largo rato junto con los pequeños escuchando la agradable música y observando a su amada, sobre todo, disfrutando lo feliz que era, y la felicidad contagia a todos. Lástima que sentimientos tan puros tengan que ser ocultados por el riesgo de que las autoridades conocieran lo que realmente ocurría en la hacienda.

Es difícil comprender esa actitud en una hacienda cafetalera bajo un régimen esclavista, muchos nunca lo creerán al no tener la posibilidad de verlo, pero nadie está tampoco preocupado por revelar la relación tan especial y por lo tanto el silencio es la garantía de que continúe la vida tranquila y feliz de dichas personas. Esa era la verdadera virtud del silencio. Solo los amigos más allegados comprendieron la influencia de Úrsula sobre aquel traficante de africanos a su llegada a Cuba.

Nunca se podrá negar que existió la esclavitud en Angerona, porque los negros africanos fueron traídos a la fuerza y obligados a trabajar, y sus hijos a los seis años ya eran hombres para realizar determinadas tareas y las niñas a los siete años. En una ocasión, tres jóvenes negros probaron buscar la verdadera libertad; se convirtieron en cimarrones al marchar a las montañas del Cusco, aunque cinco días después regresaron a su hacienda y solicitaron ser admitidos por el amo.

Todos conocían lo diferente que era la vida de los esclavos en las numerosas plantaciones que rodeaban Angerona, donde el golpe, el maltrato, el inhumano trabajo sin descanso apenas, la falta de esclavas hembras en proporción con los hombres convertía semejantes lugares en el verdadero infierno de Dante; lo que conllevaba a las sublevaciones y luchas internas que terminaban siempre con el ahorcamiento y muerte de muchos negros y la huida de otros hacia las montañas. Los caleseros y otros esclavos que viajaban con el amo se encargaban de dar a conocer aquellas atroces noticias en la población esclava.

Pero todo no era felicidad. En ocasiones venían muchas visitas al cafetal y la pareja tenía que comportarse diferente, no mostrar apego ni respeto por el negro, ni tampoco entre ellos dos. Entonces explicaban que solo eran de la opinión de que un poco más de comida y de prever enfermedades era una buena manera de hacer más dinero. Úrsula sufría cuando tenía que compartir una conversación con autoridades y hacendados que veían al negro como una mercancía más, que en ocasiones era mejor reponer la falta de uno con la compra de un nuevo negro y lo innecesario de cuidarlos, porque "los negros no piensan, ni razonan, ni sufren". Había que callar y no contradecir esas barbaridades, porque de lo contrario serían juzgados por conspiradores y fusilados. Por lo tanto, los esclavos serían los que sufrirían más aún.

Por eso Cornelio decía que había que tener dos rostros en la vida, y sus amigos José Luz y Caballero y José Antonio Saco, insignes profesores de la vanguardia criolla cubana, entendían sus palabras y su pensamiento romántico y humanista. Pensamiento aplicado de forma magistral para lograr imponerse a

la burguesía y lograr cumplir su sueño de recuperar la fortuna y el prestigio del apellido Souchay, lo cual lograba intentando que el esclavo viviera lo más parecido posible a un trabajador asalariado, enseñanza adquirida en gran parte por la influencia de Úrsula.

CAPÍTULO SEIS

Inauguración de Angerona

El próximo domingo diecinueve, habría la gran fiesta en Angerona tan esperada. Cornelio inauguraba la nueva casa y todos los hacendados de la región, como fieras hambrientas, querían conocer lo que realmente ocurría en aquella hacienda que crecía por día y era capaz de autoabastecerse de todo, en la que no se conocía la fuga de esclavos hacia el monte, donde las viviendas y fábricas eran construidas de manera confortable, y existía un gran hospital y un moderno acueducto movido por máquinas sin necesidad de la fuerza animal ni la esclava.

La fama de Angerona la ha convertido en una verdadera leyenda, pero el odio y la envidia quisieron crecer y apoderarse de ella. Nadie entendía cómo es que un joven rico, bien parecido y famoso, no tuviera esposa y menos que una negra sea la persona más importante dentro de aquel paraíso, con un salario tan grande como el del mejor operario blanco.

Úrsula se encargó de enviar las invitaciones que Cornelio hizo a sus amigos más allegados; no quería que la prensa se enterara, para mantener un poco la privacidad de su hacienda. Fueron invitados los señores amigos de Enrique de la Ermita y la familia de su esposa; el señor cura de la iglesia católica de

Cayajabos; don Alberto Nodarse y su esposa; el juez y capitán pedáneo de Cayajabos; los dueños del ingenio Pilar; hacendados de los corrales de San Juan de Concretas y San Salvador, y otras personalidades de la región, como don Matienzo y don Horta. No deseaba invitar al doctor Morel de La Recompensa, pero este era muy amigo del médico de la hacienda. Además, esperaba la llegada de un pariente suizo, de paso por La Habana, en viaje de negocios. Lo único que Úrsula le pidió a Cornelio fue que no le compartiera con aquellos representantes de la ley, muchos de los cuáles no le simpatizaban, pero Cornelio solo le explicó:

–Necesito que tú recibas a todos los invitados y que antes del almuerzo, toques una canción con la flauta y te sientes a mi lado.

–No, Cornelio. No quisiera almorzar con ellos, prefiero hacerlo sola o con tu nana y Belén.

–Es un favor que te pido. Compláceme y después te marchas.

–Bien, lo haré por ti.

Los días pasaban y toda la hacienda estaba trabajando en la limpieza y pintura de las casas, las fábricas y los talleres. Los sirvientes de Úrsula arreglaron su casa y chapearon los jardines. Todo estaba reluciente... hasta por la guardarraya se extrajeron las pencas u hojas secas caídas, se limpiaron sus troncos y se pintaron con cal producida para abonar el café.

El sábado 18, se le entregó una muda de ropa nueva a cada esclavo grande o pequeño, y Úrsula mandó a poner sábanas nuevas en las cunas del criollero y camas del hospital. Se limpió y se pintó la casa para huéspedes construida al sur del tejar, porque Cornelio no permitía que familiares o amigos que lo visitaban se alojaran en su mansión. Igualmente, se pintaron las habitaciones aledañas a la casa principal que antiguamente Cornelio había usado como vivienda. La nana de Cornelio hizo muchos dulces de coco con miel de abejas, arroz con leche y borugas de leche con azúcar hechas con la leche o calostro de las vacas recién paridas.

Cornelio ordena al mayoral para que organice con los contramayorales Noel, Joaquín y Mateo la matanza de tres puercos, uno para los esclavos que ellos mismos lo cocinarían; pero dos cerdos debían prepararse para los invitados como de costumbre y comenzar a asarlos al amanecer en unas hamacas de alambre y palos de guayaba.

Cerca de las seis de la tarde llegó a la hacienda Belén Samuel acompañada de Enrique. Con mucha alegría Úrsula recibió a su amiga y compañera en su nueva vida. Por la noche cenaron junto a Cornelio y conversaron largo rato; luego se fueron a la cama temprano, porque habría que madrugar. Llegó el domingo y Angerona estaba lista para recibir a sus invitados. Lo mismo Cornelio que Úrsula estaban ataviados con sus ropas y prendas más elegantes, vistosas y caras. El áureo color amarillo de las exquisitas prendas que poseía Úrsula lucía sobre su tersa piel negra.

Entre los primeros en llegar, sobre las nueve de la mañana, estuvieron los músicos de la orquesta procedentes de Artemisa, compuesta por mulatos y negros libres. El grupo llevaba un clarinete, dos violines, una trompa, un violón y un tambor. Úrsula los acomodó en unos bancos de madera o taburetes y en seguida una de las ayudantes de la cocinera les brindó sangría fresca. También llegó temprano en un hermoso coche el pariente de Cornelio, don Federico Luis Escher, natural de Zúrich, acompañado por Enrique quien había ido hasta Artemisa a esperarlo tal y como le pidió su amigo. Fue una gran alegría para el amo de Angerona recibir a su pariente suizo, de visita en Cuba por asuntos de negocios. Luego los dos hombres se encerraron en la biblioteca y Úrsula quedó encargada de darle la bienvenida al resto de los invitados.

Poco a poco fueron llegando el juez y capitán de Cayajabos y su esposa; don Domingo Atasia, del cafetal el Mameyal; don Domingo Rodríguez de La Pastora; el señor cura; los señores de la Ermita; los de San Juan de Contreras con su hijo Carlos y su bella hija, la señorita Alicia, una trigueña y de ojos grandes y negros como el azabache, quien enseguida preguntó a Úrsula por su buen amigo Cornelio.

—El señor Cornelio está en la biblioteca con un señor de Suiza y pidió que lo disculparan unos minutos. Por favor tomen asiento en la sala y espérenlo, que enseguida él los atiende.

La joven Alicia sé quedó observando a la esbelta morena, como deseando descubrir cual sea el papel real de aquella mujer en aquel paraíso.

Úrsula se mantuvo al pie de la escalera de piedra frente a la mansión para continuar recibiendo a los invitados. Los alrededores estaban llenos de coches con sus caleseros. El capataz de Cornelio los llevaba al fondo del batey, para darles agua y comida a las bestias.

La gran sala de la casa estaba repleta de los señores y señoras elegantemente vestidos para la ocasión, enseñando sus mejores ropas y prendas de oro y plata. La señorita Alicia no podía estar tranquila; a cada momento pedía la presencia de Cornelio. La nana sirvió un delicioso jugo de tamarindo que ella solo sabía hacer y que prepara únicamente en ocasiones especiales. Más adelante, Úrsula sirvió el vino escogido por Cornelio y ordenó a los músicos que comenzaran a tocar alguna contradanza y otros géneros de música para los visitantes.

Al fin se abrió la puerta de la biblioteca, y Cornelio y su pariente se salieron hacia la sala. El murmullo de los invitados junto a la música era enloquecedor, pero al aparecer el hombre elegantemente vestido de blanco, con sus altas botas relucientes, el bastón en su mano derecha y la espada pegada a su cintura, todos callaron al momento y la bella Alicia corrió a su encuentro. Cornelio besó la mano de la joven y halagó su belleza, y continuó saludando uno a uno a los recién llegados a la vez que presentaba a su pariente suizo. Seguidamente, pidió hacer un brindis por Angerona, tras el cual invitó a sus amigos a visitar las instalaciones para que todos pudieran apreciar las fábricas más cercanas a la mansión, mientras sus cocineras preparaban el almuerzo. Guiados por Cornelio, el grupo salió a la terraza, mientras Úrsula aprovechaba para conversar con Belén, quien se mantenía en su dormitorio.

La comitiva bajó la escalera de la terraza y frente a los secaderos de café, se encaminaron al gran edificio aledaño a la enorme mansión. Cornelio le fue enseñando el molino de moler maíz tirado por bueyes; la desgranadora de maíz; los almacenes de café; el gran inmueble para escoger el grano ubicado en el piso superior; y así el resto de las fábricas dentro del enorme edificio. A continuación, bajaron nuevamente para visitar la carpintería, el molino de ladrillo y la fábrica de toneles que garantiza la protección del café. A cada momento los invitados alababan la calidad y modernidad de las fábricas, tan bien diseñadas. En la esquina del patio de los aljibes estaba la escalera de piedra que sube al criollero, y aledañas a esta estaban las perreras donde más de diez bellos canes dormitaban, mientras una fuerte negra limpiaba sus casas. El señor del cafetal La Matilde se aproximó a la perrera, exaltó la salud de los animales y preguntó:

−¿Son necesarios estos animales para mantener el orden en la hacienda?

Cornelio, que ya estaba al pie de la escalera se detuvo y dio media vuelta:

–No es necesario, don Rafael. Yo disfruto cazar gallinas de guinea, patos silvestres, codornices, perdices y otros animales más. Salgo con ellos al monte, es mi mayor entretenimiento. Pero si hace falta, también pueden persuadir a cualquier negro.

El grupo de visitantes continuó la marcha y subieron la escalera de piedra al criollero donde dormitaban unos veintidós pequeños, futuros trabajadores de la plantación, todos vestidos con ropitas limpias y vigilados por dos jóvenes ayudantes. Sin embargo, este edificio para los criollitos provocaba el mayor asombro entre los presentes. Muchos no entendían por qué gastar dinero en un criollero, y menos en entablar el piso con maderas caras, con el solo motivo de evitar que coman tierra. El señor Morel, doctor de La Recompensa e invitado por Juanelo, el médico de Angerona, preguntó a su anfitrión:

–¿Cornelio, usted no cree que este es un gasto excesivo? Bien que sus madres pudieran llevarlos a cuestas mientras trabajan.

–No lo creo así, doctor Morel. Las madres con ellos a cuesta se cansan más, trabajan menos y los niños sufren más y se enferman más.

–Yo lo veo muy bien así, tan limpios y fuertes –señala Alicia, pegada a Cornelio.

–Sí, son muy bonitos, pero realmente más costosos, señorita Alicia –responde el capitán juez pedáneo.

Cornelio trató de avanzar más y separarse algo de la joven de San Juan:

–Mi buen amigo, Capitán, lo que usted ahorre así, lo gasta comprando nuevos esclavos y en medicinas para curarlos.

Regresando a las cisternas Cornelio se detuvo y les explicó el futuro proyecto para traer el agua hasta aquel punto, indispensable para tiempo de seca y evitar lo sucedido con la sequía de meses atrás. Después subieron al bello hospital con piso de madera, ventanas de cristal, baño y buenas camas para los enfermos. Cornelio estaba orgulloso. El médico Juanelo explicó a los invitados todas las piezas del recinto y los logros que habían obtenido al mejorar la salud de los enfermos.

Otro de los hacendados señaló:

–Todo está muy bien, pero a mí me siguen preocupando los grandes gastos para construir todo esto, con piso de madera, ventanas de vidrio...

–¿Usted no cree, don Cornelio, que sea más económico comprar nuevos esclavos y reponerlos cuando mueran? –pregunta otro hacendado del corral de Dolores.

–Puede estar seguro, mi buen amigo, que mientras más cuida usted al esclavo, más producen y más ganancias obtiene usted.

–Yo los exploto al máximo y luego compro nuevos y me va muy bien –asegura el médico de La Recompensa, quien había sido cónsul en Nueva Orleans nombrado por el emperador Bonaparte.

–Cada cual tiene su libro y su forma de trabajar. Lo importante es ver quién obtiene mejores resultados, don Morel. Solamente fíjese que apenas hay dos o tres esclavos enfermos –contesta Cornelio dejándole claro al médico, todo lo alcanzado por él.

La señorita Alicia, propuso pasar a visitar el famoso pueblo de los esclavos del cual se decían increíbles cosas. Entonces avanzaron hacia la esquina noreste del amplio batey. En su entrada sobresalía la imponente torre campanario; igualmente resaltaba la bella arcada y la fuerte puerta de hierro que resguardaba el paso hacia el interior. El pueblo estaba compuesto por casas de tablas de palma real y techo del guano de este mismo árbol, separadas entre sí por pasillos amplios de tierra apisonada, además había construcciones mayores que eran áreas comunes como la cocina, el comedor y los baños. A lo largo del muro de piedras y ladrillos que rodeaba el pueblo existían numerosas cabañas adosadas a estas paredes también construidas con piedras y ladrillos y su techo de guano. Estas cabañas eran más cómodas que el resto de las organizadas en forma de filas. Viendo la diferencia que existe entre ambos tipos de casas, la señora de San Juan de Contreras preguntó intrigada:

–¿Cornelio, y por qué tanta diferencia entre ambos tipos de cabañas, si son todos para los esclavos?

–Mire usted, doña, yo estimulo el que las esclavas deseen preñarse y parir, así no tengo que comprar más esclavos.

Después avanzó hacia una de las cabañas adosada a la pared donde estaba sentada en su puerta una robusta negra esclava.

–¿Usted ve esta mujer? Está preñada; aquí está más cómoda, ayuda en la cocina y tiene tres hijos. Cuando para su cuarto hijo queda liberada del trabajo.

Indignado, Morel exclama:

–¡Tremendo despilfarro, es igual que liberar la vaca cuando tiene cuatro terneros! Yo la libero para llevarla al cementerio.

–Me gusta mucho que todas las negras quieran parir –dice con gracia Alicia–. Así buscarán maridos rápidamente y todos estarán muy felices.

Por su parte, Cornelio continuaba exponiendo su filosofía de que mientras más cuidados y felices estaban los esclavos más rendían.

Al pasar por la casa de Úrsula y los jardines en su frente, Alicia toma una bella rosa roja y se la prende del cabello. Pregunta a Cornelio:

–¿Por qué hay sembradas bellas flores en el jardín junto a otras plantas silvestres como la artemisa, la colonia, la guacamaya francesa y otras más?

–Pequeña Alicia, este jardín es de madame Úrsula, y ella combina las flores con plantas medicinales.

–¿Y usted cree en las hierbas?

–Yo creo en sus propiedades. Son muy útiles para bajar la fiebre, eliminar las diarreas, parásitos, la picazón, curar heridas, aliviar la erisipela, la tos y otras enfermedades.

–¿También se cura usted con plantas silvestres, Cornelio? –pregunta la señora María, esposa del capitán.

–Sí, cómo no, doña María. Para mi erisipela uso la aguedita, esa que también le dicen brasilete falso. Además, las hojas del almendrón o malabar almond para baños contra la picazón que causa este mal. Sin olvidar la verdolaga que es muy buena.

–Cornelio, y esta casita pegada al cuarto que dice usted es de madame Úrsula... ¿Qué es? –pregunta nuevamente Alicia.

Cornelio la mira un poco contrariado por el tono de la joven:

–Es una tienda donde pueden comprar telas, pañuelos, cacharros de cocina y otras muchas cosas. Si usted lo desea puede mirar, quizás vea un perfume que le guste. Ella vende perfumes franceses de los más finos que vienen de ese gran país y también exquisitas aguas de colonia, fabricadas en mi Alemania.

–¿Y de dónde sacan el dinero los esclavos? –pregunta sorprendido el buen cura de Cayajabos, interrumpiendo la explicación de Cornelio.

–Yo se los doy, padre. Todos los fines de semana les doy determinada suma de dinero, según los trabajos realizados por ellos y su comportamiento.

–¿Es decir que usted les paga a los esclavos para que trabajen? –pregunta muy alterado el señor capitán.

–Nada de eso, capitán. Son esclavos iguales que los de

usted, solo que yo los estimulo para que trabajen más y mejor.

–¡Yo los estimulo a latigazos! –señala el doctor Morel.

–Latigazos debería darle yo también a mi doctor, don Juanelo –dice Cornelio, mirando al médico, como recriminándolo por haber traído a aquel hombre a su fiesta. Pero sin darle importancia al comentario, agrega–: Bueno, terminemos y vayamos a almorzar.

–¡Sí vamos, que me muero de hambre! –replica Alicia, y todos se encaminaron hacia la mansión.

Cornelio subió por el portal del comedor seguido de los visitantes, quienes conversaban entre sí sobre todo lo visto en el recorrido por Angerona. Doblaron en dirección a la cocina donde estaba plantada la estatua de la ninfa de las aguas con un cántaro en las piernas lleno de agua para lavarse las manos antes de pasar al comedor. Al igual que la estatua de Angerona, estaba esculpida en mármol de Carrara.

Mientras tanto, los músicos tocaban una contradanza introducida por los franceses llegados de Haití. En la cabecera norte de la enorme mesa se sentó Cornelio y a su derecha, Úrsula seguida del administrador y su esposa. A la izquierda de Cornelio, el señor don Federico, Enrique y su linda esposa. En la cabecera sur, se sentó el capitán juez pedáneo y al lado suyo, su esposa, el señor cura, el médico y después el resto de los invitados. Más de seis servidoras vestidas con ropa nueva, muy limpia y olorosa atendían la mesa y los vinos.

Días atrás Úrsula adiestró a este grupo en el trabajo de servir comidas en días de fiestas. Unas traían enormes bandejas con pavos recién asados, otras de arroz cocinado y sazonado con frijoles colorados previamente ablandados y luego cocinados junto al vapor del carbón de madera. Otras traían yucas frescas recién sacadas del campo, hervidas y rociadas con un "mojo" de ajo, manteca de puerco y naranja agria. Las botellas del buen vino francés entraban llenas y salían vacías rápidamente. Los platos de carne también quedaban limpios en un abrir y cerrar de ojos. Todos aprovechaban las virtudes de la esclava-cocinera, pero además de comer, todos hablaban, muchos alabando la hacienda y de cosas vistas en Angerona.

En un instante del almuerzo, la señora esposa del Capitán de Cayajabos, le pregunta al anfitrión:

–¿Cornelio, y cuándo será que usted nos invite a su boda?

Todos callaron, esta era una pregunta que muchos se hacían, pero nadie se decidía a hacerla. Cornelio mira a la señora sentada en el extremo opuesto de la mesa y con una leve sonrisa contesta:

–Tengo que terminar primero el proyecto del acueducto y después iré a Alemania a buscar a mi novia.

–¿Alemania? –dicen todos al unísono. Solo Úrsula y Enrique permanecen en silencio.

–¿Tiene usted que ir a Alemania a buscar una novia? – pregunta contrariada Alicia, seguida de su madre sin dejar hablar a Cornelio:

–¿Y con tantas jóvenes criollas, bellas y de buena familia que hay aquí, tiene usted que ir a Alemania?

Todos dejan de comer; quieren oír la respuesta de Cornelio. Hasta Enrique se pone a escuchar. ¿Qué diría aquel hombre cuestionado?

–Realmente hay muchachas muy bellas y de grandes familias en nuestra región, pero antes de salir para América yo le prometí a una encantadora señorita que regresaría un día a buscarla y espero cumplir mi promesa.

El silencio invade el comedor; nadie se atrevía a contradecir al hombre. Alicia se ve muy apenada, al igual que su madre.

El cura interrumpe el silencio:

–¿Y usted, madame Úrsula, no aspira a formar una familia?

Todos quedan sorprendidos, pues esperaban que las preguntas fueran dirigidas a Cornelio solamente. Úrsula había estado picando un pedazo de pavo mientras todos atendían la conversación, intentando dar a entender que esa plática no le interesaba, pero ahora era con ella la cosa y tenía que ser inteligente. Recordó que don Juanelo seguramente habría propagado la tesis de la Santa Úrsula y pensó que lo mejor era continuar con este juego. Deja los cubiertos en el plato, se pasa su fino pañuelo de seda por los labios, como si eliminara algún residuo de comida y levanta la mirada hacia el cura con mucho dominio:

–Padre, usted como yo, sabe que las Ursulinas hacemos votos de virginidad perpetua y nos dedicamos a educar y ayudar a las doncellas vírgenes y a todos los pequeños, blanco o negros, y renunciamos al matrimonio. Nuestra felicidad radica en la felicidad ajena y en hacer el bien. También dedico mucho tiempo a las plantas y eso me hace muy feliz.

Alicia, con mucha picardía, señala:

–¡Entonces yo seré una Ursulina también! –y comienza a reír mientras sus padres no le quitaban la vista de encima.

El doctor de La Recompensa no podía mantenerse callado; sus ideas sobre los negros eran muy diferentes a las que había en Angerona y esto incluía a Úrsula... todo le molestaba:

–¿Madame Úrsula, realmente usted cree que sus plantas curan a los esclavos?

Úrsula mira al hombre de pequeña estatura, tal como un pigmeo, como midiéndolo para que él se percatara de que lo veía como a un enano, no por su tamaño, sino enano de mente:

–No sólo creo que las plantas curen a los esclavos, también pueden curar a los blancos. Lo que sí, no entiendo, doctor, es que un médico como usted no lo sepa. Aquí curamos las fiebres, las diarreas, los parásitos y otras muchas enfermedades con el poder y la fuerza de las plantas. Pregúnteselo a su amigo el doctor Juanelo. Otra cosa, doctor, si por casualidad esta comida mañana le cae mal y tiene usted mal de estómago, tómese un cocimiento de la corteza del árbol del mango y verá qué rápido se le quita, o si el picante le provoca hemorroides, tómese varios ajíes picantes en ayuna durante una semana y verá que rápido sana...

Parecía que Úrsula seguiría su disertación contra el intransigente doctor Morel, quien gozaba de buena reputación como médico, aunque muy racista y abusador, pero tratando de cambiar la situación, Enrique interpone:

–Bueno, señores, sigamos disfrutando de esta exquisita comida y del maravilloso vino, para después ir a bailar.

Cornelio se veía feliz. Él esperaba todas aquellas preguntas y también las respuestas de Úrsula; ahora sabían bien con quiénes estaban tratando. Posiblemente los vecinos se marcharían más confundidos que antes, pero los dejarían en paz por mucho tiempo a él y a ella. Ahora serán muchos más los que se dedicarían a divulgar por toda la región como eran las cosas en Angerona con sus secretos; surgirían más leyendas, pero nada en contra de las autoridades y eso lo atestiguaría el señor capitán. Cornelio miraba con picardía a Úrsula y en voz alta, para que todos lo oyeran, pregunta:

–¿Madame Úrsula, por qué no toca su flauta para los invitados?

Úrsula lo miró sorprendida. Ella pensaba que ya se le había olvidado lo de la flauta; pero no, ahí estaba él, con sus jugadas magistrales. No entendía para qué Cornelio deseaba que ella tocara la flauta delante de esos invitados, quienes en nada la inspiraban. Pero ya no había opción. Se puso de pie para buscar el instrumento, pero Cornelio se había adelantado y la entregó en sus manos. Nuevamente Úrsula se acomodó en su silla y comenzó a tocar una bella melodía, tal como si fuera un ruiseñor en la cima de alta montaña.

Era realmente bella y triste su interpretación; pero, sobre todo, la técnica y dominio del instrumento la convertían en una intérprete magistral. Todos quedaron petrificados al oír la música, observaban a la mujer que, aunque negra, se comportaba con más finesa y más cultura que el resto de las damas ricas. Ese era el objetivo de Cornelio al insistir en que ella tocara la flauta y que recibiera los invitados al llegar. Él deseaba que todos tuvieran que admitir las dotes de la hermosa negra. Úrsula tocó dos bellas piezas que había aprendido desde su niñez. Al terminar, todos aplaudieron a la mujer y Cornelio propuso pasar a la sala que estaba lista para recibir a los bailadores.

El primero en salir a bailar fue Enrique con su bella esposa Agustina, de los belgas, Urdapilleta-Bosmeniel. Seguidamente fue el capitán y juez pedáneo, entonces salieron los padres de Alicia, quien se acercó a Cornelio, quien hablaba con su pariente suizo, mientras Úrsula había salido para su casa. Alicia tomó a Cornelio por el brazo y en voz baja le pidió que bailara con ella.

La próxima pieza tocada por los músicos fue un vals famoso en La Habana. Cornelio se dirigió a los padres de Alicia y solicitó permiso para bailar con la hija. Esta moría de felicidad al ver a otras muchachas que deseaban bailar con el anfitrión, pero ella había sido la primera. El baile continuó y Cornelio se las arregló para bailar una o dos piezas con otras jóvenes y después se dedicó a conversar con don Federico y otros hacendados.

Por otro lado, desde el pueblo de los esclavos retumbaban los tambores y oros instrumentos de percusión; el canto de los africanos era muy alegre, denotaba paz y alegría, no como en otros lugares en que su música reflejaba el estado de tristeza en que siempre estaban sumidos. Bailaban con mucha energía y gracia. La fiesta era pareja, porque también los negros habían preparado un exquisito arroz amarillo con carne de puerco, yuca hervida, plátano frito y muchos dulces a modo de pudin de maíz o de boniato.

Todo era alegría: una disertación de excelentes comidas, vinos y una formidable fiesta con músicos negros por las dos partes, como si fuera una porfía de cuál de los dos grupos tocaba mejor y donde se bailaba mejor. Ya avanzada la tarde algunos visitantes que vivían muy lejos comenzaron a retirarse en sus carruajes después de despedirse de Cornelio, mientras otros continuaban con el baile y con el vino.

Sobre las seis de la tarde solo quedaban Enrique con su esposa, don Federico Escher y la familia de San Juan de Contreras, que fue la última en marcharse, pero Alicia y su hermano no se cansaban de bailar. Los padres de Alicia se despidieron de Cornelio pidiéndole que los visitara en San Juan de Contreras. Alicia, al despedirse, se acercó:

–Visítenos, Cornelio, y entonces yo regresaré con mi hermano para ver el resto de las fábricas que hoy no vimos.

–Iré pronto, se lo prometo –respondió Cornelio.

Cornelio fue directo a los músicos, les pagó por su trabajo y estos se retiraron muy complacidos. En la noche nadie cenó, solo comieron unos dulces y refrescos. Úrsula y la esposa de Enrique conversaban en la sala, mientras Cornelio, con su pariente y Enrique se fueron a la biblioteca. En la mañana Enrique se marchó con su esposa para Cayajabos y don Federico se fue al tercer día, después de recorrer junto con Cornelio el resto de la hacienda y las fábricas. Regresaría a Suiza y Alemania para dar noticias a los Souchay y los Escher; se marchaba impresionado por lo hecho por su pariente y la belleza de aquella región. En su mente quedaba gravada la región de Vuelta Abajo, como un sitio ideal para aumentar la fortuna y llevar una vida apacible y romántica como la de Cornelio.

Los días pasaban muy alegres para todos; Angerona había dado un cambio total desde la llegada de Úrsula al cafetal. Solo se separaba la pareja cuando Cornelio iba a La Habana por problemas de los negocios de la Casa Frías, pero regresaba lo antes posible. Se ausentaba a veces para visitar las lejanas haciendas ganaderas de Punta de Palma y Caobillas, próximas a Pinar del Río.

En varias ocasiones, Cornelio, acompañado de Úrsula, viajaba temprano para San Juan de Contreras, en busca de los baños de aguas medicinales, pero siempre había que pasar y saludar a los señores padres de Alicia, buenos amigos de Cornelio. La compañía de la inquieta y "salpicona" niña no era muy agradable para Úrsula, ya que ella se empecinaba en "sacarle fiestas" al franco-alemán. Úrsula solo aceptaba el recorrido porque el médico se lo había recomendado a Cornelio. Siempre regresaban por el camino de la Tumba a Cayajabos y aprovechaban para visitar a los amigos, comprar algunas cosas o visitar el pueblo y su bella iglesia...

En el año 1823 nace una niña del matrimonio de don Enrique y Agustina, la cual fue nombrada María Amelia. Ya habían nacido otros niños, pero desgraciadamente habían muerto.

En el mes de octubre, Cornelio y Úrsula visitaron a Enrique, en la casa que posee en la Ermita, en plena Sierra del Rosario. Ya Cornelio había hecho este recorrido, sin embargo, para Úrsula era la primera vez. Temprano en la mañana, después de dejar todo a cargo del administrador y el capataz, la pareja salió en la calesa preparada para estos viajes a la montaña y un calesero de experiencia. Tomaron el camino de Cayajabos amaneciendo; una enorme luna brillante y plateada iluminaba de frente, recordándoles que era luna llena. Úrsula disfrutaba la vista al oeste donde a lo lejos sobresalían las azules lomas del Taburete, el Salón, el Rubí y la resplandeciente luna sobre ellas.

Siguieron por el camino real durante varios kilómetros. Al pasar Santo Cristo, doblaron en dirección a las montañas. El coche corría veloz por el camino pasando próximo de la hacienda La Tumba del Barón de Kessel; más adelante cruzaron el río San Juan que nace en la falda sur de la loma del Mulo, una elevación de más de cuatrocientos ochenta metros de altura. Atrás van quedando las tierras rojas y llanas que componen la famosa Llanura Sur con enormes reservas de aguas subterráneas. El límite entre la llanura y la cordillera de Guaniguanico, cuyo extremo oriental es la Sierra del Rosario, está constituido por rocas serpentinitas y metagabros de color azul verdoso y verde oscuro de origen metamórfico. Este lugar está vinculado con la importante falla "Pinar" cuyo sistema tectónico es el que modela estructuralmente el corte con numerosos plegamientos que conforman cadenas de mantos semi-paralelos con relevantes depresiones longitudinales donde están presentes rocas calizas, silicitas y brechas de derrumbes originadas en el período jurásico y cretáceo en el océano Pacífico y la península de Yucatán.

La enorme diversidad de relieves obligó a los hacendados franceses a construir sus casas y fábricas en diferentes paisajes de este territorio. Así existen haciendas en las profundas depresiones, rodeadas de ríos y arroyos como La Ermita y La Santa Susana y otras en las grandes cimas de estas montañas como La Buena Vista y La Mariana.

Úrsula disfrutaba enormemente el recorrido; para ella fue como regresar a su niñez en las montañas de Saint-Domingue y Guantánamo. Cornelio la observaba y la cubría con sus brazos dejando que ella viajara libremente en el tiempo. Ella reconocía las diferencias entre las haciendas de ambas regiones por lo que Enrique y Cornelio le habían contado. Los hacendados de esta zona provenían de la Luisiana y Europa, no de Saint Domingue sin la experiencia de la famosa guerra de independencia. En oriente las haciendas son verdaderas fortalezas, mientras en Angerona todo es libre, sin barracón, y los esclavos tienen sus conucos independientes desperdigados por los alrededores de la hacienda.

Estos núcleos son de amplia cultura con infinidad de fábricas y casas cercanas a hermosos lagos naturales rodeados de escarpadas paredes de rocas que parecen subir hasta el cielo. Las numerosas cañabravas y elegantes pomarrosas, siempre llenas de bellísimas orquídeas y curujeyes, ensombrecen el cielo y cobijan al visitante quien, escuchando el murmullo de los arroyos y el canto de las numerosas aves, se siente como dentro de un espectacular teatro europeo escuchando la más divina de las orquestas.

Tres inimaginables días pasaron Úrsula y Cornelio en este paradisiaco entorno donde la belleza sin igual del paisaje y fábricas con numerosas obras de ingeniería coexistían con una gran variedad de árboles frutales. Así se permitía a la pareja gozar de este mundo, que tal parecía un cuento o un poema de los grandes poetas románticos, donde se le garantizaría la libertad deseada por los felices enamorados.

El regreso a Angerona es río abajo hasta San Francisco, en dirección a Cayajabos. Para los arrieros, monteros y sus familias fue agradable ver pasar y saludar a los dos jóvenes, tan diferentes uno del otro, pero tan vinculados en la vida, y sobre los cuales se tejían un sin fin de leyendas. Todos salían de sus casas para saludarlos y los guardieros abrían las puertas de los caminos, por lo cual recibían algunas monedas de los visitantes.

La vida en Angerona continuaba en armonía: unos días Cornelio enfrascado en sus proyectos y sus negocios, y Úrsula casi siempre en el criollero, junto a los más pequeños, a quiénes ve como a sus propios hijos. Pasan los días, meses y años. Angerona crece constantemente y su fama crece más aún. Continúan las fiestas, los baños en el lago construido en el río, y la celebridad de la hacienda es cada día mayor.

Cornelio emprende otros negocios. Visita las haciendas de Punta de Palmas y Coabillas, pertenecientes al convento habanero de Belén en Vuelta Abajo, y las asocia para la crianza y desarrollo de ganado con dos vecinos de la ciudad de Pinar del Río, pero tiempo después descubre que estos dos hombres lo engañaban sacando y robando animales para otra propiedad de ellos. Finalmente, logró expulsar a ambos delincuentes de la región y se había asegurado prorrogar por tres años dicho colonato.

En el mes de octubre, Cornelio planificó dar una sorpresa a Úrsula, preparando una fiesta que fuera especialmente para los esclavos, aprovechando que era día 21 de octubre, día de Santa Úrsula y, además, él cumpliría treinta y nueve años de edad. Ella no sabía el día de su nacimiento, sin embargo, Cornelio estaba seguro que coincidía con el de él y que por eso la bautizaron con el nombre de Úrsula. Esta no sería una fiesta como la realizada para inaugurar Angerona, sería más privada.

Encargó un precioso vestido de color amarillo de encajes, de la fábrica en San Salvador, la cual a pesar de estar en medio de las montañas y a más de sesenta kilómetros de la capital, producía unas de las telas de encajes más finas del mundo. También mandó confeccionar dos mudas de ropa para todos los esclavos, una frazada y un pañuelo de color rojo para cada uno. Al mayoral le ordenó seleccionar una res para sacrificar y que los trabajadores la prepararan para ellos. Ese día no habría trabajo.

Los días 19 y 20 los pasó Cornelio tratando de organizar la velada sin que su compañera se diera cuenta. Había mandado a buscar a su amigo Enrique para encargarle las ropas de los esclavos y algunos víveres para la cena. Úrsula no podía sospechar nada. El día 20, cerca de las seis de la tarde entró Enrique en su calesa, pasó por el edificio principal deteniéndose en el arco de madera que unía el portal oeste de la casa con el antiguo y gran edificio de madera. Se bajó del coche y al salir en dirección a la terraza vio a Cornelio discutiendo con el mayoral, ya que su forma de gesticular y hablar era propia de los momentos en que era contradicho o sus órdenes no eran cumplidas. A pesar de su buena postura y respeto por toda persona, no aceptaba que se incumplieran sus órdenes. Al ver a Enrique que lo esperaba, lo saluda con la mano desde lejos y despidió al mayoral, preguntándole primero:

–¿Todo quedó claro?

–¡Sí, sí, don Cornelio! Todo se hará como usted manda. Ahora mismo salen los hombres a traer el toro.

–Bien, recuerda hacer todo como te lo expliqué. Bueno, ahora retírate, que el señor Enrique me espera.

Enrique se había adelantado y subía a la terraza y al estrechar la mano de su amigo, le pregunta:

–¿Algún problema con el mayoral?

–No, solo que le cuesta trabajo hacer lo que se le ordena cuando se trata de los trabajadores y no entendía lo que yo quería hacer hoy... un poco que me sacó de mis cabales.

–Él no es un mal hombre, pero le gusta hacer las cosas a su manera. Al parecer, mi difunto suegro se lo permitía.

–Sí, desde los primeros días que compré las tierras y los esclavos a la señora Bosmeniel y él pasó a trabajar conmigo, noté ese problema, pero había mejorado mucho.

–Bueno, dejemos al mayoral. Cornelio, te traje todo lo que

me encargaste. Le dije al calesero que llevara los bultos para el cuarto que está al lado de la casa del mayoral y que después soltara mis caballos.

–Bien, Enrique, entremos, que Úrsula está en su casa y no quiero que sospeche nada.

Entraron por la puerta central de la terraza hacia la sala. Cornelio invitó a sentarse a su amigo y sirvió dos copas de vino y le entregó una al recién llegado.

–Cornelio, aún no me has explicado por qué toda estas ropas y tanto arroz y frijoles. Además, el silencio para que ella no lo sepa –dice Enrique mientras se llevaba la copa de vino a los labios.

–Es una sorpresa que quiero darle a Úrsula. No te preocupes, amigo. Es mi cumpleaños y ella seguramente querrá darme un regalo a mí. Allá en La Habana, ella acostumbraba a darles un día libre a sus esclavos y mañana yo haré lo mismo.

–Amigo, tú sabes lo que haces, pero no le des tanto descanso a los esclavos...

–Ahora te pareces al mayoral, Enrique. Tenemos casi todo el café recogido y seco, no hay nada atrasado. ¿Qué me pesa hacer esta acción por Úrsula en un día como ese?

–Tienes razón, además esos negros te respetan y te quieren y tú obtienes de ellos todo lo que se te antoja y muy bien hecho. Discúlpame, es solo que veo como al capitán juez pedáneo de Cayajabos, el médico de La Recompensa y a otros hacendados, les preocupa tu comportamiento con los esclavos. Tengo miedo que un día tengas problemas con las autoridades. Ellos con las revueltas de los últimos tiempos andan detrás de los revoltosos.

–Sí, pero yo soy un gran hacendado y en mis tierras no hay conspiración, ni mano floja.

–Bueno, te repito, quién mejor que tú para saber lo que

haces, además Úrsula estará muy feliz. ¿Y a qué hora comenzará la fiesta?

–Aún no lo sé. Duerme tranquilo hoy, que mañana será un día de mucho ajetreo.

En ese momento entraba Úrsula por la puerta del comedor:

–Oiga, amigo, no sabía que usted estaba aquí. Cornelio no me había dicho que vendría.

Los dos amigos quedaron sorprendidos por la entrada inesperada de ella. Enrique se pone de pie rápidamente, coloca su copa sobre la mesita, y saluda a la mujer:

–No, solamente regresaba de Artemisa y entré a saludarlos. Le decía a Cornelio que quiero hacerle una fiesta a mi esposa la semana que viene.

–Espero que usted me invite, Enrique.

–Usted sabe que ustedes dos no tienen que ser invitados, Úrsula. Son mi propia familia y mi casa es también de ustedes.

–Entonces se quedará a cenar con nosotros...

–Eso le pedí yo, además que se quedara a dormir aquí y que mañana siga para Cayajabos –dice Cornelio, saliendo del imprevisto.

–Bueno, así lo haré si ustedes lo entienden. De todas formas, Agustina me espera mañana.

Luego del baño y la cena los tres jóvenes estuvieron conversando en la sala sobre diferentes temas. Úrsula le decía a Enrique que el próximo año visitaría nuevamente su casa de la Ermita, en plena Sierra del Rosario. Ella recordaba mucho aquellos paisajes muy similares a donde ella nació en el actual Haití y también a Guantánamo. Sobre las nueve y media de la noche Enrique les pidió a sus amigos que lo disculparan, pero deseaba ir a dormir, ya que estaba muy cansado del largo viaje. Úrsula tocó una pequeña campanilla y enseguida entró una de las jóvenes cocineras.

–¿Qué desea, sumecé?

–María, acompaña al señor Enrique a la habitación que él ocupa siempre que viene.

–Sí, sumecé, como usted mande.

Cornelio y Úrsula continuaron su plática en la sala, sin mencionar ninguno de los dos la fecha que se aproximaba. Sobre la diez y media, Úrsula ordena a las cocineras que se retiraran a dormir, porque ellos ya también se recogerían. Las sirvientas salen en dirección al pueblo de los esclavos y ella se pone de pie.

–¿Te quedas o vas ya a dormir?

–Si tú vas a dormir, yo te acompaño, amor.

–¿Chez moi?

–¿Hay alguien en la hacienda que te preocupe, mi reina?

Úrsula sonríe por la ocurrencia de Cornelio:

–No, mi Roble, solo pensé que querías estar solo.

Se retiraron a dormir a la única habitación de la mansión. Por otra parte, ya el mayoral había hecho levantar en secreto una gran pirámide de madera frente al pueblo de los esclavos y había tocado temprano la campana para que todos fueran a dormir, como le ordenó Cornelio. A las tres de la mañana uno de los contramayorales hizo repicar fuertemente la campana en lo alto del campanario y todos los esclavos se levantaron asustados al igual que el resto de los habitantes de la hacienda. Todos los esclavos mayores salieron a formar a la luz de la hoguera donde estaba parado y dando voces el mayoral. Por otro lado, Úrsula junto a Cornelio se despierta asustada:

–¿Qué habrá pasado a esta hora? La campana ha tocado variadas veces.

–No sé, pero no te asustes, vístete y vayamos a ver qué pasa.

Minutos después los dos jóvenes salen al patio y Enrique se les une.

—Enrique, vamos hacia el pueblo de los esclavos, el mayoral ha tocado la campana y ha encendido una gran fogata, y los esclavos están reunidos frente al pueblo.

—Pero... ¿qué pasó? —preguntó Enrique sorprendido.

—No sabemos, Enrique, pero apúrate y vamos.

Los amigos fueron hacia el tumulto de esclavos, frente a la hoguera que iluminaba todo a su alrededor. El mayoral y los contramayorales, organizaban a los esclavos y a la llegada de Cornelio y sus acompañantes, estos mandaron a ser silencio. El mayoral, con su voz ronca y fuerte, les grita a los negros:

—¡Atiendan todos! El amo les hablará.

Cornelio se adelantó unos pasos, bajo la mirada interrogante de la Úrsula, que aún no salía de su asombro, y dijo en voz alta:

—¡Atiendan todos! Hoy es un día especial, es el día de Santa Úrsula y como homenaje a este importante día que coincide con el nacimiento de nuestra madame Úrsula, aquí presente, he decidido que hoy serán libres de hacer cuanto deseen y se diviertan. También, se les repartirá en la mañana dos mudas de ropas, una frazada para que puedan protegerse del próximo invierno y un pañuelo de color rojo. Además, tienen un toro para que lo preparen con arroz, frijoles o como ustedes deseen.

Un enorme murmullo se levanta de la muchedumbre y todos comienzan a gritar el nombre de Úrsula, Úrsula. Cornelio levanta la mano:

—Les daré a cada uno dinero para que compren lo que quieran en la pequeña tienda. Además, he mandado a que el mayoral libere a los esclavos castigados.

Nuevamente se elevan los gritos de júbilo y Cornelio grita:

—¡Felicidades a todos, a divertirse!

La algarabía que se armó fue terrible; todos gritaban el nombre de Úrsula y de Cornelio y saltaban de alegría. Enseguida corrieron a sus casas en busca de sus añorados instrumentos musicales. Úrsula por su parte no podía contener el llanto y se tapaba la cara con un pañuelito blanco de hilo tejido por ella misma, mientras Enrique y Cornelio la abrazaban y la felicitaban.

Ya más calmada, Úrsula mira a Cornelio:

–Usted es tremendo, mira todo lo que ha preparado a espaldas mías, pero muchas gracias por todo, además hoy es también su cumpleaños. ¿O pensaba que se me había olvidado? Y usted, Enrique, también es cómplice, usted anoche no venía de Artemisa y seguramente la fiesta de que hablaban en la sala era esta y no la que usted inventó. Bien, ahora por su maldad tienen que acompañarme un rato a escuchar un poco de esa música contagiosa africana.

La gente había corrido a buscar sus tambores, las maracas, güiros y demás instrumentos musicales fabricados por ellos mismos con frutas silvestres y con los cueros de chivos sacrificados. Se había reunido en el largo comedor dentro del pueblo que ellos habitaban y comenzaron a tocar, cantar y bailar.

Así, ambos amigos, acompañados por Úrsula, se unieron al grupo de africanos que cantaban y bailaban frenéticamente invadidos por la alegría de saberse libres, al menos por un día, el cual también aprovecharían para honrar a sus dioses y a sus antepasados tan lejanos en las selvas impenetrables del continente negro.

Úrsula bailaba al compás de los tambores con mucha gracia, por lo que los africanos abrieron un círculo para verla bailar. El pelo negro, brillante y suelto, al tirarse rápido de la cama sin tiempo a peinarse, junto con su bella sonrisa, el sudor que le corría por toda la piel y las hermosas piernas que se observaban al saltar su ropa una y otra vez al ritmo de su danza, daban una imagen realmente mágica de la mujer tan hermosa.

Era imposible creer que esa diosa negra, que parecía tallada en ébano carbonero por las finas manos del más grande escultor, había renunciado al placer del amor, del sexo y la creación de una nueva familia. Si era cierto, era una profanación sacrificar aquel cuerpo tan perfecto para ofrecer amor; pero solo unos pocos conocían la verdad.

Tiempo después, los tres amigos regresaron a la mansión, pero Úrsula se disculpó y fue a asearse y lavarse la cara. Enseguida regresó y los tres juntos comenzaron a beber del buen vino francés del que Cornelio siempre disponía para las ocasiones importantes. Las puertas de la casa se abrieron de par en par y las luces fueron encendidas, como si fuera de día. Cornelio se disculpó y fue hasta su dormitorio y regresó con una caja envuelta en fino papel amarillo y atado con cinta azul. Se la entregó a Úrsula, que preguntó aún sorprendida:

–¿Qué es esto, Cornelio? Quel mystère!

–Je ne sais pas! ¡Ábrelo!

Ella fue hasta la mesita para desatar el lazo de la caja, la abrió y extrajo el magnífico vestido de encajes, color amarillo, el color de Oshun, diosa de la fertilidad entre los yorubas. Parecía el vestido de una reina. Con un delicado gesto, Úrsula se lo puso por delante del sudoroso cuerpo para que pudieran apreciarlo.

–Realmente le queda muy bien, es muy bello –dijo Enrique y extrajo de su bolsillo un pequeño cofrecito, lo abrió y sacó de su interior una fina cadenita de oro y se la entregó a la hermosa mujer–. ¡Muchas felicidades, amiga!

Úrsula se puso de pie y abrazó los dos hombres, mientras por su rostro corrían las lágrimas de felicidad.

Por su parte Cornelio le pregunta:

–¿Por qué no va y se lo prueba?

–Estoy muy sudada, apenas me baño... Muchas gracias a

los dos, hoy soy la mujer más feliz del mundo.

Se disculpó y pidió permiso para salir un momento; fue hasta su casa y recogió el regalo que ella en secreto había encargado al administrador de la hacienda. Luego, Úrsula se unió a los dos amigos que conversaban animadamente, y le entregó a Cornelio una caja de cartón larga y estrecha:

–Este es mi pequeño regalo por sus cumpleaños.

–Usted también tenía su secreto guardado. Pero ¿qué es?

Je ne sais pas! ¡Ábrelo! No tenga miedo –y la morena comenzó a reírse acompañada de Enrique.

Cornelio abrió una de las puntas de la larga caja y extrajo un bastón negro, muy reluciente, con su empuñadura de oro y engastado en ella una piedra preciosa. Cornelio quedó sorprendido por la belleza del regalo:

–Muchas gracias, es realmente un regalo estupendo y muy fino. Ya pensaba yo en cambiar mi viejo bastón.

Así continuaron los amigos entre copas y copas por varias horas. Cerca de las nueve de la mañana, Enrique se puso de pie:

–Bueno, amigos, he pasado una magnifica noche junto con ustedes dos en conmemoración de sus nacimientos, pero me es imposible creer que este hecho sea solo fruto de la casualidad, porque, para que dos personas de orígenes tan distantes, tengan tantas cosas en común y que sin saberlo, se unan para lograr el proyecto más bello e importante de Cuba, es necesario la mano de una fuerza más poderosa e invisible, y hoy ya no tengo duda alguna que triunfarán y lograrán todo lo que desean y se han propuesto. Felicidades a los dos. Ahora debo regresar a Cayajabos.

–Pero quédate y te vas luego –respondió Cornelio.

Enrique, caminando hacia la terraza, se vuelve a los dos amigos:

–Hoy es la fiesta de ustedes. Diviértanse y sean muy felices.

Y con la misma fue hacia donde lo esperaba su calesero con el carruaje y quien aún estaba sudoroso por el baile tan agitado que realizaba la dotación esclava de Angerona. La calesa detenida al pie de la escalera de la majestuosa mansión partió rauda, mientras Cornelio y Úrsula regresaban al interior de la vivienda. Cornelio tomó por la mano a Úrsula y le habló en voz muy suave, aunque se sabía que las cocineras bailaban con el resto de los esclavos y nadie lo oiría, no deseaba ser escuchado.

–Vamos a mi cuarto, amor, allí estaremos más tranquilos.

–Tengo otra idea. Vamos a bañarnos al lago del río.

Sorprendido, Cornelio sonríe ante la feliz idea:

–Entonces ve y espérame al terminar el muro del pueblo de los esclavos, yo buscaré mi caballo y te alcanzo.

Así se separaron, pero la felicidad de que muy pronto estarían solos en el lago los enloquecía.

En su caballo blanco preferido, Cornelio la recogió a ella detrás de él sin que nadie se percatara y se fueron a todo galope hacía la orilla norte del río. En la pequeña playa de arena que el río en su curva forma, y muy próximo a una de las cabañas hechas para guarecerse los esclavos del mal tiempo, se detuvieron. Cornelio ayudó a Úrsula a bajarse del perfecto animal, y extrajo de una alforja de la montura un bolso de tela, seguidamente soltó su bestia para que pastara, mientras ellos disfrutaban del agua, bastante fresca a esa hora y más aún, a afines del otoño.

Nadie había por aquellos parajes, ellos lo sabían y se sentían seguros, por lo que ya dentro del agua comenzaron a jugar y tomarse de las manos hasta que se fundieron en un ardiente beso, que dio paso al derroche de amor insaciable.

Tiempo después, salieron a la orilla del río y sobre el banco de arena se sentaron próximo a donde Cornelio había dejado el bolso de tela. Úrsula toma el bolso y lo siente pesado:

—¿Que traes aquí?

—Un vino, pensé que tenderíamos sed.

—Para la sed, está el agua del rio.

—Entonces, es para brindar por tu cumpleaños.

—Eso sí. Brindaremos por nuestros cumpleaños.

—También quiero brindar por el amor.

—Muy bien, Cornelio, brindemos por nuestros cumpleaños, por el amor y también por la virtud del silencio, para que todo esto perdure.

Cornelio destapa la botella y levantándola, grita:

—¡Felicidades, Úrsula! —y se lleva la botella a los labios y bebe un largo trago, se la entrega a Úrsula que lo imita.

La hermosa mujer desnuda se pone de pie y alza la botella:

—Brindemos por Angerona, por su silencio y por la felicidad.

Así continuaron llenos de alegría, un rato en el agua y otro rato en la arena, disfrutando del exquisito vino. Sobre la una de la tarde, regresaron a la mansión en el brioso caballo, pero esta vez lo hicieron por el camino que pasa por el costado oeste del muro de los aljibes, detrás del criollero y por entre los secaderos de café, y que termina frente al gran edificio de madera. Úrsula pasó del portal a la biblioteca de Cornelio, y de allí a su casa; mientras Cornelio siguió muy alegre en su caballo hasta la entrada principal de la hacienda. Al ver allí aún al pobre guardiero que custodia la entrada, mandó a que este cerrara firme el portón y se fuera para la fiesta. Aquel buen hombre no había querido dejar la puerta sola, ni por ser el día libre. Antes de regresar a su casa, Cornelio sacó unas monedas de su bolsillo y se las entregó al anciano, que hizo mil reverencias de agradecimiento:

—Da ope, mi suamo. Uté sé mi Chango. ¡Negro viejo no

necesitá bolakan! –y alargó su mano con las monedas.

–¡Arrea, negro zalamero, que tu vieja te espera! –y con la misma se marchó a gran velocidad hacia la hacienda.

La música y la fiesta de los esclavos no disminuían y cuando un músico se cansaba de tocar, otro tomaba su puesto. Niños y adultos bailaban solos y en círculos y cantaban a coro. Por la noche, fue Úrsula quien preparó una deliciosa cena para ella y Cornelio, que consistió en un enorme pollo asado, acompañado de viandas y ensaladas con buen vino. Ella misma le había pedido a Cornelio que les diera el día libre también a sus cocineras y que ella prepararía la cena, algo que disfrutaba mucho hacer en La Habana cuando Cornelio se quedaba a cenar con ella.

Al día siguiente, Úrsula le pidió a Cornelio que la acompañara en un recorrido junto con el grupo de pequeños criollitos. Todos caminaron por el sendero que va hasta el tejar, pasando por detrás de su casa. Al llegar a un claro donde había uno de los esclavos de ella con un azadón en la mano, se detuvieron. Al lado del negro, había un hueco de unos cincuenta centímetros de profundidad y a su lado una pequeña planta recién sacada. Úrsula se detiene:

–Ya llegamos.

–¿Y qué vamos a hacer aquí? –Cornelio está algo extrañado.

–¿No conoces esta planta? –ella contesta con otra pregunta.

–Claro que la conozco.

–Esta pequeña planta es un roble y me gustaría que todos los 21 de octubre, sembremos uno, como recuerdo de nuestros nacimientos y que las fiestas para los esclavos, como la que diste ayer, la cambies para el primero de enero, que es el primer día del año.

–Lo haremos así, me parece mejor comenzar el nuevo año con una fiesta grande y con los negros felices. Además, es un día muy importante en mi país.

La pareja, junto con los pequeños, sembraron el pequeño roble, lo cual quedaría como costumbre y en el futuro Cornelio tendría abundante madera de su árbol preferido.

Transcurre el año 1825, una epidemia azota las haciendas; cientos y cientos de esclavos mueren a manos de la contagiosa epidemia. En Angerona se enferman unos cuarenta negros, pero solo uno muere y porque ya estaba grave con otra enfermedad. Esto gracias a los cuidados que se tiene con la dotación bien alimentada: curas de parásitos cada cierto tiempo; sin exceso de trabajo; protegidos de la lluvia hasta cuando están en los campos mediante unas treinta chozas diseminadas por toda la hacienda; los cuidados en el moderno hospital, donde, si es necesario, pueden tomar un poco de vino, entre otras atenciones.

Cornelio tiene que viajar a La Habana para encargarse personalmente de algunos asuntos pendientes de la Casa de Antonio Frías y compañía. El 15 de octubre de 1825 visita al escribano segundo del consulado y también aprovecha para comprar algún regalo para Úrsula en ocasión del próximo 21 de octubre, día sagrado para ambos.

La quiebra de la Casa Frías y compañía, de la cuál es el socio liquidador, le roba mucho tiempo en La Habana y él, lo que más desea, es permanecer en Angerona el mayor tiempo posible y desarrollar sus proyectos. Cada primero de mayo, también se festeja por los amantes, por ser el famoso día de la llegada de Úrsula a la hacienda, algo imposible de olvidar tanto por Cornelio, como por sus trabajadores. El 22 de mayo de 1826, regresa nuevamente frente al escribano, don Blas Ignacio Zárate.

Asimismo, Cornelio se ve sometido a un pleito por la entrega de las lejanas y ricas haciendas ganaderas arrendadas de

Punta de Palma y Caobillas, al sureste de Pinar del Río. Cornelio es un excelente negociante, pero a veces lo traiciona la confianza en hombres poco conocidos y más aun estando él muy alejado de donde pueda realizar el control necesario. Pero así era él, siempre desarrollando un nuevo proyecto, y si uno no daba los resultados esperados, emprendía otro y aunque disfrutaba de solvencia económica, no se apuraba en pagar sus deudas. Es como si fuera un traficante, un duro negociante y ambicioso hombre, y a la vez en su hacienda es un hombre generoso, amoroso y humanitario, presto a entregar dinero al esclavo. ¿Será que lo hacía con toda intención, tratando de desinformar al resto de los hacendados? Para muchos fue un hombre de doble personalidad, pero las circunstancias lo obligaron a ser así y así triunfó.

Una mala noticia llega a Angerona, la muerte de doña Agustina, la esposa de Enrique. A su entierro asistieron Cornelio y Úrsula, quienes tuvieron por varios días en Angerona a la pequeña María Amalia, única sobreviviente de los hijos de la relación del amigo y su frágil esposa de los Urdapilleta–Bosmeniel.

CAPÍTULO SIETE

Abiel Abbot
visita Angerona

Llega el año 1828 y en el mes de abril, Cornelio recibiría en su hacienda al joven norteamericano Abiel Abbot, pastor de la Primera Iglesia Congregacional de Massachusetts, de quién había oído hablar mucho. Para él estas visitas eran muy importantes, ya que lo ponían al tanto de los últimos acontecimientos ocurridos en el mundo; los adelantos de la época; el surgimiento de nuevos escritores y, en fin, muchas cosas más.

Además, le gustaba conocer la opinión de aquellos viajeros que tenían la posibilidad de comparar su hacienda con otras visitadas por ellos, escuchar qué se decía por otros mundos sobre Angerona. Estos mismos viajeros serían los encargados de divulgar por todas partes en sus escritos y sus conversaciones lo visto aquí. En el caso del pastor, Cornelio sabía que se hospeda en La Recompensa, hacienda en el corral de San Marcos perteneciente al doctor Morel, con quien no comparte muchas simpatías.

Al reverendo Abbot, los médicos de su país le recomendaron respirar el aire puro de las montañas de San Salvador en plena Sierra del Rosario. Entró en barco por la bahía de Matanzas; había estudiado día a día toda la región occidental hasta

Artemisa. Ahora visitará Angerona y los cafetales de la Sierra del Rosario, y al final hará un valioso libro con las cartas que casi a diario escribe. Él tenía previsto salir para la Santa Susana donde lo esperaban, pero antes quería conocer la realidad de la famosa hacienda del franco–alemán Cornelio Souchay Escher.

Tras explicarle a su nuevo médico, el doctor Morel, de La Recompensa, la intención de visitar Angerona, no consiguió que este lo acompañara; al parecer la forma demasiado humanista con que son tratados los negros esclavos y los gastos excesivos en su mantenimiento y cuidados, no le agrada en lo más mínimo al galeno. Dice que ese cuidado y preocupación por los negros no es muestra de un carácter realmente humanitario del amo, sino que solo es una estratagema para extraer más dinero de sus esclavos y pasar por "gran bondadoso". Igualmente, las leyendas sobre la presencia de una singular negra, libre y sobre todo muy bella, recorre todos los confines por donde el reverendo se ha movido, así como que la hacienda se autoabastece de todo lo necesario, y esto la convierte en un sitio al que nadie puede dejar de visitar y admirar.

Recorrió el camino de San Marcos hacia el occidente y pasa el río de Gamboa que nace en las elevaciones del camino que va desde San Roque, el Jobo, hasta casi la entrada de Guanajay y después corre al sur pasando por la entrada de Artemisa. Unos trescientos metros más adelante de pasar el puente alto de madera, cuando el camino torció a la derecha, aparecieron al frente del visitante las azules montañas de San Salvador. Quedó fascinado por las diferentes haciendas que vio a su paso, todas cercadas con un piñón espinoso, la llamada piña de ratón con sus hojas puntiagudas de la familia del henequén, y por otras variedades de cactus espinosos. Todas las haciendas estaban adornadas con bellas hileras de palmas reales y árboles del mango, y otras muchas frutas que le conferían aire de bellos jardines a aquella campiña cubana. Las tierras continuaban rojas y esmeradamente llanas, como las que vio al dejar San Antonio de los Baños.

Cafetales, ingenios azucareros, potreros para la cría de cerdos y reses, para el pastoreo de los animales de trabajo, se observan por doquier, pero todos muy limpios, protegidos y organizados. El aire seco de abril, no le impide disfrutar de esta hermosa vista y de dialogar con los monteros y arrieros con quienes se topa por el camino. Tras dejar Artemisa, a unos cinco kilómetros, entra en las tierras de Angerona cercadas por limoneros apodados y también por cercas de piedras calizas. Al fin, llegó frente a la entrada de la famosa hacienda.

El carruaje avanza a través de la imponente entrada. Detrás de las exóticas palmas reales crecían innumerables árboles maderables y frutales que garantizan la necesaria sombra al café. Tanto los enormes árboles, como el café al que cobijan, estaban sembrados en forma de perfectos cuadrados, al conformarse por hileras de sur a norte y otras de este a oeste.

El visitante disfruta la vista de las innumerables aves que huyen a su paso como el orgulloso pavo real que abre su cola multicolor para el disfrute del observador o las rápidas gallinas de guinea y también cientos de pájaros y aves silvestres. Pero más impresionado quedó, cuando llegó al final de la guardarraya y al bajarse de la calesa, observar en el jardín, la presencia de una estatua en mármol de Carrara, representando una joven romana vestida a la usanza de aquella época, a tamaño natural y con su dedo índice sobre los finos labios, invitando al silencio.

La vista es acogedora e impresionante, totalmente nuevo para él. Detrás del jardín se levanta el edificio de estilo neoclásico, construido en mampostería. Tanta grandeza lo hace pensar que todo lo escuchado hasta ahora sobre la hacienda Angerona es poco en comparación con la realidad. Úrsula lo esperaba al pie del jardincillo, elegantemente vestida y ataviada con sus joyas como Cornelio le había pedido. Quería que lo acompañara a él, con el reverendo.

La elegante morena saludó con mucho respeto al visitante dándole los buenos días y la bienvenida al cafetal. El reverendo por su parte también saludó a la mujer con mucha cortesía, pero se veía impresionado por la presencia de la enigmática dama negra, la primera que conocía con tanta gracia y elegancia desde su llegada al país. Úrsula se disculpó porque Cornelio no había podido venir a recibirlo, por un problema urgente en un molino lo había ocupado desde muy temprano. Condujo entonces al visitante hasta el sitio donde estaba Cornelio que, junto con los operarios, revisaba el molino de maíz.

Al ver al visitante extranjero, Cornelio fue directamente hasta él:

–Bienvenido, Reverendo, a Angerona. Nuestro médico, Juanelo, me informó que usted vendría hoy, pero nuestro molino de maíz presentó un problema y acabamos de ponerlo en marcha ahora; discúlpeme usted por no haberlo ido a recibir. ¿Quiere usted continuar conmigo o regresamos a casa?

–Mejor sigamos viendo este inmenso edificio.

Los dos hombres subieron la escalera que da entrada al largo edificio de madera y continuaron hacia dentro.

–Este fue el primer edificio que construí al llegar a estas tierras, era mi casa y varias fábricas a la vez; después le anexé la parte este, de mampostería y ladrillos, para tener un poco más de comodidades y privacidad –explica Cornelio al visitante.

–Tal parece un solo edificio. Está muy bien conjugado todo, fábricas y vivienda a la vez.

Pasaron por una de las anchas puertas abiertas de par en

par, el amo de Angerona le fue explicando al recién llegado, bajo el ruido de las maquinarias, los gritos de los esclavos a los bueyes y el trajín de negros y operarios blancos.

–Bueno, señor Abbot, este es el molino de maíz y abajo están los bueyes que hacen girar las piedras colocadas en la planta superior. El engranaje que hace girar el eje de las piedras estaba desgastado y fue el que acabamos de cambiar; los mecánicos querían repararlo, pero tuve que obligarlos a poner uno nuevo.

Mientras conversaban, Cornelio subió al segundo piso donde estaban las piedras del molino con su engranaje.

–¿Y qué producción de maíz obtiene al año? –pregunta Abbot.

–Este año cosechamos unas 2 350 fanegas...

–Que viene siendo, unas 375 bushels –dice el recién llegado después de calcular la conversión–. ¿Y cómo desgrana las mazorcas de maíz, a mano?

No, para nada, amigo. Mire allá en la esquina, esa es una desgranadora que se mueve mediante una manivela.

Continuaron caminando y entraron al extenso almacén con capacidad para unos veinte mil toneles.

–¿Estos bellos toneles para qué los usa?

–Para envasar el café.

–Pero deben ser caros.

–No tanto, los fabricamos aquí mismo con madera de ateje. El problema es que el café se daña mucho en su traslado a puerto por la lluvia, también en los muelles y en los barcos y pierde mucha calidad.

–¿Y los zunchos de hierro alrededor del tonel, también los fabrican aquí? –el reverendo preguntaba, escuchaba y anotaba sus apuntes en un pequeño libro.

–No, esos los compramos en La Habana.

Bajaron al primer piso por una escalera de madera. A un costado, había otro molino de piedra listo para ser ensamblado. El visitante se acercó a él y pasó sus finas manos por la superficie y expresó:

–Qué hermoso, duro como el granito y blanco como el yeso, además está admirablemente ensamblado y biselado.

–Es la obra de nuestros prácticos albañiles.

Pasaron a la descascaradora de café, cuya construcción termina en forma de una elegante cúpula. De esta continuaron al frente, donde está la amplia carpintería con sus bancos y herramientas cubiertas por el aserrín fino que deja la madera de ácana color oscuro al ser cortada y cepillada para confeccionar los barrotes y marcos de las nuevas ventanas del hospital.

Sobre un fuerte banco de madera había un ataúd a medio construir; Cornelio se acercó a él y le señaló al visitante:

–Este será mi última morada, hecha con maderas incorruptibles, para cuando llegue el momento de partir...

–Pero usted está muy fuerte aún. No puede negar que usted es un romántico.

–Gracias, Reverendo, realmente la literatura del romanticismo es la que más disfruto, pero no solo es cosa de romanticismo, hay que estar preparado para todo.

Regresaron al largo edificio y penetraron a un amplio salón donde había unas trescientas gavetas, cada una enumerada y con el nombre del esclavo y su esposa, que contenían las ropas de estos hechas a su medida. Al verlo, el reverendo exclamó sorprendido:

–Creo que todo lo que mis amigos me habían contado sobre usted es poco. ¿Por qué el nombre de los esclavos en las gavetas de ropa?

–Reverendo, no comparto la idea de la mayoría de los hacendados de que es mejor comprar esclavos a que nazcan aquí.

Creo que deben tener esposas e hijos, que usen ropa a su medida y que esté marcada...

—¿Cómo una familia más?

—Así mismo. Ellos son más felices así y por lo tanto producen más. Además, no tendré que comprar más esclavos, y al marcar la ropa no se le puede confundir, ni extraviar.

—¿Y manda a confeccionar sus ropas a la medida de cada cuál?

—Claro que sí, es el mismo gasto o quizás menos y se ven mejor vestidos.

También Úrsula con sus muchachas las confecciona...

—Usted sabe muy bien lo que hace, Cornelio. Pero dígame algo. En el portal de la segunda planta existe un local. ¿Qué es? Al bajar vi a través de una puerta abierta un grupo de negros sentados alrededor de una gran mesa.

—Disculpe usted mi descuido. ¿Quiere que subamos otra vez?

—No, no.

—En ese lugar tengo la selección manual del café. No deseo vender café con problemas. Hay que cuidar mucho la calidad. Allí pueden trabajar más de ochenta personas y es un local cómodo, hasta con ventanas de vidrio que se pueden subir y bajar. Bueno, luego Úrsula se lo mostrará, si desea.

De la carpintería regresaron al gran edificio que habían dejado atrás. Mientras subían, Cornelio propone:

—Vayamos a la casa principal y más tarde visitamos otras fábricas.

—Muy bien, Cornelio, como usted diga.

Subieron al portal oeste de la mansión a través del cual se llega a la biblioteca. Este portal en forma de un gran arco, mide aproximadamente seis metros de largo de sur a norte y cuatro metros de este a oeste y a ambos lados tiene impresionantes escaleras para subir a las segundas plantas. A cada lado tiene también dos puertas para pasar a las esquinas de la casa con un segundo piso y techo en forma de pirámide.

La puerta central estaba abierta y daba paso a la biblioteca. En ella había una gran mesa de caoba pulida sobre la cual había varios libros, un tintero con plumas, planos y una pequeña piedra blanca como el coco, y en su parte superior una figura similar a una flor de cinco pétalos. Al lado de ella había, a medio construir, una pequeña pieza de madera de unas tres pulgadas de largo y en sus paredes numerosos estantes repletos de libros de todo género. Cornelio se detuvo junto a la mesa:

—Este es mi lugar preferido, paso la mayor parte del tiempo diseñando mis fábricas y leyendo.

—¡Una gran biblioteca! Y por lo que veo sobre la mesa, lee libros de mecánica y obras de sus coterráneos, el gran Wolfgang Goethe y Alexander von Humboldt.

—Así es, Reverendo. Cuando no estoy en el campo leo o diseño mis máquinas.

—¿Y esta hermosa piedra qué es?

—Parece ser un fósil. Posiblemente un erizo de mar convertido en una extraña roca; la encontré en las proximidades de los baños de San Juan de Contreras junto a arcillas amarillas y margas, rocas que aquí llaman los campesinos "coco", debido a su color blanco como el de esta fruta.

—Muy interesante. He leído algo sobre ellos en las escrituras del Barón von Humboldt, durante su visita a Cuba —el Reverendo observaba detenidamente todo a su alrededor; tomó la pequeña pieza de madera medio tallada y preguntó—: ¿Y esta figurilla qué es?

—En mis ratos libres construyo botes, norias, arpas y otros objetos de madera. Este será un yugo.

–¿Un yugo? No entiendo esa palabra...

–El yugo es un objeto que se construye de madera y sirve para unir dos bueyes o dos mulos para tirar de una carreta o del arado, se les pone sobre el cuello. Este aún no lo he terminado y lo guardaré como un adorno o amuleto.

–¡Ya, Ya! A yoke. Los he visto en el viaje de Matanzas a La Habana.

Abbot siguió mirando la habitación sorprendido de su belleza y su utilidad; escudriñaba aquellas cuatro paredes atestadas con más de quinientos libros:

–Pero su biblioteca está bien surtida. Tiene libros de física, matemática, historia y muchas obras de escritores famosos.

–Me place leer mucho, además lo necesito para mis proyectos. Este es el Ensayo político sobre la isla de Cuba de Humboldt basado en los viajes que realizó entre los años 1800 y 1804.

–Impresionante, lo felicito. Ese debiera ser el mayor hábito de los hombres. A propósito, le traje un libro del gran Edgar Allan Poe, mi favorito.

–Gracias, tenía muchos deseos de leer algo de su obra. El romanticismo es uno de los movimientos que más me atraen; aquí tengo al gran Goethe, Pushkin y Byron, otros románticos, pero de su coterráneo, no tenía ninguno.

–De Goethe, me encanta su opera Mignon...

–A mí también –recita de memoria Cornelio–:

Kennst du den Berg und seinen Wolkensteg?
Das Maulthier sucht im Nebel seinen Weg;
In Höhlen wohnt der Drachen alte Brut;
Es stürst der Fels und über ihn die Flut.
Kennst du ihn wohl?

Y el reverendo lo interrumpe:

–'Tis there! 'Tis there! Lead the way! Oh father, let us go! –termina diciendo Abbot en inglés, y ambos comenzaron a reír como niños.

–¿Y qué me dice usted de Lord Byron y su poema A Inés? –pregunta Cornelio.

–Es un rebelde y apasionado.

–Pero genial. – No sin cierta nostalgia recita Cornelio:

What is that worst? Nay, do not ask –
In pity from the search forbear;
Smile on—nor venture to unmask
Man's heart, and view the Hell that's there.

–¿Ha leído a Víctor Hugo y a Heinrich Heine?

–Algo, no mucho. De Víctor Hugo, mis amigos habaneros me han hablado, y de Heine conozco sus canciones y poemas...

En ese momento entró Úrsula con una bandeja de plata, varios vasos de fino cristal y una jarra llena de jugo de tamarindo que iba a brindar a los dos hombres. Cornelio le detiene:

–Por favor, Úrsula, acompáñanos en la sala, que ya vamos para allá.

Así todos entraron en la amplia sala y se acomodaron en imponentes sillas de caoba, mientras Úrsula llenaba los vasos con el delicioso refresco y se los entregaba a cada uno. Dejó la bandeja sobre la mesita y pidió permiso para retirarse. La amplia habitación que servía de sala tenía el piso cubierto de madera preciosa exquisitamente pulida, como exquisita era la decoración. Las numerosas puertas y ventanas permitían una excelente ventilación. Todo es armonía en aquella mansión. Mientras tomaban el refresco, el reverendo Abbot señala:

–Bella y fina mujer... –refiriéndose a Úrsula que terminaba de salir–.

Además, usa un perfume muy fino y suave, posiblemente francés.

–Realmente es una mujer imprescindible. Sería imposible lograr todo esto sin su ayuda. Ella ha enseñado a varias muchachas a coser las ropas de los trabajadores, también adiestra a otras jóvenes en las labores de la cocina, además de atender los pequeños en el criollero. ¡Y qué decir de la ayuda que presta ella al médico en la enfermería! Domina todos los secretos de las plantas silvestres y su poder para curar. Y en cuanto al perfume, ella en su sedería además de telas, hilos y ropa, vende exquisitos perfumes franceses.

–¿Y usted le paga?

–¡Claro que sí, Reverendo, como al mejor de los operarios! Ella gana unos doscientos pesos mensuales.

–Pero me han dicho que ella tenía una sedería muy bien surtida en La Habana. ¿Por qué abandonó ese negocio?

Cornelio sonrió. Ya el simpático hombre comenzaba el necesario interrogatorio para aclarar todas sus dudas.

–Ella hizo un voto de castidad y renunció a tener una familia propia y pareja, como las Ursulinas, entonces le expliqué mi proyecto y la posibilidad que tendría aquí de dedicarse al cuidado de los niños que ella tanto ama y logré que viniera para la hacienda a cuidarlos.

–¿Y usted cuándo creará su familia cubana?

–Es posible que el próximo año viaje a Alemania y traiga a mi novia que me espera para casarnos.

–¿Y qué edad tiene usted actualmente? Claro, si no es un secreto.

Cornelio sonríe:

–Este año cumplo cuarenta y cuatro años, así que ya pensaré

en mi familia. ¿Y a usted, qué lo trajo por Cuba, Reverendo? –pregunta Cornelio con el ánimo de cambiar la conversación.

–Problemas médicos. Me recomendaron el clima de estas montañas de San Salvador.

–¿Y cuándo las visitará?

–Llegué a San Marcos el pasado día primero, pero con fiebres y mal de salud; ya estoy mejor gracias a los cuidados de la familia del doctor Morel. Espero subir las montañas para el próximo sábado día doce y visitar Santa Susana de Susana Puchalt.

–Le encantará, es una bella hacienda en un paisaje único y con una familia muy culta y hospitalaria, donde los más jóvenes conocen hasta tres idiomas.

–Pero creo que su hacienda no tiene igual, según me han contado es la segunda en el país por el número de caballerías de tierra, pero he notado que no existe otro cafetal tan bien dirigido como este, ni con un batey tan magnífico, con sus fábricas con todas las condiciones necesarias y gran lujo, que pudiera calificarse de excéntrico por algunos, pero no obstante con tantos éxitos como ningún otro.

–Siempre tendremos amigos que nos reconozcan nuestro trabajo y también enemigos calificándonos de excéntricos y flojos con los negros. Sin embargo, ellos nunca lograrán un verdadero éxito.

–Y su salud, Cornelio, ¿tengo entendido que padece usted de erisipela?

–Sí, Reverendo, pero voy mejor. Con los cuidados del médico en La Habana, los baños en las aguas medicinales de San Juan y con los cocimientos de plantas medicinales que Úrsula me obliga a tomar, voy mejorando.

–¿Y confía usted mucho en las hierbas?

–Seguro, su uso está muy bien demostrado. Los ingleses

importan la aguedita para combatir los problemas con la erisipela, además, desde que Úrsula comenzó a tratar con hierbas los parásitos, las fiebres y otras enfermedades, ha mejorado mucho la salud de todos. Como también hay plantas que permiten que mujeres que no quieran tener un hijo, no lo tengan, como me ha pasado con alguna esclava.

–¡No me diga usted! ¿Y qué hierba puede ser esa?

–El anamú o arada. Es una de ellas y aquí abunda mucho. La escoba amarga, los renuevos del aguacate y del algodón son muy utilizados por las esclavas del sur de los Estados Unidos. También el jugo de la piña tierna. Madame Úrsula es quien me ha explicado todo esto.

En ese momento entró una ráfaga de aire que se mantuvo por más de diez o quince minutos e hizo sonar el arpa colgada en la ventana de la sala. Abbot se puso de pie y fue hasta aquel fantástico objeto musical:

–¿Y esta fina joya, también la fabricó usted?

–Sí, amigo, en mi juventud me gustaba tallar la madera. Un viejo carpintero de Hanau primero y luego otro en Lübeck me enseñaron.

–Es increíble usted, lástima que no se pueda contar su verdadera historia.

El reverendo avanzó hacia la puerta por donde penetraban los rayos solares desde el suroeste; atravesó el portal y se detuvo bajo el arco central de la entrada principal de la bella mansión. Varios sillones hechos de cedro y mimbre están en el portal para en las tardes descansar, mientras se observa el bello paisaje con la caída del sol y se toma el exquisito café.

Cornelio lo sigue:

–Más adelante quiero también traer un maestro de música de la ciudad para que le enseñe a un grupo de negros jóvenes a tocar, para hacer una orquesta y que alegre las veladas y la navidad y además, que toque para todos por el camino del cementerio cuando yo me marche a un mundo mejor.

—Ese viaje se demorará; posee usted salud y muy buen ánimo aún.

Después de contemplar la vista al sur, Abbot caminó lentamente hacia la estatua:

—Cornelio, me comentó madame Úrsula que esa estatua es la diosa Angerona. Yo he leído mucho sobre la mitología griega y la romana y he notado la gran cantidad de haciendas con nombres relacionados con ellas. A Angerona como mejor la conozco es como la diosa de la angustia y se representa con su boca sellada o vendada y señala que quienes ocultan sus preocupaciones con paciencia, logran la mayor felicidad o algo así.

—Pero está también Angerona la diosa de la virtud del silencio y la fertilidad de los campos. Es esta que yo planté en la entrada de la mansión —lo interrumpe Cornelio.

—¿Y cuál es su mensaje?

Esta era una pregunta que Cornelio esperaba y deseaba escuchar. Se aproxima más a la bella estatua:

—Cuando estas tierras pertenecían a la familia belga de los Bosmeniel, la nombraban La Chucha, pero ese nombre no tiene que ver nada conmigo y busqué un nombre que se adecuara a mis intereses. Entonces es costumbre aquí, como bien usted ha notado, nombrar las haciendas como Minerva, Neptuno, Artemisa, y escogí el nombre de Angerona que solicita silencio y fertilidad: las dos cosas más importantes y necesarias en este proyecto.

—La fertilidad es comprensible, es necesaria tanto en las plantaciones como en las mujeres. Pero... ¿La virtud del silencio?

—Mi buen amigo, la paz y el silencio son siempre necesarios. Pero como mismo usted me ha dicho, muchas personas interpretan muy mal mis intenciones dentro de mi plantación y esto podría traerme muchos problemas innecesarios con nuestras autoridades; por lo tanto, mi mayor deseo es que se cumpla lo que pide Angerona a los fieles romanos...

—¿Y cuál es el deseo real de ella?

—Con su dedo índice sobre sus labios, ella reclama no descubrir el nombre y los secretos de la ciudad, para protegerla de sus enemigos...

El reverendo permaneció un rato en silencio meditando sobre lo que acababa de escuchar:

—Ya comprendo, Cornelio, ella desea que nadie comente o escriba sobre lo que vea y oiga aquí. ¿No es así?

—Así mismo, amigo, es mejor precaver y evitar un mal entendido.

—Tiene usted toda la razón. ¿Pero, de qué pudieran acusarlo a usted? Realmente no entiendo, creo que usted es un hombre muy inteligente y práctico, y obtiene muy buenos resultados sin violar nada.

—Ay, Reverendo, no conoce bien usted todavía a muchos hacendados. Para ellos es un crimen cuidar a los esclavos, alimentarlos bien, cuidar de su salud, que se reproduzcan, cuidar a los criollitos, que formen familias, darles el merecido y necesario descanso del mediodía y de la noche; también que tengan dinero y lo puedan gastar comprando cosas útiles para ellos. No ven con buenos ojos hacer un hospital, atender sus necesidades materiales y espirituales, y otras cosas más. Además, fuera de este contorno, todo es diferente; la muerte asecha a negros y blancos. El maltrato y el abuso lo soportan los negros por un tiempo, luego se rebelan y acaban con todo. Deberían los hacendados recordar mejor lo que pasó hace años en Saint-Domingue.

—Ya veo, ahora lo comprendo bien y apruebo todo lo que hace. Es algo diferente a como me dibujaron a usted. Además, durante mí recorrido desde que llegué a la ciudad de Matanzas, he escuchado muchas sangrientas rebeliones entre esclavos y los amos.

–Señor Abbot, me gustaría que me diga cómo dicen que soy yo... –pregunta un tanto intrigado Cornelio por saber cómo marchaba su imagen por el país.

–Disculpe usted mi franqueza, pero lo han descrito como refinado, culto, gran comerciante, negrero, ganadero, empresario, inversionista, perseverante, atrevido y muy ambicioso, y dado a las especulaciones, gastando más de lo necesario en cosas de poca importancia...

–¡Cómo en el caso de los esclavos! ¿Sabe usted lo que plantea el Duque de Estrada, Reverendo?

–No, cuénteme usted.

–El Duque exige no oponerse al maltrato de los negros, ni discutir con el mayoral; que los esclavos no tengan crías, cebas, labranzas, y menos darle la razón al negro. Y yo pienso un poco diferente. Creo que es más positivo lograr una mejor convivencia, que se sientan como obreros, aunque respetando nuestra autoridad. El país está sin fuerzas suficientes de trabajo, será mejor que se reproduzcan aquí sanos y fuertes y que se conviertan en otros cubanos más.

–Así mismo, Cornelio. Disculpe usted mi atrevimiento. Los criterios son diferentes, hay quienes lo clasifican como un gran humanista y otros especulan que todo eso no lo hace usted por humanismo, sino para explotar más aún a los negros y...

–Así es mucho mejor. El roble es mi madera favorita y en latín se escribe robur, que es sinónimo de fuerza, no dejarse doblegar y también vida libre, que es lo más importante para mí. Me agrada que especulen, que crean lo que deseen y así yo poder ser libre de hacer lo que deseo.

Cornelio permanece unos segundos en silencio:

—Pero usted también escribirá sobre Angerona y especulará; me gustaría un día poder leer sus notas.

—No se preocupe usted, yo solo brindaré algunos datos generales, las costumbres del país y de Angerona, su enorme y precioso edificio de mampostería y maderas, las fábricas y sus esclavos, nada más.

—Gracias. Es mejor que sean ellos quienes hagan sus interpretaciones en el futuro –y riéndose, Cornelio lo tomó del brazo y lo invitó a regresar.

Subieron al portal y fueron directamente hasta donde estaba la estatua en forma de náyade y se lavaron las manos. En el comedor esperaban el administrador y el médico junto a Úrsula. Cornelio presentó al visitante a ambos hombres y todos se sentaron a almorzar, escuchando las anécdotas del reverendo sobre los días pasados en Cuba desde que arribó a Matanzas en el mes de enero.

Finalizado el almuerzo, el pequeño grupo pasó a la sala para saborear el excelente café preparado por Úrsula. El reverendo declaró que aquel café era superior al resto que había tomado durante los días transcurridos en este país. Por la tarde después de un breve descanso, Cornelio invitó al visitante a recorrer el resto de las instalaciones.

Al penetrar al criollero donde descansaban unos noventa y cinco pequeños menores de diez años, había uno que, en brazos de una de las cuidadoras, lloraba sin consuelo. La muchacha trataba de calmarlo, pero todo era en vano. Preocupado, Cornelio se adelantó y tomó en sus fuertes brazos a la pequeña criatura, la cual lo observó, dejó de llorar y en pocos segundos quedó dormida plácidamente en sus brazos. Orgulloso, Cornelio caminó hasta uno de los catres y con suavidad la acomodó y la arropó.

El reverendo vio aquel suceso como algo muy grande

e increíble, tal parecía que la pequeña estatuilla, cual negro ébano, quería demostrarle a él la confianza y la seguridad que emanaba de la presencia del hombre blanco tan diferente a sus padres, pero tan conocido, como ellos. No dijo nada el reverendo, su silencio fue suficiente: no tenía duda de los verdaderos sentimientos humanistas de aquel hombre. ¿Qué mejor prueba que aquella que acababa de darle un pequeño ser humano de apenas un año o dos de vida? Él había tenido oportunidad de ver el miedo que provocaba en los negros, principalmente en los pequeños, la presencia del amo, tanto en los cafetales como en los ingenios visitados y especialmente en La Recompensa, donde se alojaba. Pero ahora sus dudas sobre Cornelio habían desaparecido.

Al bajar las escaleras para ir al hospital, Abbot escuchó a varios perros ladrar y se interesó por ellos. Cornelio lo condujo a las perreras. Eran canes de talla grande, robustos, cortos y de patas delanteras blancas y pecho manchado de blanco. Al verlos de cerca, pregunta:

–¿Cornelio, que raza de perros son estos bellos animales?

–Son dogos cubanos.

–¿Y en que los utiliza?

Abbot pensaba que, como en otras haciendas, los perros eran para disciplinar al esclavo. Cornelio se acerca a uno de los perros y contesta:

–Este es mi mayor entretenimiento, no soy adicto a ningún juego, pero disfruto salir a cazar patos en mi lago y otros animales silvestres como la gallina de guinea, o simplemente pasear con ellos, nada más.

Nuevamente el Reverendo tomó notas en su pequeño libro. De allí fueron al hospital, ubicado sobre las cisternas. Subieron por la amplia escalera de piedra labrada y llegaron a dicha enfermería, donde sorprendía de inmediato el piso de madera y las ventanas de cristal de dos de los seis aposentos de que se compone esta confortable construcción y cuyo objetivo es aliviar las enfermedades del esclavo.

–Próximamente se construirán dos habitaciones más arriba en la tercera planta para la comadrona y el farmacéutico –explicó Cornelio.

–¿Y cuántos esclavos perdió usted durante la famosa epidemia de viruela de hace varios años?

–Eso fue el año de 1825. Aquí se enfermaron unos cuarenta esclavos, pero solo murió uno y estaba ya enfermo.

–Sin embargo, he escuchado que murieron más del cuarenta por ciento de los esclavos de esta región.

–Así es, fue algo terrible, pero gracias a Dios aquí no fue así.

–Nuestra fe en Dios nos ayuda mucho, pero también hacen faltas los cuidados y la mano del hombre sabio y generoso.

En el hospital había poca gente... menos de cinco y algunos estaban accidentados. Todo estaba muy limpio y organizado, realmente parecía exagerado el esmero de cuidar a aquellos hombres tan pocos considerados en otros lugares y donde apenas se gastaba algo en su cuidado, pero los resultados hablaban de lo correcto del actuar de Cornelio. Era esta la dotación más saludable de todo el país y la hacienda mejor dirigida y con excelentes resultados.

Los dos hombres bajaron al patio, y se encaminaron hacia el pueblo de los esclavos. En el extremo noreste del batey, al lado del camino que conduce al cementerio, crecía la enorme ceiba que veneran los negros criollos y bozales.

Cornelio comienza a explicar al reverendo la nueva construcción que será el impresionante edificio:

–Esta torre sirve de campanario y de vigilancia. El mayoral y sus contramayorales hacen tocar la gran campana a distintas horas del día. Para cada acción hay un determinado número de toques. Esa casa que le sigue de mampostería y tejas es la del mayoral. Él posee las llaves que abren y cierran las puertas del pueblo. Su casa está dividida en varias piezas, la principal para el mayoral y otras piezas para operarios.

Al llegar frente a la puerta de hierro, Cornelio llamó al mayoral que se encontraba en la caballeriza. Este hombre saludó y abrió la recia puerta con el manojo de pesadas llaves que lleva amarradas a su cintura, luego regresó al establo. Seguidamente, los dos hombres entraron y avanzaron hacia el centro del recinto entre dos hileras de chozas de madera y con techo de guano; Cornelio le mostró las áreas comunes como el gran comedor, la amplia cocina, las letrinas y otras dependencias. Llegan a las cabañas de mampostería y techo de guano, construidas contra el muro que circunda al pueblo y Abbot las observa con detenimiento:

–Son dos tipos de dormitorios, pero estos pegados al muro son más confortables que las hileras de chozas. ¿Por qué la diferencia, Cornelio?

–Quiero estimular la reproducción entre los esclavos, y estas más cómodas son para las parturientas. Son preferentemente para dos familias. En total son veintisiete cabañas que alojan cincuenta y cuatro parejas de esclavos. El destino de estas cabañas de mejor calidad es albergar a las embarazadas con sus maridos, lo que sumado a mi propósito de que la esclava que tenga más de cuatro hijos, queda liberada del trabajo del campo, constituye un gran motivo para que todas las negras quieran construir una familia numerosa y así, yo obtendré gran cantidad de futuros hombres y mujeres de trabajo, sin necesidad de comprarlos. Además, Reverendo, las esclavas que están por parir, se les liberan del trabajo un mes antes y después de la fecha esperada de parto.

Abbot escuchaba y escribe en su pequeño libro; solo atina a decir:

—¡Seeing is believing!

Abbot medita sobre cuánto valor y sagacidad se necesita para lograr todo aquello que se propone. Solo una pregunta puede distraerlo de su pensamiento: "¿Estará Dios de acuerdo con Cornelio o con las autoridades que dicen profesar el cristianismo?"

Salieron del pueblo de los esclavos por la gran puerta de hierro y se dirigieron a la caballeriza, constituida por un soberbio edificio sobre horcones de quiebrahacha y a su lado la cochera de mampostería cubierta de tejas planas. En dicha cochera existía un altillo hecho con tablas de palma real. En total este edificio medía treinta y una varas de largo por once de ancho y tanto su piso como la escalera estaban construidos de piedras labradas. A estas horas varios negros limpiaban el establo y trasladaban hierba para los briosos animales.

Atardecía, los dos hombres llegaron hasta el lado de la casa de Úrsula, donde ella tenía su tienda. Abbot le pidió permiso a Cornelio para visitarla, entonces este le contesta:

—Vaya usted con Úrsula, así yo aprovecharé para atender algunas cuestiones con el mayoral. ¿Vendrá mañana nuevamente usted a visitarnos? O se puede quedar hoy con nosotros si lo desea usted.

—No puedo, Cornelio, tengo otras obligaciones, pero dé por seguro que regresaré.

—Entonces, vuelva cuando lo desee.

—Muchas gracias por toda su gentileza y le auguro un gran futuro.

Cornelio se retiró dejando al reverendo con Úrsula, quien estaba dentro de su tienda, organizando algunas mercancías recién llegadas. Abbot se interesó por los productos que compraban los esclavos y los precios. Era primera vez que veía una tienda en una plantación. Pero como no acababa de comprender la presencia de aquel negocio preguntó:

—Úrsula, si Cornelio les regala dos mudas de ropas cada seis meses y frazadas para el frío, ¿por qué necesitan dinero los esclavos?

—El hombre necesita dinero, para gastarlo y disfrutar de algún deseo. Es importante para todo hombre poder comprar cosas necesarias y también para regalar a sus seres más queridos. Así se esfuerzan más y se sienten personas, dentro del infierno de la esclavitud.

—¡Y qué infierno, ni el de Dante! Pero también se beneficia usted.

Úrsula se había quedado callada al escuchar al nombre que no le era familiar, pero prefirió no preguntar:

—Reverendo, no conozco al señor Dante, pero por supuesto que me beneficio con esta tienda. Recuerde que yo abandoné la ciudad y mi negocio para venir a ayudar a Cornelio.

—¿Entonces vino por aumentar su fortuna?

—Entre otras cosas. Estoy feliz rodeada de tantos pequeños.

En la esquina de la pequeña tienda, permanecía echado el pequeño perrito, que no dejaba de ladrarle al reverendo. Al pasar por su lado, Abbot recordó los perros de Cornelio:

—¿Este es un dogo cubano también? ¿Lo utiliza para cazar?

—Este es un blanquito de La Habana; es un perro faldero que no caza ni una mosca.

El visitante sonríe:

—Úrsula, tengo que marcharme, pero antes de regresar a mi país volveré para ver la represa y demás fábricas que no he visto.

—¿Y cuándo va a visitar las haciendas en la Sierra del Rosario?

—Dentro de unos días, también quiero visitar el puerto de

Mariel. Me voy muy contento, Úrsula, son ustedes muy amables y han hecho cosas increíbles. Sin dudas es el mejor cafetal de todo el país.

–Gracias, Reverendo. Regrese pronto y salude usted de nuestra parte a todos los amigos por aquellos montes. Son personas muy buenas y cultas –Úrsula estuvo por un segundo pensativa–: Tenga paciencia con su doctor, el señor Morel, él lo matará a preguntas sobre lo que apreció aquí.

–Bien, bien, saludaré a todos por San Salvador y no se preocupe por Morel, sabré manejarlo. Le traeré un bello regalo a usted, Úrsula, de allá, y muchas gracias nuevamente a ustedes dos por su hospitalidad. Despídame de don Cornelio.

Ya la calesa del visitante con su calesero lo esperaba frente a las dos viviendas principales. Cuando el hombre se acomoda en su asiento, Úrsula se le acerca:

–Le agradecería mucho que no me inmiscuya usted en sus escritos, ya sabe, hay que precaver.

–No se preocupe usted, recuerdo muy bien el mensaje de Angerona.

–Entonces buen viaje y gracias, Reverendo.

El carruaje partió raudo al sur, por la guardarraya, con los últimos rayos de sol que le daban por la derecha, tal como si llegaran de las propias montañas, que dentro de poco lo verían llegar allá.

La vida en Angerona transcurría con el ritmo habitual; Cornelio estuvo ausente por dos días cuando visitó una casa de su propiedad en San Cristóbal, pueblo junto al camino real que va de Artemisa a Pinar del Río. El reverendo repitió su visita al cafetal el día 15 de mayo, a poco más de un mes de su primera visita y el mismo día que Cornelio fue a San Cristóbal.

Esta vez el reverendo iba acompañado por un amigo del doctor Morel. Era muy temprano aún y los rayos solares apenas daban por detrás a la calesa que los conducía de este a oeste. Al llegar al camino que viene de la hacienda al cementerio se detuvieron en donde se construye la nueva represa que garantizará el agua necesaria a la plantación, pero en lo adelante tendría más altura. Allí estaba el mayoral montado en su caballo negro como el azabache y acompañado de varios de sus perros. La escena que vio el Reverendo lo impresionó mucho; más de 130 negros participaban del trabajo. Las carretas tiradas por bueyes trasladaban tierra hacia la represa en la parte baja del río de Cayajabos con la intención de construir un muro de unos dieciséis pies de altura. Por otra parte, infinidad de hombres, mujeres, niñas y niños transportaban sobre sus cabezas cestas con tierra, también para el muro de represa, más bien parecían bibijaguas.

En la orilla sur del río, un joven negro, muy fuerte, hacía un canal mediante un arado americano tirado por bueyes. Estos animales estaban unidos por el yugo, hecho de madera del roble, ubicado sobre sus cabezas y sujetos por sus cornamentas mediante tiras, impidiendo que los animales puedan separarse. Abbot recordó el que vio en la biblioteca de Cornelio la primera vez que visitó Angerona. El arado aflojaba el duro suelo arcilloso por donde iría el canal y la tierra se acumulaba en la represa. La faena que hacía el negro con la pareja de animales era trabajo para no menos de treinta hombres, como le contó el mayoral. Los esclavos trabajaban en diferentes grupos dirigidos por un contramayoral, tan negro como los propios esclavos, solo que se diferenciaban de estos en que en su mano tenían un largo látigo que hacían estallar a cada momento, imponiendo miedo.

Ya Cornelio le había explicado su proyecto de traer mediante canales el agua represada en el río hasta las cisternas construidas debajo del hospital, para luego en época de sequía elevarla nuevamente a la superficie y desde allí llevarla a donde fuera necesario por gravedad. También entre la represa y las cisternas se estaba construyendo un aserrío, cuya máquina sería movida por la fuerza del agua al caer por un canal sobre una rueda, que permitiría procesar la madera. El conjunto era sencillo pero muy ingenioso: la sierra movida por el chorro de agua, una casa de mampostería y tejas donde están los mecánicos, tres tinglados para la sierra, la madera y a su lado, el canal.

Más tarde, el mayoral los condujo por el camino, pasando junto a la elevación donde estaba la fábrica de toneles sobre una caverna que, como un sumidero, evacuaba toda el agua utilizada durante su elaboración. A la izquierda del camino estaba la gran casa con techo de teja y con barbacoa, para guardar maíz. Mientras avanzaron, dejaron atrás los chiqueros y otras construcciones de animales domésticos, como los chivos, carneros y las colmenas de abejas. Más adelante visitaron la herrería donde los negros realizaban con esmero trabajos mecánicos de precisión y pasaban al molino utilizado para moler los ladrillos y tejas inservibles cuyo polvo sería utilizado por los albañiles.

Casi ya había recorrido las treinta y dos caballerías de tierra con que contaba en estos momentos la hacienda y donde se había plantado unos 750 000 cafetos. También visitaron el horno de cal, donde la piedra caliza compuesta por carbonato de calcio se quemaba, desprendiéndose el dióxido de carbono y quedando el óxido de calcio, que luego se utilizaba como abono y en la construcción de casas y fábricas.

Siguiendo al sur pasaron por el hospital y el pueblo de los esclavos. Entre la mansión y el criollero pudo ver ya más terminado los canales que unían todos los secaderos para recoger el agua de lluvia que cae sobre estos. Prosiguieron el camino hasta bajar frente las cisternas para reconocer mejor esta importantísima y peculiar obra. Tiempo después subieron nuevamente y cruzaron próximo a los secaderos de café, unos sesenta y ocho de diversas dimensiones con escaleras para salvar el desnivel entre ellos.

El mayoral, a petición de Abbot, lo llevó hasta el tejar, donde se fabricaban ladrillos, tejas y otros útiles de barro. Su techo era de tejas planas y existía otra máquina de amasar el barro, también numerosos moldes y otros utensilios. En un costado estaba el horno para cocer las tejas y al lado otro horno para los ladrillos, el cual poseía cinco varas de diámetro y una altura de seis.

El buen reverendo disfrutaba mucho ver los adelantos técnicos que se realizaban en la hacienda, acompañados de un régimen humanitario increíble, con disciplina y resultados económicos dignos de elogiar. Todo esto lo daría a conocer un día al mundo, aunque muchas de las grandes ideas quedarán ocultas entre él joven franco–alemán, su compañera haitiana y más de 220 negros criollos y africanos que laboraron en el maravilloso cafetal; lo cual seguramente traerá consigo que se multipliquen los mitos y leyendas que el pueblo crea cuando obras como estas son acompañadas de la necesaria prudencia para su buen término.

Antes de marcharse, Abbot fue a despedirse de Úrsula y le entregó una caja con unas telas de encajes comprada por él al pasar por San Salvador, diciéndole a la graciosa mujer:

–Úrsula, estas son las telas de encajes más finas que he visto en el mundo, hágase un bello vestido con ella y así me recordará, también compré para mi familia y amistades. Por favor, cuídense mucho y que Dios los guarde.

–Muchas gracias, Reverendo, y cuídese mucho usted también.

Por la noche mientras cenaban, Úrsula le contó a Cornelio

sobre la visita del reverendo Abbot y el precioso regalo que le hizo. Ambos coincidieron que en lo adelante la fama de Angerona aumentaría, al igual que sus leyendas y que la voz del visitante se esparciría no solo por Cuba. Algo inquieta ella le pregunta:

–¿Y no te preocupa un poco esto?

–Ya tú me conoces, esto lo disfruto como si fuera una novela de Edgar Allan Poe, el escritor autor del libro que me obsequió nuestro reverendo y donde hay muchas incógnitas, solo que son ficticias y las nuestras, reales y serán reveladas cuando tú y yo no existamos.

–Esperemos que sea así.

–Aún faltan por crear otras dudas. De seguro nos criticarán mucho; pero lo importante es que logremos convertir en un paraíso este pedazo de tierra perdida e ignorada antes de nuestra llegada. Y también convertirlo en el "Jardín del Edén" y que se hable de nosotros en los palacios más lujosos del mundo, mientras saborean nuestro especial café.

–¡Entonces será un café de leyenda!

–¡Un café con aroma a roble y con el divino perfume de mujer!

–Creo que deberías ver a tu médico, te estás volviendo loco.

–¡Entonces te encerrarían a ti!

–¿A mí, por qué?

–¡Por volverme loco!

Ambos reían como niños. Ya no eran los jóvenes de 1815 cuando se conocieron, pero la felicidad los hacía sentirse así, plenos de alegría y orgullosos de lo que hacían, sin importarles qué pasaría mañana. Más tarde, Úrsula tocaría su flauta, como el romántico ruiseñor y se contarían cuentos de la lejana niñez, de sus queridas familias y, sobre todo, de los planes futuros, en los cuales siempre estarían ambos. Pero... ¿y qué pasará en la madrugada?... No es necesario contestar, serán como otras madrugadas invadidas por el amor y el placer.

De día cada uno está dedicado a sus tareas. Cornelio sigue proyectando la forma de salvar la diferencia de nivel entre el río donde están almacenadas las aguas y las cisternas. El nivel ha subido unos quince pies, pero la diferencia entre ambos extremos es aproximadamente de diez a doce metros, por lo tanto, faltan al menos otros seis metros. Entonces es que acude a lo aprendido años atrás: construir una noria de unos diez metros de diámetro o acudir al tornillo sinfín de Arquímedes.

En su biblioteca revisa el libro donde aparece el sistema que el gran Juanelo utilizó para subir el agua del río Tajo hasta la ciudad de Toledo, España. Así lo calcula todo, hace el plano y diseña las piezas, todas de roble, cuya madera espera por él en la carpintería. Algunas tardes se hace acompañar por Úrsula al río, con el pretexto de que lo ayude a tomar medidas en su futura máquina, pero al final terminan bañándose en las puras aguas del río o paseando en el bote siempre anclado en la orilla del pequeño lago.

Por su parte, Úrsula continúa con su dedicación al criollero donde cada día aumenta el número de pequeños, también se ocupa del hospital, de su jardín o de su tienda. Para ella son sagradas varias fechas importantes en su vida, entre ellas nunca olvida las fechas del primero de enero, el primero de mayo y también la del 21 de octubre que siempre disfrutan tanto los amos, como los esclavos, con mucha música y comidas especiales.

Llegó la década de 1830, que sería definitoria para Angerona. El 30 de abril, un día antes del siempre esperado día primero de mayo en que Úrsula llegó a esta hacienda, Cornelio está ausente ya que se encuentra en La Habana con la viuda de Antonio Frías, su socio en la compañía de los "Hermanos

Frías", para cumplir determinada deuda, vendiendo a don Roberto Oliver sus participaciones correspondientes al cafetal "Santa Amalia" en Sabanilla. Cornelio, junto con su abogado, agiliza dicha venta y temprano en la mañana del siguiente día regresa a Angerona. Había prometido a Úrsula que siempre estaría ese inolvidable día en su hacienda para conmemorar su llegada al cafetal, además de permitir que en la tarde los negros realicen un gran toque de tambor. Esa noche se hospedaría en la casa que compró su amigo Enrique en calle Cuba marcada con el número veintiséis.

Son los años de la baja de los precios del café, que de unos diecisiete pesos aproximadamente que valía el quintal, anda ahora por cuatro o cinco pesos, aunque pronto se recuperaría su valor. En el año 1831 Cornelio decidió visitar La Habana por problemas de negocios, también visitaría su médico para atenderse sus problemas con la erisipela. En esa ocasión no lo acompañaría su fiel calesero, Harry, pues ya presentaba serios problemas en la vista y lo había reubicado como guardiero. Invitó a Úrsula para que lo acompañara y juntos salieron hacia la capital. Ella siempre añoraba ese viaje. Disfrutaba mucho el reencuentro con su amiga Belén Samuel y demás amistades. Belén admiraba mucho a esta mujer tan valiente y decidida quién había abandonado la capital y sus negocios para retirarse tan lejos, en la Vuelta Abajo. Por eso, el año en que Úrsula no la visitaba, ella iba a Angerona...

Este día Cornelio salió de la casa de su amigo Enrique y recogió a Úrsula en su casa y dieron un largo paseo por la querida ciudad. Al oscurecer regresaron a la casa y al marcharse Cornelio, ella le pregunta:

–¿Vendrás esta noche a cenar conmigo y Belén?

–No puedo, Úrsula. Esta noche debo trabajar con mi abogado don Rafael sobre algunas cuestiones que él debe resolver.

–¿Y cuándo regresamos a Angerona?

–Mañana temprano. Mi nuevo calesero te recogerá y nos juntamos en casa de Rafael.

–¿Y no nos podemos ir el lunes?

–No, mi alma, recuerda que debo estar con Enrique temprano en Puerta de La Güira.

Al otro día, Felipe, el recién estrenado calesero recogió temprano a Úrsula en su casa de la calle Cuba y al llegar próximo a la Iglesia de Nuestra Señora de la Merced, tomaron por la calle Desamparados dejando atrás la bahía repleta de enormes y pequeños buques anclados en el profundo puerto. Continuaron hasta la esquina del castillo de Atares, y enseguida por la calle Gancedo hasta Montes. Pasaron la intersección con la calzada de Luyanó y más adelante se detuvieron frente a la casa de don Rafael Días. Habían recorrido más de dos kilómetros, pero con los ágiles caballos de Cornelio solo consumieron unos pocos minutos.

Desayunaron juntos Cornelio, Úrsula y el abogado, después se despidieron de este y continuaron la marcha por la agitada calzada llena de arrias de mulos, carretas de bueyes e infinidad de hombres y mujeres cargados de enormes bultos en la cabeza rumbo a la concurrida capital del país. A unos cuatrocientos metros de dejar la casa de Rafael, se alza en lo alto de una loma la iglesia de Jesús del Monte que le da nombre a este barrio de la periferia de la ciudad. Por la izquierda se observaba la alta pared de mampostería pintada de blanco de cal y con dos amplias ventanas y el techo de rojo con tejas planas, y al final, el alto frente con su torre. A la puerta principal se puede llegar subiendo por el estrecho camino que va desde el camino, a esa hora cerrada.

Bajo la sombra de los árboles que custodiaban el camino van dejando atrás los pequeños pueblos de los Mameyes, la Güinera, Calabazar, Santiago de las Vegas y la Salud. Todas estas tierras están sembradas de cantidades de verduras y legumbres que alimentaban a la creciente población habanera. Al fin llegaron al pueblo de Puerta de la Güira. Al entrar a la plaza, frente a la iglesia, los caballos se detuvieron delante de Enrique y su bella hija, María Amelia. Los amigos se saludaron y Cornelio levantó en sus brazos a la bella niña de unos ocho años y después Úrsula se encargó de ella, mientras los dos amigos conversaban.

–Cornelio, todo está previsto para el bautizo del pequeño, ya yo lo he conversado con el cura y con la madre del niño. Debemos entrar, esperan por nosotros.

Cornelio apadrinó y bautizó al pequeño hijo de doña Isabel Larroque, llegada de Santo Domingo años atrás. Al niño lo nombraron Cornelio. Enrique agradeció a su amigo por bautizar al pequeño y darle su nombre. Entonces, en compañía de su hija, Enrique continuó para La Habana, mientras Cornelio y Úrsula seguían rumbo a Angerona.

Al principio iban callados, al rato Úrsula le pregunta a Cornelio:

–¿Conoces al padre de ese niño?

–Creo que sí.

–¿Crees o estás seguro?

–Debe ser nuestro amigo Enrique, aunque nunca le he preguntado.

–Hacen cinco o seis años que su esposa murió y ya tiene un nuevo hijo. Bueno que ha salido nuestro amigo, ya no es un joven, debe andar por los cuarenta años por lo menos. Debería de asentar cabeza y formalizar ya una relación.

Cornelio aguantando la risa, contesta:

– Excusez-moi, madame, pero usted también debería formalizar su relación.

–¿Que dites-vous? Yo estoy hablando serio, Cornelio.

–Discúlpame, Úrsula, tienes razón; pero dejemos a Enrique tranquilo y sigamos nuestro camino –contesta al ver la mirada de Úrsula, algo acusativa, por su nueva condición de padrino.

No había tiempo que perder, a pesar de que la fortuna estaba consolidada y que Angerona era famosa en Cuba y en el extranjero, había que seguir desarrollando este proyecto. Cornelio tiene muchas cosas en su cabeza. Sigue mejorando los sistemas para traer el agua desde el río a las cisternas, pero en su mente una idea le da vueltas y más vueltas.

Piensa en una calzada con puentes y otras construcciones auxiliares que una San Marcos y Cayajabos con el puerto de tablas del Mariel, por el cual se pudieran trasladar todos los productos procedentes de las haciendas de la región mediante. Se llevarían las producciones hasta este importante puerto y desde allí, un barco las transportaría hasta La Habana. El derecho al portazgo para cobrar por el uso de esta vía será por noventa y nueve años y garantizarían a sus herederos una fortuna incalculable, pero ese proyecto quedará para más adelante.

Ahora tiene otro asunto inmediato: su pariente suizo, don Federico Luis Escher, está en Cuba y quiere adquirir un pequeño cafetal, llamado El Buen Retiro, a escasos dos o tres kilómetros de Angerona. Cornelio, con un amigo, llevaron a cabo la tasación de dicha finca y el tres de agosto de 1831, Federico Luis Escher se convierte en el dueño de una de las haciendas principales de esta región con cinco caballerías de tierra, más de doscientas mil plantas de café, un hermoso bosque y cinco enormes tanques para acumular el agua. En lo adelante, las visitas de Cornelio y Úrsula a casa del pariente y amigo suizo, serían muy habituales; así como las del suizo a Angerona, por ello fue inevitable que creciera una gran amistad entre este hombre y Úrsula, interrumpida solo por la muerte del buen hijo de Suiza.

CAPÍTULO OCHO

Un juego
de ajedrez

Todavía corre el año 1831 cuando Cornelio hace un pedimento al señor intendente, Conde de Villanueva, explicándole el acoso de sus acreedores para que salde varias deudas contraídas. Las diferencias entre el Conde y Cornelio son abismales; nada que ver tiene el negociante, prestamista, comerciante negrero con el hacendado humanista, sencillo y especial anfitrión de Angerona. Puede pensarse que los recuerdos de su atribulada familia después que su padre los abandonó en la ruina, deben ser los que alimenten el comportamiento del franco-alemán en este episodio.

Cornelio prepara el orden en que pagará a sus acreedores; en primer lugar, aparece Úrsula con veinte mil pesos, luego Enrique con diez mil seiscientos cuarenta y siete pesos. Al comentar con Úrsula lo que ha hecho, esta le pregunta:

–¿Y cuáles veinte mil pesos son esos?

–¡Te debo dinero! –dice él con certeza.

–Sí, pero no esa cantidad.

–No importa, así tendré más tiempo para pagarles a esos acreedores y te aseguraré una buena suma de dinero para tu futuro.

–Pero no lo necesito, Cornelio, tengo mis ahorros y mi negocio.

—No importa, Úrsula, tú deberías tener parte en esta propiedad, has trabajado más que nadie, utilizas tus esclavos sin cobrar por ellos. Tú te lo mereces y creo que más aún.

—Vine aquí porque tú me lo pediste y disfruto mucho lo que hago, no vine por dinero.

—Así y todo, tengo que recompensarte quieras o no. Además, es muy posible que "yo" no te lo pague...

—¿Y entonces?

—Pero me aseguro de que tú, sí, lo cobres.

—Cornelio, tus acreedores parecen fieras hambrientas, pudieras tener problemas incluyéndome a mí en ese listado —Úrsula lo mira como si quisiera proteger a aquel hombre de cualquier peligro.

—Cuando comencé en Angerona tenía la idea de llegar a tener la hacienda más rica y famosa de toda Cuba, sin importarme lo que tendría que hacer para ello. Yo era uno más de esos inescrupulosos hombres. Sin embargo, al conocerte y comenzar a trabajar contigo me di cuenta que había otras formas más honestas de hacer fortuna, pero también que para imponerse a estas autoridades había que ser muy inteligente. Además, tú me enseñaste que hasta las mujeres son muy útiles en el trabajo y en la dirección de una hacienda, y nadie te reconoce eso. Yo estoy seguro que en lo adelante te respetarán más y valorarán más tú trabajo, aunque seas mujer.

—Cornelio, te repito, vine aquí por ti, no por fortuna y fama.

—Yo lo sé bien, mi amor, pero como mismo me has hecho ver que los negros son hombres y mujeres también, tú podrás ayudar a muchas mujeres en un futuro con tu postura, al defender tus derechos.

—¡Cómo has cambiado! Hoy eres un hombre muy bueno y humano, pero corres peligro, te pueden perjudicar.

—¿Conoces el ajedrez?

– Rien du tout! –y espera sus palabras para ver hacia dónde va aquella mente amada.

–Es un juego entre dos bandos o haciendas, unos juegan con piezas blancas y otros con piezas negras u oscuras. Es una gran batalla y cada bando tiene castillos, caballería, numerosos soldados, también está presente la iglesia, una dama y un rey.

–¿Y qué tiene que ver eso con nosotros?

–En este juego, siempre que haces algo es con la idea de que en el futuro obtengas una importante ventaja y para ello tienes que engañar o desviar la atención del enemigo. Un ejemplo de esto es mi condición de teniente coronel de Milicias disciplinadas, que me protege de ser enjuiciado.

–Sigo sin entender, Cornelio.

–Lo que te digo es que, con esos veinte mil pesos que te he asignado como una acreedora, se armará mucho revuelo; pero tendrán que oír todo lo que ellos no quieren saber y más adelante yo te daré una dote sin que nadie lo pueda cuestionar. Tienen que respetarte.

–Bueno, tú sabrás lo que haces. No entiendo tus misterios –y salió de la biblioteca dejando al hombre envuelto en papeles y planos.

El viernes nueve de diciembre de 1831, Cornelio envía el pedimento al señor Intendente, donde lo pone al tanto de la presión a que es sometido por sus acreedores y la necesidad de que le permitan un nuevo plazo. Además, entrega el listado donde aparecen en orden los acreedores y la deuda con cada uno, apareciendo Úrsula y don Enrique en primer y segundo lugar. Este pedimento es rechazado por el apoderado de don Abraham Durninger y don Alejandro Morales al no creer en las reclamaciones que hace Úrsula de los veinte mil pesos que le debe don Cornelio debido a compras de mercancías de su tienda y a salarios no cobrados.

Comienza el año 1832, pocos días después de la gran fiesta que se celebra por el año que termina y el comienzo del otro, Cornelio es informado por el procurador Felipe Baltazar que tendrá lugar la junta de acreedores el próximo mes en curso y de la no aceptación de su pedimento. Esta cita no sorprende a Cornelio, ya estaba preparado para la batalla con sus acreedores.

–Úrsula, el día ocho de este mes iré a La Habana, necesito que, como siempre, te quedes tú al frente de todo.

–¿Y no puedo saber yo el motivo de ese viaje imprevisto? Digo, si es que no es un secreto.

–No tengo secretos con usted, madame –respondió con cierta sonrisa Cornelio.

–¿Entonces?

–Ya te había dicho que no aprobaron mí propuesta los acreedores. Ellos formaron una junta en la ciudad y el apoderado de Abraham Durninger y compañía no están de acuerdo con que tú estés en dicho pedimento.

–¿Y qué le debes a ese Durninger?

–Desde el año 1825 le debo más de veinticinco mil pesos.

–Entonces tienen razón ellos. Seguramente fue por ponerme a mí entre los primeros acreedores.

–Tal parece...

–¿Y tú no crees que yo debiera ir y defender mis derechos?

–Yo iré y defenderé tus derechos y también mi decisión sobre los acreedores.

–No, Cornelio, esa es mi oportunidad de defender mis derechos, como tú mismo me explicaste. Quiero ir, déjame acompañarte, te prometo que no te arrepentirás de llevarme...

Cornelio permaneció un rato en silencio, él previó la junta de acreedores, y siempre pensó en no involucrar a Úrsula, aunque ahora entendía que tendría más valor que ella misma se defendiera. Finalmente decidió:

–Bien, entonces no hay nada más que hablar, el día ocho nos vamos para La Habana. Ahora bien, tengo muchos amigos importantes en la ciudad que querrán ayudarme a confeccionar mi defensa...

El día diez, el estudio del señor Consejero Auditor de Guerra estaba colmado de numerosos caballeros. Úrsula llega sola en un carruaje independiente y antes que Cornelio, según lo acordado. Cuando Úrsula entró al estudio elegantemente vestida, sobresalían sus joyas, pero llevada con una clase y una gracia únicas de ella. Su delicado perfume francés inundó la habitación y ella saludó con cortesía. El salón quedó en un silencio total sin que nadie lo haya ordenado. Enseguida sobrevino el generalizado murmullo. Algunos se pusieron de pie, otros permanecieron sentados. Al entrar Cornelio, y al dar los buenos días a todos, tomó asiento en las primeras sillas frente al auditor, Felipe Baltazar. Su fama, su recta figura, con el uniforme de teniente coronel de Milicias disciplinadas, correctamente acomodado en su silla, más la presencia del elegante bastón con el mango enchapado en oro, regalo de Úrsula, hizo que todos volvieran la vista al recién llegado. Reconocían en aquel hombre la representación del poder económico.

Minutos después, el señor Felipe daba comienzo a los trabajos para la conformación de expediente del promovido juicio de esperas. Todos querían hablar a la misma vez. El auditor da varios mazazos sobre la mesa exigiendo silencio, y comienza la lectura al pedimento redactado por don Cornelio. Al terminar da la palabra a Cornelio para que explique las razones por las cuales solicitaba un pedimento para pagar sus deudas y la seguridad de que él era el primero en desear salir de ese problema y que para ello había entregado un poder a

Enrique Gatke con mil quinientos quintales de café para, con su venta, realizar los pagos todos los años. Expuso con claridad la grandeza del trabajo de madame Úrsula Lambert en su hacienda, gracias al cual le fue posible obtener los resultados que muestra Angerona.

Le toca el turno al representante de Abraham Durninger y compañía, a la cuál don Cornelio le debía veinticinco mil cuatrocientos setenta y dos pesos y dos reales:

—Señores, con todo el respeto que merece nuestro querido amigo don Cornelio Souchay, mis representados no concuerdan en que madame Úrsula, aquí presente, posea la condición de "operaria", ni que sea posible que él, dueño de la hacienda cafetalera más importante del país, le deba la alta suma de dinero señalada en el informe.

Nuevamente fue necesario mandar hacer silencio, todos hablan entre sí, excepto Cornelio y Úrsula quienes aprovecharon la discusión para intercambiar una mirada. Nada los sorprendía, ellos esperaban esas reacciones.

Don Alejandro Morales, abogado que representa a don Cornelio Souchay, se mueve inquieto en su silla, él se había opuesto firmemente al nombramiento de ella, ahora pide la palabra y señala, en forma descompuesta para un hombre de su profesión:

—Señores, en primer lugar, he visto que en el informe está incluida como operaria, Úrsula Lambert, que en el estado de la foja cuatro representa la cantidad de veinte mil pesos. Cosa monstruosa a la verdad, y que por sí misma está desmentida porque ¿quién es capaz de creer que una mujer sea operario, y que por razón de sus jornales y salarios se le esté debiendo la enorme suma de veinte mil pesos? —así continúa el hombre que al parecer hablaba en nombre de todos los presentes y no en el de don Cornelio.

Se levanta un gran revuelo en la sala y el Procurador deja caer varias veces su maza, para garantizar la calma. También reclamaron los acreedores doña Teresa y don Ramón Petit; Israel Thorndike, el representante de la Real Hacienda y el representante de Nuestra Señora de Belén, entre otros, desde sus posiciones de blancos ricos y de hombres poderosos la emprenden contra Úrsula, sobre todo por ser negra y mujer, y hasta aducen que es inaceptable reconocerla como una real operaria de la hacienda.

Úrsula, con mucha ecuanimidad y seguridad, pide la palabra y después de escuchar hablar a todos los presentes, la mayoría cargados de enormes prejuicios, expone su defensa:

—En verdad no debía parecerles tan extraño el caso, ni repugnarles tanto que por el solo hecho de ser mujer se me deban veinte mil pesos, con que el deudor me puso en su concurso, si se considera que son los jornales proporcionales a los servicios que se hacen y a la utilidad que reporta al que los recibe, bien puede una mujer prestar con los suyos mayor utilidad que cualquier hombre —así siguió disertando la hermosa negra que imponía su derecho en contra de la posición inclaudicable de aquellas "fieras", como ella les llamaba—. Con mi trabajo y molestias ha conseguido el teniente coronel don Cornelio Souchay no solo poner su finca bajo un pie cual no habrá otra, sino aumentar sus intereses y evitar quebrantos considerables que sufría antes de mi colocación en su casa...

Habló también de su apoyo en los problemas financieros, de las reformas de la clínica debido a la alta mortalidad en la misma y que la hicieron más eficiente. Señaló además la idea de crear una guardería limpia para los hijos de los esclavos y de piso repellado para impedir que comieran tierra, "dándole aquel cuidado que ellos exigen", logrando con esto el provecho de dos o tres cuadrillas de adolescentes robustos, que en el día trabajaban en el campo. Es una elocuente declaración de la mujer, articulando su reclamo como el caso de discriminación de género.

Úrsula, a medida que hablaba, imponía su derecho por los logros obtenidos por Angerona, después de su llegada allí. Ella desató un diálogo legal importante llevando su causa a la ley en contra realmente, no de un hombre en sí, sino de la sociedad y sus autoridades, aunque su defensa estuvo más bien enfocada a un problema de género, no racial, como todos sabían que era.

Por su parte, Cornelio intervino en defensa de ella:

–Yo estoy muy descontento antes los argumentos de mi representante don Alejandro Morales, ya que creo realmente que él ha salido con esto en el último momento y creo también que por motivos poco nobles. Algo muy importante es no retrasar el pago de mis deudas al resto de los acreedores por el conflicto legal con respecto al estatus de madame Úrsula.

Fue realmente impactante ver a Cornelio defendiendo a la mujer, única negra en la habitación, frente a una verdadera jauría humana, levantando su voz contra tan grande discriminación, cuestión que ni los más adelantados criollos cubanos se atrevían a realizar. Muy pocos se habían osado a salir en defensa de la mujer y sus derechos a ser remunerada con justicia por su trabajo.

Aquel día y en aquella sala tuvo lugar un hecho de singular importancia en el futuro de las mujeres cubanas. Eran dos personas luchando contra las injusticias de la sociedad: pero no dos abogados, ni dos profesores, solo eran dos seres humanos reclamando un mismo derecho, algo poco usual en esa época. Pudiera ser que el destino haya influido en esto, como influyen las increíbles fuerzas de la naturaleza, que mueven continentes y placas tectónicas, uniéndolas unas veces y separándolas otras o removiendo granos minerales de las más distantes regiones del planeta y uniéndolos en un punto determinado, para formar una exquisita piedra. Pero este increíble hecho también alimentaría las dudas e incertidumbres en el futuro y germinaría más de una leyenda nueva.

Durante varios días, este fue uno de los temas más discutidos en todos los lugares públicos de la capital. Unos pocos defendían los derechos de la mujer y otros muchos repudiaban la condición de operaria para Úrsula. Pero Cornelio estaba contento con lo que había pasado y sabía que muchas más dudas se crearían sobre la relación entre él y la inigualable mujer.

El año 1833 fue un año de muchos sucesos importantes. Un fuerte ciclón causó en todo el país enormes daños, principalmente a los bosques que garantizan la necesaria sombra al café en todas las haciendas. También continuaron las luchas y revueltas de los negros esclavizados, que cansados de tanto abuso se levantaron en los campos de la región occidental. Estas revueltas por lo general terminaron con el ahorcamiento de los rebeldes.

Entre los años 1833 y 1834, en la región del partido de Guanajay, al cual pertenecen todos estos corrales de la región de Vuelta Abajo, murieron unos mil setenta y cinco esclavos debido a una epidemia, de aproximadamente un total de cuatro mil nueve ciento cuarenta esclavos existentes. Sin embargo, no hubo afectación casi para Angerona.

En este periodo, se agravó la enfermedad de la piel de Cornelio, por lo que tuvo que aumentar las visitas a los baños medicinales de San Juan de Contreras y Úrsula tuvo que extremar sus cuidados con él. El 16 de febrero de este propio año, el intendente general y delegado de la Real Hacienda Conde de Villanueva dio a conocer los resultados del promovido juicio de espera de los acreedores de Cornelio y disponía la orden del pago a los mismos.

Aunque Úrsula y Cornelio expresaron su inconformidad al pasar ella al duodécimo lugar del listado, esto en nada los preocupaba, ya que, la real necesidad de Cornelio estaba cumplida. Su objetivo era demorar estos pagos y crear una deuda suficientemente grande para el futuro de su compañera y que la misma estuviera justificada legalmente. Además, que ella levantara la voz en defensa de sus derechos.

Sigue consolidándose Angerona y aumentando su prestigio no solo en el país, sino mundialmente gracias a la exquisitez de su café; el gran número de fábricas que le permiten el autoabastecimiento de todo lo necesario; una dotación esclava descrita como la mejor del país; y otros recursos nunca vistos en otras haciendas. Son famosas también las extravagantes veladas que tienen lugar y donde participan las familias más ricas. Por otra parte, continúan las fiestas de los esclavos cada primero de enero y fechas como el primero de mayo, el 21 de octubre, entre otras.

Una nueva distracción ha surgido desde la llegada de don Federico Luis Escher al Buen Retiro y son las visitas, comidas y veladas que se intercambian en un cafetal y otro, las cuales son realmente reconfortantes.

Ya son once los robles sembrados con este del 21 de octubre de 1833, los paseos en bote en el lago son cada vez más frecuentes, tanto cuando son ellos dos solamente o cuando Úrsula lleva a los criollitos a nadar y pescar deliciosas "biajacas criollas" que luego les fríe a los pequeños o solamente las asan a orillas del rio. También el amor entre ellos crece a diario y la presencia de uno se hace más necesaria para el otro.

CAPÍTULO NUEVE

Testamentos

Por el año 1835 continúan los avances en Angerona, pero también la erisipela que aquejaba a Cornelio avanza, a pesar de todos los refuerzos de los médicos, de Úrsula y del reclamo a los Orishas africanos por parte de los más viejos negros de la plantación. El sábado cuatro de septiembre de este año, Cornelio amanece en su congestionada biblioteca, y sentado junto a su mesa de trabajo, toma papel y pluma y se dispone a confeccionar su primer testamento. Levanta una pequeña campanita de bronce y la hace sonar, enseguida aparece la sirviente preguntando qué desea el señor.

–Tráigame el desayuno aquí y dígale a madame Úrsula que la espero.

–¿Desea algo más?

–No, puedes retirarte.

–Como uté mande, sumecé.

Úrsula demora en aparecer, ya que anda por el monte con sus pequeños instruyéndolos de todo lo que la naturaleza les brinda y la necesidad de protegerla. Al llegar, Cornelio le pide que se siente para que escuche algo que ha redactado y le dé su opinión. Ella aproxima una silla a la mesa y le dice:

–Ya puede comenzar a leer, profesor.

Cornelio la mira con cierta sonrisa, ya que nota que Úrsula está alegre, como siempre cuando anda con los pequeños paseando por el campo, recogiendo huevos de gallinas, frutas, flores silvestres o simplemente entrenándolos para la vida.

—Te leeré algunos párrafos de mi testamento que he decidido hacer hoy.

—¿Cómo que testamento Cornelio? ¿Acaso te sientes mal y no me has contado?

—Nada de eso, señora. ¿Quién dijo que para hacer un testamento hay que estar enfermo? Cuando uno está en su sano juicio, es cuando mejor puede organizar su futuro.

—Lee por favor, no hemos comenzado y ya tengo deseos de terminar. Odio los testamentos.

Cornelio toma en sus manos un grupo de hojas escritas de su puño y letra y comienza a leer:

—Hoy, 4 de septiembre de 1835. Testamento. En el nombre del Dios Todopoderoso, Amén.

—Amén —dice Úrsula y Cornelio la mira preocupado.

—Sépase, que yo, el Teniente Coronel don Cornelio Souchay, hallándome sano, en mi entero juicio, cumplida memoria, procedo a hacer mi testamento en la forma siguiente: Primeramente, le encomiendo mi alma a Dios y mando el cuerpo a la tierra. Declaro que no soy ni he sido casado.

—Ni serás casado nunca —replica Úrsula con picardía.

Cornelio la mira en silencio y luego continúa:

—Declaro que no tengo, ni reconozco hijos de ninguna clase. Declaro que, entre mis papeles en poder de Úrsula Lambert, tengo un pliego cerrado y sellado que contiene el resto de las cláusulas de mi testamento, escrito de mi puño y letra, firmado y sellado con el escudo de mis armas, mando que se observen en todas sus partes, cuyo pliego está dirigido a mis albaceas, para que lo entreguen al señor juez que conozca de mi testamento.

Habiendo sucedido con alguna frecuencia por la inmoralidad y corrupción de los depositarios de la fe pública y de otros que fácilmente se habían prestado a la falsificación de toda clase de instrumentos, que después de la muerte de alguno se han formado testamento y escrituras falsas. Para evitar este fraude y los perjuicios a el consiguiente, declaro del modo más solemne y eficaz que cualesquiera obligación que aparezca y no consta en mis libros particulares, o en las varias sociedades de comercio en que he sido socio, que quiero se tenga y se considere como falsa, sin ningún valor ni efecto, ya tenga fecha anterior a este testamento, ya posterior, sean cuáles fuesen las cláusulas y requisitos que contengan, y para precaver el propio daño en cuanto a la falsificación de mi última voluntad, mando igualmente que ningún testamento o memoria o codicilo, que se presente como mío, se considere tal si no tuviere en su principio estas palabras de mi mano: Roble de Olor.

Nombro por mis albaceas y tenedores de bienes mancomún a los que existiesen a mi fallecimiento, a don Enrique Gatke, al licenciado Rafael Días, don Francisco Álvarez y Espinosa y don Pedro Calderón.

Realengo de Cayajabos, en cuatro de septiembre de mil ocho cientos treinta y cinco. Cafetal Angerona. C. Souchay (firma).

Al lado derecho de la firma aparece la oblea con el escudo de armas.

Cornelio terminó de leer y miró a Úrsula esperando que esta dijera algo, pero ella lo miraba sin decir palabra. Tomó el papel de las manos de Cornelio y lo observó detalladamente. Esto le recordaba a ella el pedimento del año 1831 y todos los pleitos que tuvieron lugar y que la involucraron, pero ahora era diferente. Era su testamento y nadie podía rechazarlo. Puso el papel en la mesa:

—Esta es tu voluntad. ¿Pero crees realmente que sea necesario?

—Claro que es necesario, Úrsula, ya no soy un joven, esta enfermedad me causa además cansancio, dolores, fiebres y dificultad hasta para caminar. Más adelante será más difícil hacerlo.

—Sí, discúlpame. El médico me ha dicho que la erisipela provoca también fiebre reumática y que esta te puede afectar también las válvulas cardiacas.

—¡Ah, ya lo sabes! Entonces a qué esperar.

—Y nunca me explicó eso. Pero usted es muy porfiado, sabe que no debe coger sol y anda por esos montes...

—¿Por los montes? Si usted no me permite ni bañarme en el río y me mantiene vestido con ropas siempre blancas. Ahora quiero que me prometa que cuando terminemos aquí iremos a darnos un baño al río y pasear en el bote.

—Sí, pasear en bote, sí —Úrsula queda callada mientras observa a Cornelio tomando su café—: ¿Y eso de Roble de Olor, qué cosa es?

—Es una jugada como en el ajedrez. Es para confundir a los intrigantes de La Habana y algunos de aquí, como al doctor Morel.

—Pero, ¿qué significa, hombre?

—Es como una contraseña, para que no aparezca algún deudor mío, después que yo no esté.

—¿Pero por qué roble de olor y no roble de trueno o Donareiche, como a usted le gusta decir? No me has explicado que en tu país es el árbol sagrado.

—Por eso mismo, Úrsula, si escribiera roble de Thor, como tú dices, sería fácil saber el significado y además me referiría solamente a mí.

—¿Y entonces?

Cornelio permaneció en silencio por unos segundos, como si analizara lo que diría. Hizo sonar nuevamente la pequeña campanita y al momento se presentó la joven negra ayudante de la nana.

–Diga usted, amo.

Su manera de expresarse había mejorado mucho después de la llegada de Úrsula, quien había tenido el cuidado de preparar a varias jóvenes en el servicio de su amo.

–Tráigame un poco de café y un jugo a madame Úrsula.

–Un jugo y también café, Luisa... Bueno, continúe usted.

–Yo quiero que esta frase se refiera a ambos y los que en el futuro se pregunten el significado, pasen trabajo en descifrarlo. Además, a las autoridades les diré si preguntan, que es mi sagrado roble.

–¿Y qué significa en realidad?

En ese momento entró Luisa y tras pedir permiso dejó la bandeja sobre la mesa y se retiró.

–Úrsula, en Cuba está el roble blanco, el roble negro, el roble de costa, el roblillo y muchos más. Pero hay un roble especial, que es el roble de olor o roble de yugo, del género Tabebuia, muy utilizado por los carpinteros para hacer esa preciosa pieza que une a dos bueyes para alar las carretas, los arados, las rastras y las gradas. En mi país el roble también puede nombrarse como "robur" y simboliza la verdad, la longevidad y la lealtad. La palabra robur es sinónimo de fortaleza moral y física. Es no dejarse doblegar ante nada y es vida libre y el de "olor" está presente en tus perfumes, tu aroma inconfundible y hasta en el delicioso café que solo tú sabes hacer y... en tus sábanas...

–¿Pero, roble de yugo? También podías haber puesto "San Hilarión", que muere un 21 de octubre y nadie lo adivinaría y también seríamos nosotros.

—Veo que estás aprendiendo, pudiera ser también, pero sabes que el roble es mi preferido...

—El yugo también sirve para unir los puños de las camisas de ustedes los caballeros...

—Y para mí, el yugo es también sagrado; es el amor que nos unió a nosotros. El yugo fue el emblema de Fernando II de Aragón y con flechas representaba la unión con su esposa Isabel de Castilla.

—Deja a esos nombres que solo tú conoces, Cornelio.

Cornelio sonrió por la ocurrencia de su amada compañera:

—Desde pequeño aprendí a construir pequeñas máquinas de madera con el viejo carpintero que me llamaba "roblillo". Aprendí a confeccionar el yugo escocés. El aserrío hidráulico se moverá como una sierra romana de Hierápolis, que es un mecanismo de biela utilizando un yugo y movido por la fuerza de un chorro de agua. La desgranadora de maíz utiliza también un yugo para un mecanismo de biela y manivela que transforma el movimiento horizontal con dos piezas de madera de roble, en un movimiento circular.

Entonces, Cornelio sacó una cajita de madera y la puso sobre la mesa, la abrió y sacó de su interior una bella pieza de madera en forma de yugo cornal:

—Guárdalo bien, es tuyo y será como el comprobante de nuestra unión.

—¡Avemaría purísima, este hombre está bien loco! ¿Pero el pliego sellado y cerrado que hablas, qué contiene?

—Nada, aún no lo he hecho. Esa será otra jugada para el futuro. Lo que sí debes tener bien claro tú, mi adorable Úrsula, es que muera donde muera, yo tengo que ser enterrado en mi cementerio, como lo explico en el testamento, por lo demás no te preocupes. En la noche te entrego el pliego; debes leerlo bien y conservarlo para un caso de necesidad...

–No hable de muerte, Cornelio, usted está muy fuerte aún.

–No hablo de muerte. Está bien, pero prométemelo. Tú sabes que no le temo a la muerte, mi tumba está esperándome desde hace muchos años.

–Si ya la he visto varias veces y he pensado destruirla. Bueno, ¡prometido! Pero me tiene que prometer usted que se tomará todos mis cocimientos de plantas medicinales.

–Tremendo negocio. Me vas a envenenar un día con tus hierbas.

–Sí, a usted no le gustan mis cocimientos de hojas del almendro, pero disfruta mucho ir a los baños de San Juan...

–Las aguas minerales son muy buenas para este picor, que me mata...

–Picor, el picor se lo da a usted, aquella jovencita de San Juan de...

–Bueno, recuerda que hoy quedamos con el buen Federico en ir a almorzar con él.

–Es verdad, Cornelio, además quiero llevarle unos remedios para las diarreas de varios de sus esclavos.

Rato después la pareja sale en su coche techado para proteger a Cornelio del sol. Salieron por la puerta principal y al llegar al camino de Cayajabos, tomaron en dirección a Artemisa. Más adelante, se desviaron a la derecha, recto nuevamente por un camino lleno de lodo rojo provocado por las lluvias que trajo la pequeña tormenta de días atrás. Luego de otros mil seiscientos metros recorridos, llegaron a los linderos de dicha hacienda.

Muy grande es la alegría cuando estas personas se unen. El señor don Federico estima mucho a su pariente franco-alemán y también a Úrsula, con quién le agrada conversar sobre el uso medicinal de las plantas.

Casualmente estaban de visita las hermanas Sophia y Mary

Peabody, procedentes de los Estados Unidos que permanecían en La Recompensa del doctor Morel. Estas jóvenes mostraron una gran admiración por la pareja formada por el franco-alemán y la negra haitiana, quienes fueron presentados por don Federico como el dueño y señor del cafetal Angerona y la eficiente operaria Úrsula Lambert. Fue un día muy interesante para todos y especialmente para las dos hermanas.

Otras veces, los amantes viajan juntos a los baños de San Juan y Charco Azul, a Cayajabos los domingos o a Artemisa, y en otras ocasiones hacen veladas y fiestas en una u otra hacienda. Solo los malestares causados por la terrible enfermedad de Cornelio que le provoca cansancio, falta de aire, incapacidad para andar provocado por las fiebres reumáticas, impiden una vida más dinámica al emprendedor franco-alemán, siempre con una idea diferente en su cabeza y enormes deseos de vivir. Muchos ni conocían de las dolencias de Cornelio. Él acostumbraba a usar camisas claras y de mangas largas para proteger las enormes manchas de color rojo de la piel, provocadas por el exceso de riego sanguíneo que produce el Streptococcus pyogenes.

Disfruta sembrando la duda entre sus amigos y coterráneos, y viéndolos cómo interpretan todo de una forma diferente. La enfermedad no le impide mantener su alegría, sus ocurrencias, su deseo de trabajar, de crear, de amar y así será hasta su muerte.

El día 8 de septiembre, cuatro días después de redactar su testamento, Cornelio mandó a buscar a don Francisco Rubio Campo, capitán y juez pedáneo del partido de Cayajabos. Junto a él, llegaron don Pedro Marchal, don Domingo de Orta, don Rafael Chenard, don Romualdo de la Cuesta, don E. Oramas y don José María Moreira. Úrsula elegantemente vestida como siempre lo hace para ocasiones especiales, salió a recibir a los visitantes al pie de la escalera de entrada a la casa, detrás de la preciosa y cautivadora estatua de la diosa romana. Lucía para la ocasión el vestido que confeccionó con la tela de encajes regalada por el reverendo.

A medida que llegaba cada invitado, ella saludaba, le daba la bienvenida en nombre de Cornelio y lo hacía pasar a la sala. Los visitantes entraban uno a uno y tomaban asientos, mientras un leve viento hacía sonar el arpa eólica, produciendo una suave y cautivadora melodía. Después de llegar todos, Úrsula llamó a una de las jóvenes ayudantes de la cocinera y le dio una orden en voz baja. Esta regresó con una excelente botella de vino francés y les sirvió a los recién llegados en el momento que Cornelio entraba por la puerta de su biblioteca. No había nada más parecido a esta escena que el recibimiento que el conde Montecristo daba a sus invitados, siempre deseosos de descubrir los misterios que encerraban los fuertes muros del precioso edificio.

Terminado el obligatorio saludo a todos los presentes, disculpándose por su tardanza e invitándolos a sentarse nuevamente, Cornelio les señaló:

–Queridos amigos, los he llamado a mi hacienda porque hoy quiero organizar mi testamento y que ustedes me sirvan de testigos. Si hay alguien que tenga algo en contra de esto, puede decírmelo.

Todos callaron y se miraron entre sí, entonces el capitán afirmó:

–Proceda usted, don Cornelio, es para todos nosotros un gran orgullo formar parte de sus allegados de más confianza.

Cornelio entregó el pliego sellado al capitán y este le dio lectura en voz suave y ceremoniosa, como deseando darle un carácter más oficial a su lectura.

Seguidamente pregunta:

–¿Y el pliego de que usted habla en su testamento, ya lo posee madame Úrsula?

–Así es, señor Capitán.

Firmaron todos los presentes y lo sellaron con treinta y tres gotas de lacre rojo a su alrededor y sellado con un cordel amarillo. Terminada la ceremonia, Cornelio propuso un brindis por Angerona y todos brindaron chocando sus copas. El capitán y juez pedáneo se movía inquieto en su asiento; se veía algo preocupado y Cornelio lo nota:

–¿Alguna duda, Capitán?

–Realmente todo está muy correcto, solo que me gustaría saber lo de "roble de olor".

–Ah, era eso. Como le expliqué hace un rato, es una clave de seguridad futura y lo del roble, ya sabe que es nuestro árbol nacional.

–¿Pero por qué el roble de olor? Hay otros robles más importantes que este.

–Es un bello nombre, además me trae gratos recuerdos de mi niñez, cuando estudiaba la historia del siglo XV y los reyes católicos. Además, es el árbol sagrado de mi país.

Cornelio disfrutaba aquella charla y el cómo lo escuchaba el capitán. Él conocía la escasez de conocimientos religiosos del capitán y juez pedáneo que imponía la ley.

–Pero creo recordar que su padre y su abuelo pertenecían a los hugonotes...

Cornelio lo interrumpió:

–Tiene razón usted, pero yo siempre fui un poco indiferente para esas cosas. Además, en el pliego que madame Úrsula guarda, yo explico otras cuestiones importantes relacionadas con el futuro de mis propiedades y algo relacionado con dicha frase.

–Entonces, propongo yo otro brindis por su testamento.

Esto es algo que todos debemos hacer –sentencia el capitán.

Todos levantaron su copa y nuevamente brindaron. Luego siguieron conversando hasta las doce del día en que pasaron a almorzar. De esta forma se hizo oficial el primer testamento de don Cornelio Souchay.

Los mejores tiempos del café estaban quedando atrás, aunque en Angerona no exista este problema por las medidas para mantener la calidad de este producto tomadas por Cornelio, pero la llegada de los tiempos del azúcar de caña ya se siente y va siendo hora de ir tomando precauciones. Las guerras de aranceles entre los Estados Unidos y España, repercutirá también en la caída de los precios del café.

La mente de Cornelio siempre despierta ve venir este problema, por lo tanto, hay que actuar. En su biblioteca comienza a desarrollar una idea en la cual ya había trabajado antes, pero la pospuso. Con el plano de los caminos de La Habana hasta Cayajabos, mandado a construir en el año 1818, comienza a darle forma a la idea de crear una nueva calzada que una Artemisa con Cayajabos y el puerto de tablas de Mariel, para trasladar las grandes producciones de esta región hasta este importante puerto. Desde allí, mediante un vapor, trasladar las mercancías hasta La Habana y otros puertos del mundo.

El martes primero de marzo de 1836 Cornelio hace entrega a la Junta de Fomento de la isla de Cuba de su propuesta. El miércoles 13 de abril de ese año, se acordó, en sesión de la Real Junta de Fomento, Agricultura y Comercio, presidida por el excelentísimo señor consejero de Estado e intendente de Ejército Conde de Villanueva, en una comisión conjunta de los señores diputado Director de Obras y don Joaquín Peñalver, pasar el pliego de proposiciones que hace don Cornelio Souchay y se enumeran los deberes y derechos en la obra:

Don Cornelio se obliga a construir dicha calzada...

La Real Junta de Fomento prestará al empresario la cantidad de 160 000 pesos con el interés del seis por ciento al año...

El empresario tendrá el derecho de Portazgo...

Se prohibirán las tabernas o cualquiera otra cosa pública...

Se auxiliará al empresario durante la construcción del camino con doce soldados, cabos y sargentos...

Se le concederá al empresario el privilegio de introducir, libres de derecho, los efectos siguientes para el uso de dicha calzada...

Se le considera al empresario un vapor que viaje de La Habana al Mariel...

Para el cumplimiento del contrato quedarán hipotecados todos los bienes del empresario...

La calzada será de su propiedad y los herederos por el tiempo de noventa y nueve años......

El empresario pagará el diez por ciento de interés siempre que se le permita arreglar conforme a esta cuota el portazgo...

Realengo de Cayajabos, primero de marzo de 1836.

Cornelio Souchay

El 25 de abril de 1836, en sesión de la Real Junta de Fomento, de Agricultura y Comercio, presidida por el excelentísimo señor consejero de Estado e intendente de Ejército Conde de Villanueva, se leyó el informe del señor diputado Director de Obras acerca del proyecto de una calzada del Mariel a Cayajabos, propuesto por don Cornelio Souchay, acordándose: "No haber lugar al proyecto y que se devuelva a su autor con copia del expresado informe del señor diputado Villanueva Wenceslao de Villa Urrutia."

Este fue un duro golpe para Cornelio. Él estaba convencido de que el proyecto sería apoyado. El puerto habanero no podía continuar recibiendo tantos buques; la ciudad era cada vez menos limpia y su aire estaba muy contaminado a pesar de los esfuerzos del obispo de Espada, quien había hecho algunas obras importantes en la ciudad. Mariel es un puerto con condiciones especiales y en sus alrededores se crean enormes riquezas que deben ser exportadas. Solamente en el corral de Cayajabos existen más de catorce ingenios azucareros; numerosos alambiques para producir aguardiente; más de cincuenta y cinco cafetales; vegas de tabaco; fábricas de telas; infinidad de frutas exóticas capaces de satisfacer los más finos gustos; enormes bosques de maderas preciosas; grandes potreros donde se crían hermosos caballos, reses y puercos, y otras producciones importantes. Además, están los productos de los corrales de San Juan de Contreras, San Salvador, San Francisco, el Jobo, San Marcos, el Cusco y Cabañas, entre otros. Cómo no ver la necesidad de aquella calzada para el desarrollo económico y social de la región. Pero desgraciadamente pocos tienen la luz de aquel hombre, quien ha demostrado con creces su objetividad y razón en lo que crea, convirtiendo lo imposible en un paraíso. Por otro lado, nada de esto les interesa a las autoridades. Pero el futuro le dará la razón a don Cornelio.

Decíamos al principio que Angerona surgió como surgen las rocas areniscas, a partir de granos de los más diversos orígenes, de distantes regiones, para luego ser agrupados en un punto cualquiera de la geografía mundial, a miles de kilómetros de distancia del punto de partida y que así mismo pasó con los hombres y mujeres de Angerona. Las rocas son destruidas por el paso del tiempo y por los fenómenos naturales, y también a los hombres y mujeres de Angerona, el tiempo y la vida los va destruyendo, aunque nunca el paso del tiempo podrá destruir el nombre y la obra de esos extraordinarios seres humanos. Si hubiera que buscar algo parecido a Angerona, pudiera pensarse en los jardines colgantes de la antigua Babilonia. Para Cornelio fue "el paraíso, el Jardín del Edén", para Úrsula un verdadero regalo de Santa Úrsula y para los esclavos una bendición concedida por sus Orishas. Desde el año 1813, en que Angerona surgió, hasta este año 1837 han muerto en Angerona muchos negros que con su sudor y su sangre ayudaron a crear aquel paraíso.

La salud de Don Cornelio se iba desgastando, el Streptococcus pyogenes que se ha desarrollado en su interior lo ha ido minando a pesar de la gran voluntad con que él lo ha combatido, pero desgraciadamente, aún la ciencia no ha descubierto a otro microscópico hongo que en el futuro lo combatirá. Úrsula, sí, ha ayudado a reducir este mal con el almendro, el macurije, el ajo, la verdolaga y otras plantas que disminuyen el picor en la piel, bajan las fiebres y combaten el reuma, pero es imposible eliminar esta bacteria.

A pesar de todo esto, el día primero de este año los esclavos tuvieron su gran fiesta que los convierte en "libres" momentáneamente, pero que les da la posibilidad de conocer el significado de esa palabra tan bella, y que, como el amor, se hace imprescindible, una vez que lo disfrutas. También se celebró el día primero de mayo, como todos los años anteriores y continuaron las fiestas y veladas en la hacienda.

Por otra parte, Cornelio ha disminuido los largos viajes hacia el sur y hacia la Sierra del Rosario, ya que su enfermedad va progresando. Úrsula, el amigo Enrique, el médico de la hacienda y su pariente Federico lo estimulan a que viaje a La

Habana a ver a su médico y recibir nuevo tratamiento, pero él sabe que hay pocas posibilidades y siempre ha estado preparado para el día en que tenga que partir. Y si no fuera así, ¿por qué desde el mismo año 1828 él tiene su tumba preparada y su ataúd de madera incorruptible? Como buen representante del romanticismo, no le teme a la muerte, además su proyecto en la vida ha sido cumplido totalmente; el apellido Souchay es reconocido en el mundo entero por su inigualable café y por su maravillosa y rica hacienda.

Solo quedó pendiente tener un hijo, pero vale la pena el sacrificio de no tenerlo, a no tener que esconderlo, lejos de su calor, como si fuera un animal peligroso o que tuviera una enfermedad contagiosa, por causa del oprobioso racismo que condena a los hombres por el color diferente de su piel. De haberse casado con una joven blanca, como todo el mundo quería, tal vez hubiera tenido hijos propios, pero no hubiera tenido la posibilidad de compartir su vida con la mujer negra, de alma tan pura e ideas tan claras como ninguna otra. Además, infinidad de hombres y mujeres, blancos y negros esparcirán el apellido Souchay por toda la región.

Una noche a principios de junio, próximo a cumplir los cincuenta y tres años de edad, Cornelio y Úrsula están en la sala de la bella mansión conversando como de costumbre, pero hoy la luna ha salido con todo su esplendor. Cornelio se pone de pie y camina hasta el portal mirando hacia el horizonte:

–Úrsula, deseo que me acompañes a dar un paseo por toda la guardarraya.

–Sí, cómo no, es muy buena idea. Es mucho mejor caminar de noche bajo la luz de la luna, que bajo el sol.

–Esto me trae grandes recuerdos.

–Verdad. ¿Recuerdas aquellas noches que andábamos

todo este camino, solos y teniendo las estrellas como únicos testigos?

—No solo las recuerdo, sino, que las extraño mucho.

La pareja desciende las escaleras y pasan por el lado del jardín donde se levanta la hermosa estatua de mármol blanco de la diosa Angerona, que sigue invitando al silencio con su dedo índice sobre los labios. La suave brisa de la noche agita las hojas de las altas palmas provocando una corriente de aire que obliga a los amantes a pegarse uno al otro. De vez en cuando se escucha el canto de las numerosas gallinas de Guinea. El ave que estaba de guardia canta mientras el resto duerme en las altas pencas de la palma real o en lo alto de los grandes algarrobos que dan sombra al café.

Caminan despacio deseando que el tiempo no pasara. Cogidos de las manos ellos habían desandado este paseo infinidad de noches y siempre la disfrutaban como la primera vez. Se detienen por un momento y Úrsula le pregunta a Cornelio:

—¿Cuándo iremos a La Habana para verte con tu médico?

—De eso quiero hablarte. Deseo viajar pasado mañana.

—Tengo que preparar algunas cosas.

—Úrsula, yo necesito que tú te quedes aquí en la hacienda. Ella reaccionó acalorada.

—¡No, Cornelio! No me pidas eso, me voy contigo para cuidarte.

—Mira mi alma, yo necesito que tú veles por las embarazadas y por los pequeños, ellos te necesitan. Además, los esclavos se sienten muy seguros cuando uno de nosotros está aquí, tú lo sabes. Recuerda que estarán allá don Rafael y Enrique conmigo.

—Sí, yo lo sé, pero creo que debo acompañarte. A mí no me importan esos dos.

—Otras veces he ido solo y no he tenido problemas.

–Ahora no es lo mismo, amor. Las fiebres reumáticas han comenzado a ser más frecuentes, te cansas más....

–Regresemos, es posible que comience a llover.

Emprendieron el regreso a la casa bajo una oscuridad mayor que hacía unos minutos atrás. A veces regresaba la luz de la luna que lograba atravesar entre las negras nubes, haciendo incidir su luz sobre la entristecida pareja y sus sombras se proyectan sobre el suelo. Callados contemplan el bello mundo de sombras, donde no existen colores, ni hay diferencias entre ellas, nada las detiene, no importa si hay un árbol, un muro u otro hombre con su inseparable sombra, ella los atraviesa y sigue adelante por el rumbo de su creador.

–¡Qué bello será el mundo de las sombras, donde no existen diferencias de color y eres libre de avanzar siempre junto a tu par! –dice Úrsula en voz muy débil, como si hubiera salido del corazón.

Las nubes negras habían ocultado las estrellas y también a la luna, pero las numerosas luces de la casa de Úrsula y de la casa principal, iluminaban el camino. Úrsula iba cabizbaja y adolorida; sabe que será difícil convencer a Cornelio para que le permita acompañarlo, pero le preocupa mucho su estado de salud. Ha sido un hombre que ha trabajado sin descanso y descuidado en parte su salud, también la no aprobación de su último proyecto de calzada lo afectó mucho. Para él, era muy importante la ejecución de esta gran obra que terminaría por elevarlo en lo más alto de la sociedad cubana y, además, garantizaría un gran futuro para toda su familia.

En la mansión, todas las noches Úrsula tocaba la flauta para Cornelio, quien disfrutaba mucho su delicadeza y su magia con el pequeño instrumento, que, junto con el suave sonido del arpa, producía una melodía muy agradable. Tiempo atrás aquellas notas musicales eran más alegres, ahora parecían más románticas y tristes.

La nana de Cornelio y sus ayudantes escuchaban desde la cocina la agradable música y la conversación entre aquel peculiar dúo humano y por sus mejillas corrían las lágrimas al comprender que los días del buen amo estaban contados.

La noche anterior Úrsula había hablado con el médico Juanelo para que escribiera en un papel todos sus remedios. En uno explicaba cómo combatir la fiebre, en otro como aliviar los dolores, los baños para aliviar el prurito o picazón, la aplicación del jugo de aloe directamente sobre la piel, que consumiera diariamente verdolaga y que las frotara sobre la piel después de machacadas. También le envió una nota a su amiga Belén Samuel para que diariamente visitara a Cornelio en el barrio de Jesús del Monte y de ser necesario, le reparara ella misma los remedios y se los hiciera tomar.

Llegó el día de la despedida. Desde temprano en la mañana Úrsula había preparado un gran bulto con diferentes plantas medicinales entre las que sobresalían numerosas hojas de aloe o sábila, hojas de almendro, verdolaga, retoños tiernos de macurije, una gran botella llena con miel de abejas de la tierra y numerosos aguacates y otras frutas más.

A la hora de la salida para la ciudad, todos los esclavos salieron a despedirlo, los más pequeños estaban unos parados y otros sentados en el pequeño jardín de la estatua frente a la mansión. Al pie de la escalera estaba la buena nana y sus jóvenes ayudantes. La cocinera no podía impedir que las lágrimas corrieran por sus mejillas y se restregaba el rostro con su delantal siempre limpio y blanco como la masa del delicioso coco.

La afligida Úrsula bajó las escaleras junto a Cornelio y al partir este, ella subió también a la calesa techada que protege del sol al enfermo. La nana entregó a ella una cesta con diferentes tipos de dulces y otras golosinas. Al comenzar a avanzar la calesa tirada por los dos ágiles y hermosos caballos que él utilizaba siempre que iba a La Habana, todos los esclavos comenzaron a cantar para despedir al amo que se marcha y que posiblemente no volvieran a ver más, y esto lo presentían muchos, especialmente los más viejos y sabios. Por los rostros de aquellos hombres negros corrían puras lágrimas al despedir al hombre, que, aunque siendo blanco, los trataba casi como igual.

Úrsula lo acompañó hasta la arcada principal. Mientras el viejo guardiero abría la ancha puerta, la pareja sé abrazó muy fuerte, como si desearan fundirse en una sola pieza para jamás separarse, como lo hubiera hecho un buen yugo cornal. Las lágrimas corrían por las mejillas de la negra mujer, que por primera vez en su vida no había puesto ningún tipo de pintura en su rostro, ni al menos un poco de colonia, solo agua y así será para siempre. Cornelio, con mucha dulzura fue separando a Úrsula de su cuerpo y esta se resistía a soltarlo, a desprenderse de él.

Finalmente, ella se bajó del coche y sin mirar a Cornelio le dice al joven calesero:

−¡Anda, Felipe, lleva a tu amo con cuidado y no dejes de traerlo de vuelta! ¡Anda, hombre! −ordenó casi sin voz, mientras viraba su rostro para esconder el llanto que brotaba de su pecho, provocando un dolor tan intenso, que solo pudo soportar hasta ver alejarse el carruaje. Cayó de rodillas sobre la tierra y su cabeza quedó pegada al suelo mientras el llanto brotaba de su interior, sin que nada pudiera detenerlo.

Harry, el viejo guardiero, quien había sido el calesero de Cornelio durante muchos años, contemplaba la triste escena, se acercó para intentar consolar a Úrsula, pero solo casi media hora después fue que el pobre hombre pudo levantar a la desconsolada mujer. Intentó acompañarla en su regreso, pero ella se negó y él la vio alejarse arrastrando sus pies, como si llevara sobre sus hombros una carga muy pesada.

Para Úrsula ese había sido el día más triste de su vida, sabía que no volvería a ver al hombre que la hizo sentirse la mujer más feliz del mundo, que la ayudó a ser respetada y admirada por todos y que le dio la oportunidad de tratar a sus hermanos negros como hombres iguales. Sin la compañía del hombre a quien amaba sobre todas las cosas en la vida, no tenía valor la vida. Nunca le interesó a ella que los demás conocieran del inmenso amor entre ambos, ese amor era la verdadera fortuna de ella y no los veinte mil pesos que tantos escándalos causaron.

De regreso a la hacienda, ella reunió a todos los esclavos en presencia del administrador y del médico y les explicó la grave situación por la que atravesaba el amo y su salida para visitar al médico; y por tanto la necesidad de trabajar para que cuando regresara Cornelio todo estuviera igual o mejor. Úrsula hacía un gran esfuerzo para que la vieran fuerte, después se fue al cuarto de la mansión y se dejó caer sobre el lecho que tantas veces los acogiera. Nunca más fue la misma, solo la presencia de los criollitos que la aclamaban y el compromiso contraído con Cornelio la hacían vivir. Deseaba correr a La Habana y estar junto a su hombre, cuidarlo y protegerlo. Pero era imposible. Cornelio no quería que ella lo viera morir, esa era la verdadera razón para no dejarla acompañarlo.

Los negros más viejos y sabios acudieron en las noches posteriores a sus Orishas debajo de la gran ceiba en busca de consejos y de adivinación en favor del amo. Úrsula les permitió hacer sacrificios para resolver sus problemas. Ellos ofrendaron el gran chivo macho que el viejo guardiero había criado para después vender en 10 o 12 pesos. Pero prefirió sacrificarlo para lograr restablecer el equilibrio del amo mediante la sangre del robusto animal ofrecida a un Orisha. También realizaron otras actividades religiosas para mejorar la salud del amo, como otras veces ellos lo habían hecho. Unos adivinadores lanzaron los cocos y otros sus caracoles. Consultaron al "Inle", el gran médico. Los alrededores de la gran ceiba del monte estaban en constante ajetreo, tanto de día como de noche.

En el barrio de Jesús del Monte, el domingo once de junio del año 1837, estando en casa de su amigo don Rafael Días, Cornelio decide hacer su codicilo, para agregar otras disposiciones a su testamento de 1835 confeccionado en Angerona.

El licenciado don Rafael Días y Enrique Gatke muy temprano en la mañana participaron en la confección del codicilo. Don Rafael lo redactó con su letra a solicitud de Cornelio, ya que la fuerte dolencia en sus dedos se lo impedía. En la tarde, junto con sus amigos, les encargó un pliego sellado y cerrado manifestando que contenía algunas disposiciones sobre su última voluntad, las que quería se tuvieran en cuenta como parte del testamento cerrado que, ante el capitán del partido de Francisco Javier de Cayajabos, otorgó el ocho de septiembre de mil ochocientos treinta y cinco.

En aquel momento, don Juan Betancourt comenzó la lectura del codicilo en la amplia sala de la casa de don Rafael, después que hubieron tomado un exquisito café colado por Belén Samuel, quien había llegado temprano para, como cada día, cumplir con las encomiendas de su compañera Úrsula.

En el pueblo de Jesús del Monte, a los once días del mes de junio de mil ochocientos treinta y siete, yo don Juan Betancourt, teniente de este partido y encargado de la capitanía por ausencia del capitán, fui llamado por el teniente coronel don Cornelio Souchay y en presencia de don Francisco Álvarez, don Honorato Verrier, don Enrique Gatke, el capitán don Bernabé Quintero, don Joaquín Roiz, don Ramón Rodríguez y don José Gutiérrez, me entregó este a pliego sellado y cerrado manifestando que contenía algunas disposiciones sobre su última voluntad.

CODICILO

Roble de Olor. Sepan que yo el teniente coronel don Cornelio Souchay, hallándome enfermo, pero en mi entero juicio y cumplida memoria, y queriendo hacer algunas adiciones a mis anteriores disposiciones, las ordeno del modo siguiente:

Primero: Es mi voluntad que queden sin efecto los nombramientos de albaceas que tengo hecho, y que lo sean mi sobrino don Andrés Souchay y el licenciado don Rafael Días, mancomunadamente, para los negocios pendientes en la ciudad, y solo el primero para el campo.

Segundo: Es también mí última voluntad que a Úrsula Lambert se le asegure una pensión de mil doscientos pesos anuales, la que por su fallecimiento cesará, quedando el capital en el cuerpo de mis bienes, entendido que no reclamará los veinte mil pesos que representaba en mi concurso y de los que he usado con su consentimiento.

Tercero: Es asimismo mi voluntad legar las seis octavas partes de mis bienes rurales a mi hermano Essay, residente en Holstein, incluido los créditos contra don Manuel de los Ríos, don Juan Monte Verde, don Pedro Iregent y de don Manuel Taylor, y las dos restantes partes a los herederos de mi hermana Carlota.

Cuarto: Lego a mi ahijado Cornelio, hijo de don Enrique Gatke, una pensión de treinta pesos mensuales hasta que cumpla los 25 años para que se eduque, la que cesa después de aquel tiempo.

Después, siguieron otras disposiciones que el teniente Betancourt lee bajo el silencio de los presentes.

Terminada la lectura del codicilo y firmado este por los presentes, todos se retiraron debido al mal estado de salud de don Cornelio. En la casa quedaron Enrique, Rafael y Belén Samuel que proporcionaba los cocimientos ordenados por Úrsula y que otras ocasiones habían hecho tanto bien al hombre; pero ahora con las afectaciones a las válvulas cardiacas, el daño era irreversible. También el buen Felipe, su calesero, permanecía estable en la casa. Todos sabían que de un momento a otro ocurrirá lo más triste y nadie abandonaba la casa.

Junto a su cama está el médico, quien intenta controlar las elevadas fiebres con paños húmedos, los cocimientos de las hojas del almendro, el cual hace la función de la quina, y con el agua con limón que Belén le suministra a pedido de Úrsula. Es muy fuerte también la falta de aire y el cansancio. El Streptococcus, hasta ahora desconocido por los médicos, no cede y al comenzar la noche se desencadena la desgracia.

Al otro día, la salud de Cornelio empeora a pesar de todos los esfuerzos de su médico y los cocimientos preparados por Belén. Sobre las diez de la noche ocurre lo irremediable y el médico abandona el cuarto y con el rostro muy apenado, da la dolorosa noticia:

–¡Ha muerto don Cornelio Souchay!

Un silencio sepulcral se apoderó del recinto, aunque esperada la noticia, esta era muy dura. Todos bajaron la vista, nadie habló. Solo el llanto de Belén y el del calesero lo interrumpieron.

Qué diferencia hay tan grande, en este silencio provocado por el infinito dolor que emana de la muerte de un ser querido y el silencio que emanaba de la presencia de la diosa Angerona, pidiendo no divulgar la felicidad de aquella hacienda creada por el gran hombre que acaba de fallecer. Pero en la mente de los presentes está también la imagen de Úrsula en el momento que sepa la dolorosa noticia. Enrique llama al desconsolado calesero que había jurado regresar con Cornelio sano y salvo y le ordena que salga urgente para Angerona y lleve la mala noticia a todos.

Por su parte, el médico manda a buscar al cura de la iglesia de Jesús de Monte, y también al teniente del pueblo.

Era el 12 de junio, fecha igual a la que en el año 253, el pontífice, San Cornelio, abandonara como Papa, el Vaticano (6 de marzo de 251 al 12 de junio del 253). ¡Gran casualidad!, dos grandes hombres, con igual nombre, abandonaron sus obligaciones un mismo día. Como es también una inmensa casualidad que los dos amantes procedentes de tan distantes lugares, se unieron para crear la gran obra que es Angerona y que ambos hayan nacido un 21 de octubre y que formaran una pareja tan perfecta. ¿Será realmente una casualidad? ¿O, acaso será obra del Olodumare que vela el sueño de aquellos negros sacados de África? Eso nunca se sabrá con certeza, como no se sabrá que aquel hombre traficante de esclavos a su llegada a La Habana, se convirtió en un protector de esos mismos hombres más tarde, ni que la bella relación de trabajo que acercó a don Cornelio y madame Úrsula Lambert, se convirtió en el más grande amor entre un europeo blanco y una negra de sangre africana. El silencio necesario debido al inmenso racismo así lo exigió.

Esta duda prevalecerá por mucho tiempo, aunque la verdad la conocieron quienes vivieron en Angerona junto a ellos dos. Lo demás no importa, solo vale su grandiosa obra dejada y esa no es necesaria ocultar. Muchos, por ignorancia, o racismo aún, podrán pensar que en Angerona se han inventado amores y actos de humanidad, pero deberían contestarse una pregunta:

¿Será necesario inventar amor entre dos jóvenes, cuando se ha construido una obra tan hermosa dentro de un ambiente tan hostil?

En la noche de aquel doce de junio, Úrsula en Angerona había prendido varias velas a la salud de Cornelio en su habitación frente a una pequeña imagen de la patrona de Cuba como lo había hecho todos los días anteriores. Pero de pronto, un fuerte viento abrió de par en par la puerta norte de su habitación y apagó bruscamente dichas velas. Un gigantesco relámpago brilló en el cielo y seguidamente un descomunal trueno retumbó en la noche. Un gran dolor acompañado de un grito se le fue a Úrsula, quien se arrodilló frente a la imagen y comenzó a rezar, pero el dolor era muy fuerte y el llanto la invadió. Una de sus sirvientas corrió hacia ella y también la nana cocinera, que desde la partida de Cornelio no se apartaba de Úrsula. Al verla, se puso de rodillas y la abrazó sin dejar de llorar. Úrsula exclamó:

–¡Algo malo le pasó a Cornelio, nana! –las dos mujeres lloraban sin consuelo y la noticia se esparció como pólvora.

El capataz llegó corriendo indagando por lo que le pasó y al pueblo de los esclavos regresaron los negros que estaban bajo la ceiba clamando a sus dioses en favor del amo enfermo. En el resto del batey se armó un enorme revuelo. Es la premonición la que ha hablado, igual que años atrás alcanzó a Úrsula el día de la muerte de su madre en las lomas de Guantánamo; a la joven se le calló la flauta de las manos mientras tocaba, causándole un gran susto, y al momento le dieron la dolorosa noticia.

En Jesús del Monte, con gran pesar, el joven calesero tiene listo el caballo para correr a Angerona, pero no deja de pensar en la promesa de regresar con el amo, pero ¿ahora qué?... correría hasta la hacienda, más de ochenta kilómetros por los caminos del sur. Por suerte estaban fuera de la muralla, no tendría que esperar a que abrieran las puertas de la ciudad, ahora saldría a las tres de la madrugada. Antes de partir, Belén le entrega una bolsa con alguna comida para el viaje y una encomienda: "Diga a Úrsula que me espere, que yo iré para Angerona."

A la hora prevista partió el calesero a todo lo que el pobre animal podía, solo se detenía en los ríos para ambos, hombre y bestia saciar la sed.

Mientras tanto, todo se disponía para trasladar el difunto hacia Angerona. La comitiva partió al amanecer y estaba conformada por varias calesas en las que marchaban don Enrique, el médico de Cornelio, don Rafael Días, Belén Samuel y algunos amigos de Cayajabos que estaban en La Habana. En una carroza alquilada, el cuerpo sin vida de don Cornelio.

Felipe, el calesero, entró con los primeros rayos de sol a Angerona, por la puerta norte, tras cinco horas cabalgando. Como un relámpago recorrió los dos kilómetros que lo separaban de la casa principal, a todo galope pasó entre el campanario y la frondosa ceiba hasta detenerse entre la mansión y la casa de Úrsula. El buen hombre se tiró del caballo dando gritos como si hubiera salido despedido por una fuerza extraña:

–¡Madame Úrsula, madame Úrsulaaaa…!

Úrsula había permanecido toda la noche sentada frente a la imagen de la patrona de Cuba y al sentir la bulla, salió corriendo de su casa y chocó con el pobre hombre que abría la boca para hablar, pero las palabras no le salían, mientras ella lo sacudía por los hombros:

–¿Qué pasó, hombre? ¿Qué pasó? Dilo ya por Dios –y de rodillas cae, llorando sin consuelo y el pobre negro se dejó caer también en el suelo, junto a ella llorando como un niño, pero sin poder hablar más. Sus primeros gritos y su rostro destruido por el dolor lo explicaban todo. Su delgado y alto cuerpo vibraba y temblaba como un niño, el dolor le apretaba el corazón por las horas reteniendo el sufrimiento mientras cabalgaba a toda carrera desde el barrio de Jesús del Monte hasta aquí; fueron más de 15 leguas con la mente pensando como daría aquella noticia.

–¡Sumecé, achesa, achesa, sumecé! Felipe bebe, bebe... pero mi su amo muere, sumecé –apenas pudo decir el infeliz hombre intentando explicar la desgracia a pesar de sus rezos.

El administrador y el médico de la hacienda corrieron hacia el lugar donde estaba caída Úrsula, cuyo llanto era incontrolable. Entre estos hombres y la nana de Cornelio levantaron a Úrsula y la llevaron al comedor de la casa y la sentaron en una silla. Un contramayoral levantó del piso al pobre Felipe y junto a su caballo lo llevó hasta la caballeriza. La campana del pueblo de los esclavos comenzó a repiquetear y todos los habitantes se fueron acercando a la casa principal. Al ver el sufrimiento de Úrsula y de la nana, comprendieron que algo muy grave le había sucedido al amo. El administrador, con su sombrero en la mano y el rostro descompuesto se dirigió al mayoral y le pidió que reuniera a toda la dotación para darle la terrible noticia. La fuerte voz del mayoral mandó a hacer silencio y todos permanecieron inmóviles. Entonces, el viejo hombre, con todas sus fuerzas dijo:

–¡Ha muerto el amo! ¡Ha muerto el amo!

Un enorme murmullo invadió el lugar, y nuevamente alzando la voz lo más que pudo, repitió:

–¡Ha muerto don Cornelio Souchay! ¡Regresen a sus casas!

Los gritos y el llanto de las humildes familias recorrieron todo el campo. Minutos después comenzó a escucharse el suave retumbar de los tambores. No era una música alegre, tal parecía el llanto de los instrumentos que, adaptados a la música alegre de las noches y días festivos, ahora más que música, derramaban llanto.

Poco a poco comenzaron a llegar numerosos carruajes con los amigos y vecinos de la región. La noticia volaba como las finas arenas del desierto del Sahara, en la lejana África, que llegan hasta nuestros países del Caribe, como si corrieran detrás de los negros tan africanos como ellas. Todos venían a rendir tributo al honorable y caballeroso hacendado que ayudó a quien lo necesitó y que fue respetado, no solo por su inmensa fortuna e inigualable hacienda cafetalera, sino por su personalidad y carácter humano.

Unos de los primeros en llegar fue don Federico Luis Escher, el pariente más cercano de Cornelio en Cuba y por quién profesaba un inmenso respeto y admiración. Él le había encomendado al administrador de la hacienda que le comunicara cualquier noticia sobre Cornelio. Enseguida don Federico quiso conversar con Úrsula, pero la mujer estaba destruida; le habían dado a tomar un té de tilo y flores de naranja, para intentar tranquilizarla. Federico se sentó junto a ella e intentó consolarla, pero sabía que eso sería más que imposible:

—Madame, debe ser usted muy fuerte, sé cuánto dolor la embarga en estos momentos, pero debemos prepararnos para recibir el cadáver. Por favor incorpórese usted y lave esa cara, no permita que la vean tan desajustada.

Úrsula se volvió hacia el buen hombre y se abrazó a él irrumpiendo en un nuevo llanto:

—Ay, don Federico, nuestro Cornelio se nos ha ido. ¿Qué será de mí y de esta pobre gente ahora? Yo no soportaré su ausencia.

—No diga eso. Aquí todos la necesitamos. Ahora más que nunca esos pequeños necesitarán de usted.

—¿Pero, porqué tuvo que morir así, tan joven? Yo quería ir

con él para cuidarlo, pero no me dejó. Me pidió que atendiera la hacienda y principalmente a los pequeños. Nadie sabrá jamás cuanto quiso a esos pobres inocentes... –mientras hablaba, las lágrimas corrían por su rostro, no tenía consuelo.

–Bueno, levántate, revisa el traje con que lo vamos vestir...

–Su traje de teniente coronel, está almidonado y planchado. Creo que debemos vestirlo así, además su ataúd está listo en la carpintería, en un pequeño almacén. Desde hace muchos años, él mandó a construirlo con maderas preciosas, también su tumba allá en el cementerio está lista.

La pobre mujer hablaba sin tomar aliento, decía aquello tal como algo aprendido de memoria, sin analizarlo. Su rostro daba lástima, había desaparecido el hermoso rostro de la morena alegre, bella y feliz que siempre fue.

–¡Levántate Úrsula, ya! –repitió el buen suizo, quien tampoco podía esconder sus lágrimas.

–Iré a ver al mayoral para que mande varios hombres al cementerio, que lo revisen todo...

–Qué vayan, pero creo que no es necesario. Siempre que visitamos las tumbas de los esclavos se limpia la parte planificada para él.

Don Federico salió por el fondo de la casa de Úrsula para ver al mayoral, mientras ella llamó a una de sus siervas:

–Federica, ve al jardín con Luisa y dos mujeres más y el negro Mateo, recoge todas las flores posibles y prepáralas para ponerlas en la sala. También manda a que vistan a los pequeños con sus ropas más limpias y que el resto de la dotación se vista también con ropa limpia y busca al administrador y dile que quiero verlo.

La mujer salió, y Úrsula fue hasta una esquina de la casa donde tenía una pequeña palangana de esmalte y una jarra con agua, se lavó la cara y se peinó. Después fue para la casa principal, se reunió con la nana y sus ayudantes y les ordenó recoger la casa para esperar la llegada del carruaje. Que preparen café abundante para los visitantes y alimentos para los que viven más lejos. Enseguida se fue al aposento de don Cornelio y se dejó caer sobre la olorosa sábana blanca que cubría la cama y que ella cambiaba diariamente, como si él durmiera todos los días allí. Cuántos recuerdos agradables venían a su mente; aquellas paredes eran testigos de los momentos inolvidables que pasaron juntos.

Úrsula se levantó de la cama; era necesario sobreponerse y cumplir con sus nuevas obligaciones. Todo debería continuar como si él amo siguiera en La Habana, por lo menos por ahora y hoy había que darle una sepultura digna, como solo él merece.

Llamó a todas sus esclavas y le ordenó seguir recogiendo el mayor número de flores posibles y que le dieran de comer a los niños, para que después fueran hacia la guardarraya y permanecieran junto al camino con flores esperando el paso del amo. Mandó al calesero que se vistiera con su más vistoso traje y que tuviera limpia y dispuesta la calesa que llevaría a Cornelio hasta el cementerio. Nada podía olvidarse: llamó al jefe del grupo de músicos esclavos que desde hacía tiempo Cornelio había mandado a instruir con el afamado violinista, don Manuel, hermano de José Cocco de los señores Conde de Villanueva, el administrador de la hacienda Barbanera. El objetivo de Cornelio era que los músicos lo distrajeran en las noches y lo acompañaran el día de su entierro. Por lo tanto, hoy cumplirían la última voluntad del amo.

Todo estaba listo para recibir nuevamente al hombre generoso. Sobre las nueve de la mañana Úrsula, el médico, don Federico, el administrador, la nana y muchos hacendados de la región se fueron caminando hasta la entrada principal a recibir el cortejo. El silencio era total, ni los tambores con su canto melódico se escuchaban, solo el llanto de algún pequeño y el ladrido de los perros que al parecer extrañaban al amo.

Al fin apareció por el camino principal la carroza que traía los restos mortales del franco-alemán. Detrás venían numerosas calesas que se fueron uniendo desde Puerta de la Güira, Vereda, Dolores y Artemisa y en cuyos pueblos las campanas de sus iglesias repicaban anunciando el paso del cortejo fúnebre.

Al entrar por la puerta principal y dejar el camino, el cortejo se detuvo y Úrsula corrió hasta el féretro y se abrazó al mismo llorando nuevamente de forma desesperada. También la nana y otros esclavos se arremolinaron alrededor del carruaje.

Enrique se aproximó al pobre calesero que no podía impedir el llanto y en voz baja le ordenó que continuara la marcha. Lentamente comenzó el avance del cortejo y se le iban incorporando negros y hacendados, todos con flores en sus manos. Era impresionante ver también a los pequeños criollitos con sus manecitas llenas de flores y sus caritas inundadas de lágrimas, asustados por los gritos de sus adoloridas madres y demás esclavas. Negros y blancos caminaban juntos detrás del cortejo, hoy no había distinción de raza: el dolor y el sufrimiento eran parejos.

Por último, llegó el coche al final de la guardarraya; se desvió por la derecha del jardincito donde se levantaba la estatua de la diosa del silencio y continuó hasta detenerse frente a la escalera de piedra. Rafael, don Federico, Enrique y el Capitán bajaron el féretro del carruaje y entre los cuatro subieron el difunto salvando los seis escalones de piedra caliza que permiten ascender hasta el portal de la mansión. Frente a la puerta que da a la biblioteca se ubicó la fuerte mesa de caoba y sobre ella depositaron el cadáver en su caja temporal, pero minutos después, Úrsula les pidió a los cuatro amigos que condujeran los restos mortales hasta el dormitorio de Cornelio, para lavar y vestir el cuerpo entre ella, la nana y algunas de sus esclavas.

Mandó también a traer la caja que Cornelio había mandado a construir de madera incorruptible para él, luego cerraron la puerta y media hora más tarde mandó a llamar a cuatro fornidos esclavos que cargaron el ataúd en hombros y lo depositaron nuevamente sobre la mesa en la sala. El cuerpo ya lavado, había sido vestido con el uniforme de Teniente Coronel de las Milicias Disciplinadas, título que había comprado en el año 1831. Se dejó corrida la tapa de la fuerte y bella caja mortuoria donde descansaban para siempre los restos mortales del hombre, para que estos pudieran ser observados por blancos y negros, hombre y mujeres.

En la terraza norte, los músicos negros, mandados por Úrsula, tocaban una contradanza francesa muy gustada por Cornelio y otras piezas más tristes. Todos los presentes que habían llegado desde las más distantes haciendas y pueblos a despedir al gran hacendado, pasaban frente al cuerpo y daban paso a otros. La tristeza era enorme y contagiosa, nunca antes aquella mansión había estado tan triste. En los últimos veinticuatro años solo se habían enterrado en el cementerio negros esclavos y cuando había sido un pequeño, el dolor era muy generalizado también, pero nunca como hoy.

Sobre las cuatro de la tarde el féretro fue nuevamente cargado en hombros por los esclavos, quienes atravesaron por el comedor y salieron frente a la casa de Úrsula. En un tipo de carroza destapada y tirada por los dos briosos caballos preferidos de Cornelio, fue depositado el ataúd y sobre este y en el piso de la carroza, se depositaron miles de flores. La orquesta con sus cuarenta músicos fue colocada delante del carruaje, para que presidiera el cortejo fúnebre. A una señal de Úrsula, los músicos comenzaron a tocar y la caravana inició la marcha. Avanzaron entre la torre campanario y el muro de las cisternas.

Ella no despegaba su mano derecha del carruaje, era como si así, fuera cogida de la mano de su compañero. Muy cerca de Úrsula iba Belén y al lado la señora Isabel, madre del pequeño Cornelio, ahijado del difunto y en sus brazos una pequeña niña. A su lado caminaba don Enrique y detrás de ellos, don Rafael y don Federico Escher. Luego le seguían el capitán, la señora Alicia, ya casada, y sus padres de San Juan de Concretas y después cientos de esclavos y hacendados blancos. Pasaron el río por detrás del muro de la represa; continuaron unos cien metros más, hasta llegar a la puerta del cementerio.

Este estaba rodeado de un muro de piedra, sembrado de algunos cipreses, palmas reales y pinos. Dentro se destacaba un sitio cercado de piedras labradas y hoyadas dentro de las cuales estaban enterradas finas barras de hierro, para delimitar el área de descanso del propietario y dentro de este un sepulcro abierto se levantaba del suelo como hasta vara y media, hecho de una piedra blanca y dura de que se encuentran abundantes canteras en la tierra llana. Aquél esperaba desde hacía tiempo el cuerpo del amo de la plantación. La gran puerta del cementerio fue abierta de par en par por el viejo guardiero Harry. La fosa estaba recubierta de abajo arriba por ladrillos rojos y tenía una profundidad de casi dos metros. Úrsula y los amigos más allegados entraron juntos al féretro y los cuatro esclavos lo bajaron hasta colocarlo encima de una losa. Otros cuatro hábiles esclavos que estaban en el cementerio antes de la llegada de los dolientes bajaron, con la ayuda de fuertes correas de cuero, la caja hasta depositarla suavemente en el fondo de la sepultura.

El pequeño Cornelio con su madre, Enrique y don Federico se ubicaron al norte de la tumba, mientras el resto de los presentes entraban al cementerio y otros permanecían afuera. Enrique se aproximó más a la tumba y comenzó a hablar. Con la voz entre cortada describió al bondadoso hombre quien sobresalió en vida por su dedicación al trabajo, su interés por llevar los adelantos científicos a sus fábricas que le permitieron crear no solo el mejor cafetal del país, sino la mejor hacienda que se autoabastece de lo necesario y todo bajo un régimen de relaciones muy humanas entre los que participaron en su creación. También agradeció a los presentes en nombre de los familiares, de madame Úrsula, del pequeño Cornelio y en el suyo propio, por su presencia y compañía en momentos tan duros para todos.

Más tarde los asistentes desfilaron junto a la tumba y dejaron caer sus flores. Así sucedió durante más de media hora. Luego fue colocada la losa blanca y pulida sobre la tumba igualmente construida en la piedra caliza, y así quedaba enterrado don Cornelio Souchay Escher en el cementerio de su famosa hacienda. Era el 13 de junio de 1837 y había cumplido cincuenta y tres años.

Todos se fueron retirando hacia la mansión; por último, salió Úrsula acompañada de don Federico, don Rafael, don Enrique y la señora Isabel y sus dos hijos, sin que el pequeño Cornelio soltara la mano de la afligida mujer que acaba de enterrar a su ser más querido, y al fin, Harry, el viejo negro, fiel protector de Cornelio.

Ahora todo será diferente, se acabó el tener que aparentar una cosa y hacer otra: como la frialdad que aparentaba Úrsula en presencia de Cornelio cuando eran visitados por toda la gente extraña, y luego en la noche, solos en la casa o bajo la luz de la luna y las estrellas, la atracción del uno por el otro se convertía en erotismo sin límites. También tenía que aparentar ser una simple operaria más dentro de la hacienda y no la inseparable compañera y fiel amante.

Aquella noche casi nadie comió. Úrsula estuvo sentada en la sala de la mansión tocando su flauta, la cual solo provocaba un leve sonido muy triste. Sobre las diez de la noche, solo quedaban en la casa don Federico, Enrique, Belén y el pequeño Cornelio, quien se despidió pidiéndole a la triste mujer que se acostara a descansar.

Días después en la iglesia de Cayajabos quedó registrado este suceso de la siguiente forma:

Presbítero don Manuel José Brito y Guerra, beneficiado teniente de cura perpetuo por S. M. de esta Iglesia Auxiliar de San Francisco Javier de Cayajabos.

Certifico: Que en el libro primero de entierros de españoles de este archivo de mi cargo, al reverso de fojas setenta, partida número cuatrocientos nueve se haya la siguiente:

En 13 de junio de mil ochocientos treinta y siete se me participó por don Francisco Rubio Campo, Capitán Juez Pedáneo de este Partido, habérsele dado sepultura en este día, en el cementerio general con superior permiso obtiene el cafetal Angerona por no haberse podido conducir el de esta parroquia a causa de la corrupción en que se hallaba el cadáver del señor Teniente Coronel Don Cornelio Souchay, vecino de esta feligresía; natural de Alemania; sin expresar el oficio de remisión el nombre de sus padres ni su estado. Otorgó su testamento cerrado, el que autorizó el referido Capitán. Era como de cincuenta y dos años de edad.

No se administraron los Santos Sacramentos por no haberlos solicitado, y lo firme.

Manuel José Brito y Guerra

N\ Es conforme a su original.

Cayajabos, junio 16 de 1837.

Vinieron días muy duros y tristes, pero poco a poco, Úrsula fue incorporándose al quehacer diario de la hacienda. El dieciséis de junio de ese propio año, cuatro días después de la muerte de don Cornelio, sus albaceas y herederos don Andrés Souchay y el licenciado don Rafael Días promovieron su testamentaria en La Habana en la escribanía de guerra a cargo de don Lorenzo de Larrazábal, excusándose ante el capitán general por la tardanza en hacerlo, al solicitar Cornelio ser enterrado en su propio cementerio, por lo que no se podía perder tiempo en su traslado.

En seguida ellos nombraron a dos peritos tasadores amigos y personas de confianza de ambos, para realizar la tasación y quienes presentaron el resultado de sus operaciones el cinco de septiembre de 1837, incluyendo junto a Angerona, las propiedades en San Cristóbal, todo lo cual, importaba algo más de medio millón de pesos.

Como se puede notar, dejó Cornelio a sus herederos una fortuna sólida, a pesar de no haber logrado que se aprobara su proyecto de calzada de San Marcos y Cayajabos a Mariel. También dejó cerca de cien mil pesos en deudas, por lo que la diferencia a su favor, era mayor de cuatrocientos mil pesos.

El día once de julio de 1837, un mes exacto después de escrito el codicilo por don Cornelio Souchay, se procede a la apertura de los dos testamentos otorgados por el antedicho. Pero en una de sus cláusulas del testamento de septiembre de 1835, se refiere a que, en poder de Úrsula Lambert, deja un pliego cerrado. Ahora, comienzan a aparecer las jugadas de don Cornelio, algo que preocupaba a la propia Úrsula.

Al ser inquirida Úrsula el día doce de dicho mes, por el pliego cerrado y sellado en cuestión, jura que desconoce la existencia de dicho pliego, el cual nunca tuvo en sus manos y así y se lo hicieron saber al licenciado don Rafael Días, albacea y heredero de don Cornelio. Úrsula le informa que solo tuvo guardado el testamento, el cuál puso en manos de su sobrino don Andrés Souchay.

El día diecisiete de julio de 1837, el licenciado don Rafael Días elabora un documento donde explica la no existencia de un pliego cerrado y sellado en manos de Úrsula Lambert, algo de lo que él estaba seguro, ya que don Cornelio nunca extendió otras disposiciones hasta las realizadas un día antes de su fallecimiento sobre dicho pliego, ni existe vacío en el testamento que deba llenarse. Ha designado también las personas que han de ejecutar sus disposiciones, de manera que el testamento está completo y no existe objeto para dicho pliego.

Nuevamente la sombra y la duda cubría el quehacer de don Cornelio; sus albaceas y herederos querían terminar lo antes posible con los litigios legales sobre la fortuna, y aceptan sin más ni más, la no existencia de un pliego secreto en poder de Úrsula, sin analizar para qué entonces escribió eso don Cornelio. Pero en su interior los corroe la duda, sabiendo la inteligencia del hombre y que nunca hacía o decía algo por gusto o en vano. Solo Úrsula pudiera revelar la verdad algún día.

CAPÍTULO DIEZ

Nuevo dueño de Angerona

Pasaron los meses y Angerona continuó con su progreso económico, la caída de los precios del café había terminado y estos se han recuperado. En octubre, viene don Enrique a ver a Andrés y a Úrsula. Después de despachar con el nuevo dueño de la hacienda algunas cuestiones particulares, localiza a Úrsula y le plantea:

–Madame, vengo a invitarla a mi nuevo casamiento el próximo domingo en la iglesia de Cayajabos.

–¿Se casa usted nuevamente? ¿No cree usted que es muy pronto?

–¿Muy pronto? Mi esposa murió hace once años.

–¿Y quién es la afortunada? –Úrsula hizo esta pregunta sin saber por qué, ya que ella estaba segura de quién era la dama.

–Usted la conoce, es la señora Isabel Larroque, madre de Cornelio, el ahijado de nuestro finado amigo don Cornelio, que en paz descanse y en gloria esté. Además, legitimaré el nacimiento de sus dos niños.

–Muchas gracias, don Enrique, pero no voy a fiestas y apenas salgo. Felicidades.

El 21 de octubre, Úrsula acompañada de un grupo de

criollitos va al bosque donde cada año, ella junto a Cornelio sembraban un roble. Después de plantar el nuevo árbol, les recuerda a las pequeñas anécdotas de su difunto amo. Luego los lleva al río a bañarse y así celebra el nacimiento de ambos, sin más fiesta que esa que disfrutan los pequeños en el agua y bebiendo el jugo de caña molido por la ingeniosa máquina que él construyó para ellos.

El día nueve de diciembre de este propio año 1837, el capitán y juez pedáneo del Partido de Cayajabos, don Francisco Rubio Campo fue llamado al cafetal Angerona por don Andrés Souchay y Úrsula Lambert, ya que en la segunda cláusula del testamento de don Cornelio, que otorgó en el barrio de Jesús del Monte, el día 11 del mes de junio, mandó que se le asegure a doña Úrsula una pensión vitalicia de mil doscientos pesos anuales con tal que ella no reclame el crédito que representaba en su concurso y del que había usado con su consentimiento, estando Lambert conforme con esta disposición.

Don Andrés y Úrsula declararon que así lo han convenido y que lo cumplirían bien y llanamente, queriendo ser apremiada su cumplimiento y que esta declaratoria se protocole en una de las Escribanías públicas de la capital y para constancia así lo dijeron, otorgaron y firmó don Andrés, haciéndolo por ella uno de los testigos presenciales don Nicolás Henríquez, don José M. Collazo, don Pedro Calderón y de asistencia don Pedro Zarza y don Juan de la Cruz, vecinos presentes.

Poco a poco se resolvieron los problemas legales con los testamentos dejados por don Cornelio y terminó el fatídico año 1837, el cuál cambió la vida de madame Úrsula para siempre, desapareciendo de su rostro la imagen de la negra alegre, bella y sonriente que siempre fue. Nunca más habitó ella la mansión principal. Al principio, de día, cuando caminaba por la casa principal le gustaba visitar la biblioteca donde casi siempre estaba su Cornelio, y otras veces arreglaba la querida cama, pero solo antes de que Andrés la ocupara como el nuevo amo de la plantación.

A mediados de diciembre Úrsula se entrevistó con Andrés para solicitarle y explicarle las fiestas de los esclavos el día primero de enero y los regalos que les hacían a los esclavos. Nunca don Andrés entendió muy bien por qué tanta fiesta con "aquellos negros", como por lo general él los nombraba, pero al final, aceptó la propuesta:

—Madame, si usted lo cree oportuno dele el día libre, como dice que siempre lo hizo don Cornelio, pero las dos mudas de ropas y una frazada, no las puedo entregar.

Úrsula miró al muchacho que no pasaba de los veinticinco años y nota cuanta diferencia hay entre él y su tío:

—No se preocupe usted por eso, don Andrés, que yo me ocuparé de todo lo demás.

—Bueno, yo iré a La Habana a realizar algunas gestiones con el licenciado don Rafael Días y estaré por allá varios días, queda usted al frente de los trabajos en la hacienda.

—Siempre ha sido así, junto al administrador mantendremos la hacienda como hasta ahora. ¡Aunque no sé por cuánto tiempo más!

Una de las cuestiones que don Andrés debería resolver era un préstamo de dinero que quería solicitarle a la parda Belén Samuel: tres mil pesos con un diez por ciento de interés anual, al parecer por continuar el capital inmovilizado.

Andrés decide regresar a Alemania para casarse y traer a su esposa a vivir en Angerona y deja a Úrsula frente a la hacienda nuevamente hasta tanto el regrese. El veintisiete de julio de 1838, en la ciudad alemana de Neustadt, Holstein, se efectúa el casamiento de don Andrés Souchay con la joven Bertha Carolina Hesse.

La pareja de recién casados llega a Angerona; Úrsula recibe a la fina y elegante mujer quien viste a la usanza de su país y no como las jóvenes criollas, sobresaliendo siempre por su modo de hablar y la forma de vestir. Toda la dotación de esclavos, el mayoral y los contramayorales, el médico y el administrador, están presentes para recibir a la nueva ama de la hacienda. Todos en silencio esperan que la presencia de una mujer para el amo, cambie un poco el carácter fuerte y de pocos amigos que mostró don Andrés durante los pocos días pasados en la hacienda.

Después de la llegada de los nuevos amos, las fiestas y veladas en la mansión principal con invitados de toda la región continuaron, solo que ya Úrsula no participaba de ellas. Esos días y los días de importantes visitas para el nuevo amo, ella los pasaba en el criollero, también bañándose y pescando con los pequeños criollitos en el embalse construido por Cornelio. Otras veces Úrsula pasaba el tiempo encerrada en su cuarto o se marchaba a la hacienda de su amigo don Federico. Solo en algunas noches de mucha nostalgia se podía escuchar la triste música emanada de la vieja flauta de Úrsula; en otras ocasiones tocaba para los más pequeños y les enseñaba a ellos a tocarla.

Andrés emprendió la remodelación de la vivienda ya que esta poseía un solo dormitorio y él y su esposa Bertha esperan tener hijos pronto. Decide entonces cerrar dos arcos de la terraza: uno detrás del comedor y el otro detrás de la biblioteca para conformar cuatro nuevos cuartos; además cierra el portal detrás del comedor.

A pesar de su poca experiencia, la señora Bertha se desenvuelve muy bien y hace una fuerte amistad con Úrsula a quien admira por sus conocimientos, belleza y gracia para comportarse, a pesar de ser hija de esclavos. Ella por su parte le toma cariño a la joven, quien solícita siempre sus servicios y su compañía; no así su esposo, don Andrés, quien es un hombre diametralmente diferente a su tío Cornelio. Úrsula cumple con el pedido de su compañero, Cornelio, referente a que ayude a la pareja, pero la forma de ser de don Andrés no permitirá que ella se mantenga para siempre en la hacienda.

En los primeros meses del año 1839, la nueva familia alemana tiene a su primera hija a la cual nombran Elizabeth; fue una inmensa alegría en la hacienda, donde era la primera vez que nacía un Souchay de piel blanca, porque Souchay criollos negros había muchos. Hasta los esclavos tomaron el nacimiento de la pequeña como una buena nueva para ellos. Pero por los caprichos de la vida, la alegría duró solo varios meses, ya que la pequeña murió prematuramente.

La desolación invadió la mansión y don Andrés andaba taciturno y mal humorado siempre. Solo la visita de algún amigo o visitante lo sacaba de pesadumbre. Este propio año visita la hacienda el famoso escritor español Jacinto Salas y Quiroga. Don Andrés lo recibe en la sala de su casa y después de conversar un rato y tomar un refresco, lo invita a dar un recorrido por la hacienda. Quiroga queda impresionado por lo que ve, por lo grande de la hacienda y la diversidad de sus fábricas. Solo comenta con don Andrés lo importante y provechoso que sería que se dedicara un hombre a leer algún libro, mientras los esclavos están sentados beneficiando el café en el acogedor aposento con ventanas de vidrio en el edificio de madera.

Sin embargo, don Andrés no atiende esta solicitud, solo está preocupado porque las producciones de café "no son lo suficientemente rentables para corresponderse con los gastos que son necesarios para mantener la hacienda". Los precios del café, aunque no están en su mejor momento, poseen una buena estabilidad; lo que sucede es que el nuevo amo no comparte los criterios sobre el criollero, el magnífico hospital, la vida de los esclavos, sus regímenes de trabajo y descanso y, además, no tiene la capacidad de extraer el máximo de esfuerzo y rendimiento de su dotación esclava.

En septiembre de 1842 atravesó por la región el huracán Santa Rosalía, y Úrsula aconsejó con su experiencia a doña Bertha, quien le pidió que durmiera esa noche dentro de la casa principal. También en 1844, la tormenta San Francisco, arrasó con todo. Los días cuatro y cinco de octubre fueron muy tristes para todos por los daños causados y sin aún pasar el susto, los días diez y once de aquel mismo octubre azotó el huracán de San Francisco de Borjas. Era una terrible experiencia para los jóvenes alemanes, pero la experiencia de Úrsula y de los esclavos permitía tomar las medidas necesarias para disminuir la muerte de personas y animales.

En la iglesia de Cayajabos los feroces vientos hicieron mucho daño y Úrsula le pide a Bertha que interceda con Andrés para ayudar en su reconstrucción, y este accede enviando dos mil ladrillos de los almacenados en la hacienda y dos grandes y hermosos tablones de cedro para la reparación del importante edificio.

Úrsula también tiene entre sus ocupaciones el cuidado de don Federico Escher, con quien comparte gran simpatía desde la época de Cornelio y su llegada a la región en el año 1831. Las visitas de don Federico a Angerona no son tan frecuentes como antes de 1838, pero Úrsula lo visita a él y hasta pasa algunos días allá, en el Buen Retiro.

El año 1845, sería otro año de grandes emociones para Úrsula, aunque nada se puede parecer al año 1837, cuando dejó de existir el compañero, el amigo y el amante fiel. A Angerona llega Johann Herman, hermano de don Andrés, quien establece una fuerte amistad con Úrsula, al parecer por conocer sobre las posibles relaciones de la bella mujer negra y su tío, don Cornelio, además su carácter y él de su hermano don Andrés, eran muy diferentes. A Johann le gusta visitar con Úrsula la hacienda de su pariente suizo del Buen Retiro, don Federico, y ella se percata de la atracción que despierta la bella y delgada esclava nombrada Seferina.

Uno de esos días en que visitaban a don Federico, Úrsula vio al hermano de Andrés junto con la morena, cerca de los cinco grandes tanques de agua. La intimidad que observó solo era posible por el amor o la atracción entre dos seres humanos. En la noche se dirige a su nuevo amigo y le comenta:

–Señor, es usted libre y mayor de edad, pero le guardo un gran aprecio por ser sobrino de don Cornelio.

El joven observaba a Úrsula, pero permanecía callado.

–Creo realmente que su relación con Seferina les puede traer problemas a ambos y especialmente a ella. Además, no será del agrado de don Federico.

Johann se puso de pie, por la sorpresa del tema que ella trataba, pensaba que nadie se había dado cuenta de su interés por la muchacha.

–Pero yo no...

–Eres un hombre y blanco, nunca tendrá problemas, señor, pero ella sí y si viene una criatura al mundo, peor aún.

–Pero yo la quiero, Úrsula, desde que vine con usted aquí, me he enamorado locamente de ella. No me puede pedir que la olvide.

–Pero, hay tantas jóvenes criollas, blancas, muy bellas y de familias importantes...

–¿Y eso que tiene que ver? Usted mejor que nadie sabe lo que es el amor y sus caprichos...

Úrsula, quedó en silencio. Se dio cuenta de lo que Johann quería decir y lo comprendía, pero también sabía lo que le pasaría a la buena de Seferina. Ya esos casos eran muy conocidos y siempre la pobre esclava cargaba con toda la culpa. Por otro lado, veía en el futuro a una pequeña criatura con facciones europeas y africanas combinando los colores de la piel, de los ojos y el pelo, de formas muy caprichosas. Cuántas veces ella deseaba esta experiencia, pero luego sabía que la infeliz criatura tendría que vivir alejada de sus padres, escondida de la familia que la ama, como si fuera un animal maligno, un sacrilegio o un gran delito. Eso, ni ella, ni Cornelio lo hubieran permitido jamás. Una mezcla de celo y pena por Seferina la invadía. Con diecisiete años salió preñada la pobre esclava.

Era el 15 de junio de 1845, desde hacía varios días, Úrsula y la comadrona Susana de Angerona venían a atender a Seferina, bella, pero en extremo delgada y algo enfermiza. Aquella madrugada, en medio del silencio de la noche, el llanto de un recién nacido anunciaba que al fin Seferina era madre, y había un nuevo Escher en la plantación de ochenta y seis esclavos. Pero la duda embargaba a muchos que habían visto a la muchacha en compañía de un joven blanco y especialmente preocupaba a Úrsula y a don Federico.

Una hermosa niña mulatica color café con leche, de ojos azules, pequeña nariz y una boca bella pero grande, que deja ver la sangre africana, sobresalía en el rostro de la recién nacida. No podía haber duda, la sangre europea y la sangre africana volvían a unirse. Ahora, era la sangre de los Souchay ligada a la africana.

Cuántos sufrimientos tuvo que pasar Úrsula para que esto no ocurriera antes y ahora, un loco, un atrevido lograba lo que ellos nunca se atrevieron a hacer, y no por miedo, sino, por amor al pequeño que cargaría la responsabilidad de un deseo de los mayores. Al recibirla en sus brazos temblorosos, se le fue un grito:

–Lo sabía, el demonio se salió con la suya, pobre criatura.

–¿Qué sucedió, Úrsula? –preguntó don Federico alarmado, que escuchaba del otro lado de la habitación.

–Es la nueva variante de un Souchay. Esta niña es una Souchay muy diferente a los tres primeros hijos blancos nacidos en Angerona. Es la mezcla perfecta, la que siempre soñó nuestro Cornelio –y comenzó a llorar sin poder contener sus lágrimas.

Cuántas veces ellos dos analizaron la posibilidad de tener un hijo y lo felices que serían de no ser por el racismo de las autoridades españolas, que se ensañarían con el menor y su madre. Solo el conocimiento del uso de las plantas silvestres como el anamú o arada, el aguacate o simplemente el algodón, impedía el nacimiento de un ser vivo.

El dieciséis de noviembre de 1845, don Federico manda a buscar al capitán y juez pedáneo de Cayajabos, don Manuel Paisat, y frente a Enrique Gatke, su albacea, y otros vecinos, hace su testamento y entre otras disposiciones manda a que don Enrique le dé la libertad a la madre esclava Seferina y a la pequeña hija.

Don Federico pide a Úrsula y el administrador del Buen Retiro, don Enrique Steiner, que bauticen a la niña en la iglesia de Artemisa.

El día trece de diciembre muere Federico Escher y fue enterrado en el cementerio de Artemisa. Esto constituyó otro duro golpe para Úrsula, quien sentía un gran cariño por el hombre. Diez días después de la muerte de aquel hijo de Suiza, fue bautizada la niña Albertina en la iglesia de Artemisa.

Úrsula está preocupada por la salud de la infeliz Seferina que ha quedado muy débil después del parto. En Angerona habla primero con doña Bertha quien posee un corazón generoso para que interceda con don Andrés, y que este le permita traer por unos días a Seferina y la niña para Angerona. Don Andrés se opone y Úrsula tiene que retirarse durante un mes para el Buen Retiro a ayudar a la joven madre, no sin antes recordarle que aquella niña era su sobrina. Pero el hombre le contesta:

–¡Nada de mi sobrina! Nosotros somos blancos y ella es negra.

–Disculpe usted, la niña es mulata, no negra, y la culpa es de su hermano.

–La culpa es solo de ella por estar con las patas abiertas. Mi hermano es un irresponsable y por eso no lo quiero aquí. Pero recuerde que ella no es Souchay, es una Escher...

–Tiene razón usted, es una Escher como su difunto tío don Cornelio, que Dios lo tenga en la Gloria.

–¡Mi tío, don Cornelio! –dice en tono despectivo Andrés–: Creo que también era medio loco como su padre que dejó la familia en la ruina.

–Debería usted respetar más la memoria de su tío. Gracias a él, es dueño usted de la más grande y productiva hacienda cafetalera de toda Cuba y de una gran fortuna –señala Úrsula muy enojada.

–Sí, pero ya tengo que ir transformándola en un ingenio azucarero. Su café hoy vale muy poco y los gastos de mantenimiento son muy altos... Además, he tenido que transformar esta casa para cobijar una verdadera familia porque él nunca se ocupó, ni pensó en tener descendencia.

–Él no pudo tener hijos, pero puede estar usted muy seguro que tuvo una enorme familia que lo adoró hasta el último momento. Otra cosa, desde hace varios años usted y don Rafael Días han comenzado a destruir Angerona. Primero fue construir el ingenio Arcoíris por la región de Matanzas y con los esclavos de aquí. Pero bueno, yo no soy nadie para decirle lo que debe o no usted hacer. Solo estoy pensando regresar a mi casa.

Así salió Úrsula con su comadrona Susana y otra esclava de Angerona rumbo al Buen Retiro, para ocuparse del problema que creó un Escher. Solo el respeto por Cornelio y por el buen Federico, a quien apreciaba mucho por el apoyo que siempre les brindó a ambos, hacía que ella se ocupara de la niña que siempre deseó tener y que nunca dejó crecer en su vientre. Un mes estuvo Úrsula en el Buen Retiro hasta que hija y madre dieron muestras de buena salud. Durante aquellos días visitó Angerona el señor Carl Heinrich Graf von Goertz, quien pudo observar las relaciones poco humanas de don Andrés para con sus esclavos, muy diferentes a las que le habían contado que existían en esa plantación unos años antes. Andrés le hizo demostración de los bravos que eran los perros con los negros y el respeto que aquellos les tenían a sus feroces mordidas. Hasta le refiere a Goertz, que "el carácter del negro es tan inferior que uno no puede encontrar ningún motivo moral para sus acciones". Denigra al negro, solo por su color; es incapaz de ver las numerosas cosas realizadas por dichos hombres. Es un ferviente racista y disfruta quejarse de lo hecho por su tío, Cornelio. No le agrada en nada Úrsula y desestima su valor en la hacienda, igualmente por su condición de negra.

Los cafetales van disminuyendo; se talan los bosques para sembrar caña de azúcar y se construye un ingenio azucarero del tipo jamaiquino en Angerona, moderno para la época. El trabajo en las plantaciones cafetaleras, que era similar al trabajo de los jardineros, se va transformando en una pesadilla para los infelices negros acostumbrados a no trabajar al medio día, ni de noche; trabajar a la sombra de los grandes árboles y degustando las frutas de la plantación. Ahora el trabajo es al sol, con un esfuerzo sobrehumano para cortar la caña donde habitan las hormigas, las endiabladas avispas, donde crece la pica-pica, así como alzar la caña hasta las carretas tiradas por bueyes, trabajando hasta veinte horas al día, incluyendo a los enfermos. Todo cambió y para mal de los infelices esclavos.

El año de 1846 traía una nueva alegría a la familia alemana: nació la pequeña Carlota Cristina. Pero también días difíciles, los días diez y once de octubre de este año un nuevo ciclón afecta la región; importantes pérdidas tiene Angerona: mil quinientos quintales de café y mil doscientas cincuenta cajas de azúcar. Otra mala noticia recibe Úrsula, aunque esta ya era esperada. El diez de noviembre de 1846, allá en la calle Ánimas número cuarenta y cuatro muere la negra Seferina Escher, madre de la pequeña Albertina. Esto motiva que visite a Belén Samuel en La Habana y analicen el cuidado y protección de la pequeña huérfana.

En una calesa Úrsula y Belén salen de la sedería por toda la calle Cuba en dirección a la casa donde habita la niña. Úrsula quisiera llevarla con ella a Angerona y criarla, pero esto sería imposible. Toman todas las disposiciones para el cuidado de la pequeña y regresa Úrsula a Angerona. Ella quiere resolver algunas cuestiones más y regresar definitivamente a su Habana. Aun, continúa en la hacienda en contra de su voluntad. Solo la presencia de los criollitos, la súplica de doña Bertha y su cariño hacia el pequeño Cornelio Souchay, quien siempre desea estar junto a ella, han hecho que ella no haya regresado a su casa tan pronto como murió don Federico, a quien debía de ayudar a pedido de Cornelio.

El tres de marzo de 1847 muere su esclava Luisa Lambert de treinta y seis años, por quien sentía un gran cariño, tal como si fuera su propia hija y se le da sepultura en el cementerio de Angerona.

Este 21 de octubre Úrsula sembrará sin la presencia de

Cornelio el décimo roble, luego regresará a La Habana. Así lo habla con doña Bertha, quien comprende la actitud de Úrsula al ver tan cambiado el modo de vida de los esclavos que ella crio como hijos y también como hermanos. Ambas conversan con el pequeño Cornelio y Úrsula le promete que vendrá a verlo todos los años, además Bertha le asegura que ellos también irán a la ciudad y pasarán por casa de ella.

Un día antes de esa fecha, Úrsula le pidió a su amigo Mateo, esclavo de toda su confianza, que le trajera un pequeño roble para sembrar. El día 21, bien temprano salió Úrsula con el grupo de criollitos y con el pequeño Cornelio montado en su noble caballo blanco llamado Robur, que ella le regalara un día de su cumpleaños. Iban unos detrás del otro, en fila hacia el pequeño bosque de robles. Ya habían sido sembrados 24 robles, quince juntos al querido Cornelio y nueve después de su muerte. Los llevó a bañarse al río, tomar jugo de caña y llevarle flores a Cornelio.

Una noche a solas con doña Bertha se despidió Úrsula de ella y los niños, y le pidió que protegiera a los esclavos. Por la madrugada, bajo las estrellas y la luna que tantas noches la observaron a ella y a Cornelio paseando por aquellos campos, salió en silencio para no ser vista por los niños; iba acompañada de sus fieles esclavos, todos llorando por lo que dejaban atrás. Se marchaba triste, pero a la vez se regocijaba porque quedaban tres hombres de nombre Cornelio, dos blancos, un criollo nacido en el año 1827 y una criollita bella nombrada Úrsula por Cornelio en el año 1834. De esta forma en Angerona continuaban nuevos Cornelios y nuevas Úrsulas.

El regreso fue por Cayajabos, pues quería despedirse del pequeño Cornelio Gatke y luego siguieron por el camino de Guanajay hacia La Habana. Habían quedado atrás veinticinco años de trabajo y amor. Dolía abandonar a aquellos criollos que amaba como una buena madre y le dolía dejarlos en manos tan crueles como las de don Andrés, pero así era este mundo y ella no era nadie para cambiarlo. Bastante había hecho y logrado junto a Cornelio.

CAPÍTULO ONCE

Regreso a La Habana

Úrsula llegó a La Habana para quedarse, para empezar una nueva vida, muy diferente a cuando, aún adolescente, arribó desde la región oriental de Cuba llena de sueños. Ahora sus sueños estaban cumplidos, y con unos cincuenta y siete años de edad y una vida plagada de recuerdos y emociones recomenzaría. Llegaba para esperar el día de la partida final, que le permitiera reencontrarse con su compañero de vida. Solo era dejar pasar el tiempo, sin ambiciones ni proyectos que realizar, pero con varios secretos guardados en su pecho que nunca se ha atrevido a revelar.

La compañía frecuente de su gran compañera y amiga Belén Samuel, le era muy agradable, al igual que las visitas de los dos pequeños Cornelios procedentes de Vuelta Abajo, aquella región con la que sueña casi que a diario. La Habana es otra; ha crecido mucho, su población ha aumentado enormemente. Sus calles son más bellas y limpias; es más moderna la ciudad y han aumentado los edificios públicos, pero lo que más le agrada es que la Catedral es más hermosa, así como la iglesia de la Merced que sigue majestuosa como siempre. El Paseo es ahora más impresionante y moderno, al igual que la calzada frente al puerto. Pero el racismo y el desprecio por las personas de raza negra también es mayor.

En compañía de su amiga Belén, visitan nuevamente en la calle Ánimas, a la niña Albertina Escher. Nunca pudo Úrsula criar a la niña huérfana, pero siempre se preocupó de su cuidado y de su futuro. Y le hizo prometer a Belén que se ocuparía de la pequeña criatura hasta la muerte de ambas, quedando la niña como heredera futura de ellas dos. Ella la había bautizado a pedido de don Federico, pero era mucho peso el criar aquella niña, la cual pudiera haber sido fruto del inigualable amor que hubo entre ella y su Cornelio.

Su sedería es muy frecuentada por hacendados y hombres en busca de ropas y telas para los esclavos; también muchas amas de casa de la clase media y sastres. Ellos compran telas, perfumes, ropas e hilos para trabajar y para la familia. El negocio sigue prosperando. El día dos de septiembre de 1848 acompañó a su amiga Belén a confeccionar su primer testamento. Es cuando Úrsula se entera de que Andrés Souchay aún le debe los tres mil pesos más el 10% de interés a Belén, por el préstamo solicitado diez años antes, y a ella también le debe parte del pago de los mil doscientos pesos anuales que se dispuso en el testamento de Cornelio.

Al mes siguiente, el veinte de octubre, en compañía de Belén viaja a Angerona. Quiso visitar la tumba de Cornelio y sembrar el pequeño roble como hizo todos estos años atrás. Paseando por la hacienda y visitando la tumba del hombre que amó más que a nada en la vida, rodeada de sus criollitos, recordó aquellos momentos felices que vivió en la plantación, y las bellas noches caminando bajo la luz de las estrellas. También razonó sobre las ideas de algunos detractores de Cornelio que quieren hacer creer ahora que él no construyó su hermoso edificio, sino que fue Andrés. Esto se lo han sugerido a Belén, pero todos saben que Andrés no tuvo tiempo para hacerlo, ni necesidad y menos dinero. Pero esto y otras dudas son el fruto del silencio.

Días después, llena de la nostalgia, Úrsula y Belén regresaron a La Habana.

Transcurren dos años y el primero de agosto de 1850, Úrsula visita a Belén y le dice a su amiga que la acompañe a realizar su primer testamento. Belén sorprendida le pregunta:

–¿Amiga mía, porqué estas tan apurada en hacer tu testamento? ¿Es que piensas abandonarnos tan pronto?

–Nada de eso, yo ni después de muerta abandono a mis seres queridos, desde el cielo velaré por ustedes –comienza a reír, cosa ya no muy común en ella–: Es bueno precaver, además tú lo has hecho ya, y por otra parte, Cornelio me pidió antes de morir que llevara mis papeles ante el escribano público y con un testigo de mi entera confianza.

–Sí, es verdad. Dime cuándo iremos. Aprovecharé y haré mi segundo testamento también.

–Será el próximo día seis, en la mañana.

–Allá estaremos.

El día señalado partieron las dos amigas, temprano en la mañana para el Palacio de los Capitanes Generales para confeccionar sus respectivos testamentos, ante José Elías de Entralgo. Como testigos Úrsula presentó a José Manuel Sariol, Marcos Gelt y a Luis Brito.

Como buena cristiana primeramente encomendó su alma a Dios y que "se le digan tres misas del alma y treinta de San Gregorio, además de dar dos onzas de oro a los hospitales San Francisco de Paula, San Juan de Dios y San Lázaro, como ayuda a la curación de los enfermos."

Esa era el alma caritativa de aquella valerosa mujer. Legaba dinero a ciertas amistades y pedía libertad para algunos de sus esclavos. Deja como única heredera a su amiga, la parda Belén Samuel. Nada dice de Albertina Escher, su ahijada. Ya eso lo vio con Belén, quien la pondrá como heredera de todos los bienes de ambas.

Al final, Belén le pregunta:

–¿Úrsula, porqué tu no dejaste unas palabras, como garantía de que son tus papeles? Así lo hizo don Cornelio.

Úrsula mira a su amiga; varias veces ella le había preguntado por el significado de aquella frase que Cornelio había hecho famosa en su testamento.

–Amiga mía, yo no tengo nada que ocultar. Cornelio tenía muchos enemigos que pudieran falsificar sus papeles, y además él se vio obligado a utilizar el silencio como arma contra las autoridades, porque de no haberlo hecho, estuviéramos muertos ambos hace mucho tiempo. El Roble, era él y además el yugo.

–¿El yugo?

–El yugo, que une, que ata, que amarra y que hace inseparable algo, que transmite fuerza...

–¡Por Dios, Úrsula! ¡Hablaba de ustedes! ¿Y Angerona? Dicen que él le cortó la mano a la estatua antes de morir.

–Ay, amiga, hasta tú que fuiste amiga de él y lo conociste, tienes esas ideas.

–Todos los hacendados que conozco, solo hablaban de esas cosas y venían a preguntarme a mí sobre ustedes dos.

–¿Y tú?

–¿Yo? Que no sabía nada y que tú desde niña habías consagrado tus votos de virginidad perpetua, como las Ursulinas.

–Gracias. Sé que te interrogaban mucho. Pero, recuerda que Cornelio murió aquí, en el barrio de Jesús del Monte, él no estaba en Angerona el día que la estatua perdió el brazo. Solo recuerdo que los esclavos estaban convocando a sus Orishas y sacrificaron un gran chivo para restablecer el equilibrio de la salud de Cornelio...

–¿Y qué pasó? Dime...

Úrsula estaba muy seria, nunca había querido hablar sobre aquello, pero tenía que contarlo a alguien y a quien mejor que a su compañera:

–No se sabe. Se había hecho de noche con el cielo lleno de estrellas. A media noche comenzó el rito, con conjuros orales en el "gamba" y ofrendas con la sangre de un gallo, mientras el chivo esperaba al pie de la ceiba y el ekue manifestaba su presencia con una voz igual a un leopardo –Úrsula mantuvo silencio por un rato; tenía la vista fija en la calle–. Al rato cuando el "Aberisun" asestó el gran golpe con el "Iton" al chivo y este saltó y cayó muerto, el cielo se cerró que no te veías ni las manos y de pronto, un enorme trueno y su relámpago convirtieron la noche en día por varios segundos. Todos quedamos paralizados, horrorizados por aquel estampido y la lengüeta de fuego que se observó y sin que nadie dijera nada, uno a uno se retiraron todos los esclavos a sus chozas como fantasmas. Ya yo había llegado a mi habitación y le encendía unas velas a nuestra señora...

–¿Y qué más pasó? ¡Habla mujer! –dijo Belén sudando frío y temblando.

–Al otro día todos nos pusimos a trabajar, nadie hablaba de lo ocurrido, parecía que había sido un sueño. En la mañana cuando desayunaba para irme para el criollero, llega Florencio, el jardinero, corriendo y muy asustado como si hubiera visto al mismísimo diablo y dijo unas palabras que no entendí. Entonces Marta, la nana de Cornelio, que estaba parada en la puerta del comedor, me tomó del brazo y salimos hacia el portal por la puerta del frente y bajamos hasta el jardín donde ya estaba parado nuevamente el pobre negro temblando ante la estatua. Al levantar la vista, vi la mano derecha de la diosa, que con su dedo índice sobre los labios invitaba al silencio, partida y destrozada; traté de sujetarla, pero se desprendió y cayó al suelo. Quedé petrificada al igual que la nana, y todos nos miramos y el pobre negro mirándome a los ojos, casi sin poder hablar arrodillado en el suelo: "¡Achiware, achiware!" Y yo, medio loca, le grité: "¡Florencio, tú Aramu!" –Úrsula toma aliento pues la emoción la embarga–. La nana y yo nos tapamos la boca para no gritar. Les pedí a ambos que no contaran nada sobre aquel incidente. Florencio permanecía como atolondrado.

–¿No crees, Úrsula, que lo sucedido fue el anuncio de la muerte de Cornelio?

–Claro, amiga, al eliminar la señal de silencio que era el dedo de la estatua sobre sus labios, era porque ya no hacía falta. Ya yo esperaba la noticia de su muerte, solo que no quise demostrarlo, intenté restarle importancia a lo sucedido, con la esperanza de que Cornelio se recuperara.

–Úrsula, también los hacendados preguntan mucho por el pliego cerrado y sellado del que habló don Cornelio en tu poder en el primer testamento y que tú negaste...

–No, por favor, amiga, ahora no tengo fuerzas para hablar de eso. En otro momento hablamos. Por favor regresemos a casa.

–Además, Úrsula, en una ocasión el finado don Andrés me habló sobre unos escritos hechos por dos hermanas de Estados Unidos que vivieron en San Marcos y que, aunque cambiaron los nombres, dicen que se referían a ti y a don Cornelio que en paz descanse.

–Sí, amiga, esa son las hermanas Piedeboy o Peabody, da igual, muy inteligentes, por cierto. Pero vamos ya por favor.

La vida de Úrsula continuó, mantenía la sedería de la calle

Cuba, con sus esclavos a quienes trataba como a empleados. Las leyendas y las historias de su pasado en Angerona, su defensa sobre los derechos de la mujer a trabajar y recibir un pago justo, la habían convertido en un personaje famoso dentro de la población, también sus conocimientos sobre el uso medicinal de las plantas silvestres atraían a muchos enfermos.

En el año 1852, nuevamente acude Úrsula ante el escribano público a redactar su segundo testamento. Se siente cansada, ya no es la mujer llena de sueños y esperanzas, ni con energía de enfrentar la vida. Lo que más desea es descansar para siempre y unirse a su compañero de vida. Cada día su corazón se debilita más, los deseos de pasear por aquellas calles que la vieron hacerse una mujer han quedado muy lejos; solo en ocasiones, Belén o la presencia de cualquiera de los dos pequeños Cornelio, la motivan a pasear en calesa por el viejo muelle del puerto y admirar el paisaje de los barcos anclados en la bahía. A los dos Cornelio les deja parte de su herencia.

Nuevamente Úrsula viajó a Angerona; deseaba visitar la tumba de Cornelio cada 21 de octubre y también visitar a los más pequeños, además sembrar otro roble. Pero en este año1853, tiene otros motivos para visitar a la señora Bertha y al pequeño Cornelio: la pérdida de la niña Juana Benita y también de don Andrés con poco más de cuarenta años de edad.

Y de nuevo la muerte siembra la tristeza en Angerona en 1858, cuando muere otra pequeña niña de los Souchay Hesse, pero Úrsula no sé sentía con fuerzas para realizar su acostumbrado viaje de todos los años. Mandó una nota a doña Bertha con don Enrique, que había traído la mala noticia. En la carta se disculpaba de no haber tenido fuerzas para acompañarla en aquel momento de tanto dolor y le suplicaba que viniera unos días para La Habana en compañía de los queridos hijos. Un mes más tarde Bertha y los niños visitaron por varios días a la vieja negra, que tanto amor les brindó a todos, sin importar su condición de blancos, porque en su mente no cabía el racismo, ni la desigualdad de género, contra la cuál fue capaz de luchar y ser reconocida en toda Cuba.

Fue la última vez que Bertha y sus hijos vieron a la querida Úrsula. Ella aprovechó para pedirle a Bertha que permitiera que los niños junto con los esclavos siguieran sembrando el roble los 21 de octubre. Quedó muy alegre con el comentario que le hiciera el joven Cornelio sobre su gusto por cazar con los perros, como mismo hacía su tío-abuelo y además de que siempre iba acompañado de un muchacho criollo, que era su fiel amigo.

Un buen día de finales del mes febrero de 1859, Úrsula reposaba en su cama y llegó Belén y la invitó a dar un paseo por la ciudad, pero ella se resistió:

–Hermana, quiero descansar, quédate un rato aquí conmigo –contestó Úrsula recostada en su ancha cama al lado de la cual había una mesita con una vela encendida para iluminar la habitación.

–Bien, me quedaré cerca de ti, pero cuéntame algo importante.

Úrsula comenzó a sonreír, por la ocurrencia de su amiga, quien siempre estaba imaginando secretos y misterios.

–Por favor, Belén, saca de la cómoda una cajita de madera y ábrela con la pequeña llave que tiene amarrada alrededor de ella.

Belén abrió la gaveta de la mesita junto a la cama y extrajo una bella cajita de madera preciosa, la cual tenía enrollada un cordel de color rojo y en un extremo una llave pequeña. Era la misma cajita que Cornelio le entregara en el año 1835, cuando redactó el testamento. Abrió la cerradura y extrajo de la cajita un pliego enrollado manchado, al parecer por la humedad y el tiempo. También extrajo un pequeño yugo de madera, como el que les ponen a las bestias para unirlas en pares, muy delicado y precioso. Úrsula guarda en su mano el pequeño yugo nuevamente y rechaza el pliego y le pide a Belén:

—Por favor quémalo —y apunta para la vela encendida sobre la mesita.

—¿Estás segura que quieres quemarlo? ¿Es algo importante?

—Lo fue, eran unas notas que escribí sobre el pliego verdadero de Cornelio y pensaba guardarlo para la niña Albertina, pero ya no es necesario. El pliego original está muy bien guardado en Angerona con la idea de que un día, muy lejano, alguien lo encuentre y obtenga el premio por el valor de ese documento.

Belén la mira asombrada:

—Pero, amiga, nunca me has hablado de eso. Pudiera haber sido grave si las autoridades se enteran que tenías ese pliego. Además, pienso que me dirás a mí dónde está el dichoso pliego.

—¡Vamos, no hables más y quema mi carta, por favor! Además, el día que yo muera, busca este pequeño yugo de roble que me regaló Cornelio y lo pones junto a mí. Recuérdalo, Belén.

Belén acercó el pliego al fuego y este comenzó a arder.

—¿Y que decía ese documento?

—Nada importante. Cornelio solo quería protegerme, igual que con la deuda de los veinte mil pesos. Tenía miedo de que no se presentara nadie de su familia, al morir él. Su propuesta era una locura, pero a él lo divertía mucho. ¿Tú te imaginas yo, como heredera? Desde 1822 tenía eso en mente.

Úrsula sonrió, como quien se deshace de un gran peso.

—¡Avemaría purísima! ¿Pero dónde lo guardaron ustedes?

—¡Que tiempos más bellos, mi amiga! ¿Recuerdas?, tú no entendías como yo dejaba La Habana para irme a esos rumbos.

La vida junto a Cornelio fue muy feliz y muy divertida. Nunca me arrepentiré.

—¿Dónde lo guardaron? ¿Y qué otros secretos atesoraron ustedes?

—Ninguno, Belén. Solo quiero cerrar esta historia de Cornelio, como la del Papa San Cornelio, de los años 251. El Papa dejó el puesto el 12 de junio del 253 y Cornelio dejó este mundo en igual fecha, pero en 1837.

—Qué casualidad. El mismo día que Cornelio murió.

—¿Será casualidad? San Cornelio comenzó su papado, el 6 de marzo del 251 y yo quisiera cerrar esa historia...

—¿Qué quieres decir? ¿Piensas que deberías morir el próximo seis de marzo? Eso es imposible hermana, y menos este año, aún eres muy fuerte...

—Sabes bien que no duraré un año más, mi corazón está muy débil.

—Boberías tuyas.

—Hablaré con mis Orishas...

—¿Tus Orishas?

—Bueno, con Santa Úrsula entonces.

—Menos aún.

—Acudiré a mis plantas silvestres que nunca me han fallado.

—Ay, amiga, no juegues con eso. Olvida las fechas. Basta que ustedes dos, tan diferentes en muchas cosas y tan iguales en otras, hayan nacido un mismo día y se hayan hecho inseparables y únicos. Parece algo divino...

—¡Fue divino! Pero sería mejor, si yo cerrara esta historia en honor a San Cornelio.

—Ya deja eso, Úrsula, por favor. ¿Sabes algo? Muchos hacendados pensaron que el pliego sellado de Cornelio hablaba de un tesoro oculto para ti.

—Belén, le prometí a Cornelio que, si no entregaba el pliego, jamás hablaría de eso con nadie. Él me entregó joyas y prendas valiosas que guardo y que serán tuyas dentro de pocos días y me gustaría que pasaran a Albertina...

—Aún hay Úrsula para rato, amiga.

—En mis armarios tengo más de setenta vestidos finos, guarda unos veinte para Albertina y otras prendas de vestir, toma otras para ti y entrégale algunas a mis esclavas.

—Todos pensábamos que tenías un vestido para cada día del año, como nunca repites un vestido.

—Otra cosa, amiga, recuerda darles la libertad a los esclavos como expliqué en el testamento y a los pequeños edúcalos y cuídalos como hijos tuyos. A mis dos pequeños Cornelios recuerda darle la dote y...

—Por favor deja de hablar así, yo haré todo lo que tú ordenaste, ahora descansa.

—No te vayas aún, pronto descansaré. Háblame algo.

—Vamos a Angerona un día de estos. Hace varios años que no vas.

—No es necesario. Para muchos yo ando de noche por Angerona, dicen que me han visto de noche cabalgar junto con Cornelio por la hacienda.

—Pero ustedes lo hicieron muchas veces...

—Infinidad de veces. Ahora lo dirán más y dentro de poco, después de mi muerte, nos verán cabalgar juntos y pasear por las bellas noches de Angerona...

—Por Dios, Úrsula, no digas esas cosas.

—Angerona guardará muchas interrogantes en el futuro. La verdad es como la virtud del silencio: depende de quien la observe y de cómo se observe.

Así, conversando como verdaderas hermanas, permanecieron ambas mujeres. Tenían una hermosa amistad de casi cincuenta años.

CAPÍTULO DOCE

Los amantes vuelven a unirse

El cinco de marzo del año 1860, con unos setenta años de edad o quizás menos, Úrsula mandó a buscar temprano a su amiga Belén; quería salir a recorrer la vieja Habana, visitar la iglesia de la Merced, la Catedral y otros lugares añorados. Ella la acompañó en el recorrido en su carruaje. Se veía muy feliz a la negra mujer, vestida elegantemente, como hacía mucho no lo lograba hacer. Hablaba y conversaba sobre el pasado, se reía de las ocurrencias de su amiga Belén. En realidad, Úrsula se veía muy cambiada. Belén estaba muy contenta también, pues su inseparable amiga había mejorado mucho.

Por la tarde Úrsula la invitó a que se quedara a cenar con ella y a dormir en su casa. Belén demoró en contestar, le era difícil explicarse aquel comportamiento de su amiga:

–¿Por qué quieres que me quede a dormir aquí, acaso tienes miedo?

–¿Miedo a qué? Nunca tuve miedo, ahora menos todavía. Solo quiero que durmamos juntas como cuando llegué por primera vez a esta calle y me diste techo, Belén.

–Pues dormiremos hoy aquí y mañana te levantas a trabajar, está bueno ya de haraganería –señala Belén para mortificar a su amiga.

–Ya trabajé bastante y tú buen amigo el abogadito, aquel de don Cornelio, fue capaz de no creerlo y enjuiciarme....

–Pero fuiste muy valiente y tuvieron que reconocer tu derecho...

–No fue mi derecho lo que tuvieron que reconocer, fue el derecho de la mujer... Otra de las jugadas de Cornelio...

–Bueno, Úrsula, vamos a dormir que estoy cansada y muerta de sueño.

–Ve a dormir, que yo me acostaré también.

–Entonces, hasta mañana.

–¿Hasta mañana?

–¿Y hasta cuando piensas que estaré aquí?

–Discúlpame, ya no sé ni lo que digo.

Belén se fue al otro cuarto. Pero Úrsula fue hacia su escaparate, sacó un bello vestido, una fina sayuela y un par de medias blancas sin estrenar y se vistió. Luego se sentó junto a la pequeña mesita frente al espejo y se retocó el rostro y el peinado. Suerte que Belén no la vio, porque hubiera pensado que se vestía para asistir al gran teatro. Después fue a la cocina, al parecer a beber agua o una tizana, para conciliar el sueño como otras noches y, por fin, se acostó. En su mano derecha sujetaba el bello yugo regalado por Cornelio.

Belén durmió como nunca, hasta soñó de su amiga recién llegada procedente de las lejanas tierras del oriente cubano, con poco dinero para alquilar una casa. Sin embargo, vino con varios preciosos vestidos y otras bellas prendas, las cuáles usaba cada vez que salían a caminar por la ciudad y que la hacían la más admirada por todos los hombres blancos y negros, a quienes repelía con una bella sonrisa, a la vez que le contestaba a sus alabanzas, diciéndole:

–Es una lástima, soy del rey Atila –Belén no olvidó eso nunca.

Por la mañana Belén se levantó temprano y mandó a

preparar el desayuno de ambas, pero dejaría dormir a su amiga un poco más. Sobre las ocho de la mañana fue hasta la habitación de Úrsula y abrió la ventana para que penetrara un poco de luz; se sentó al lado de ella que dormía de lado mirando al otro lado de la habitación, la toca por encima de la frazada que la cubría:

–Úrsula, Úrsula, despierta, que es de día y tengo que irme.

Pero no recibió respuesta alguna y volvió a llamarla y tampoco tuvo respuesta. Entonces, le quitó la frazada que la cubría y dio la vuelta, y al llegar frente a su amiga quedó aterrada. Úrsula no vestía ropas de dormir y su rostro risueño parecía recién terminado de arreglar para salir de paseo, tal como ella lo había soñado. Avanzó más hacia ella y le tocó el fino rostro y notó la frialdad de los que abandonan este mundo. Retrocedió y dio un fuerte grito.

–¡Úrsula, hermana! –y comenzó a llorar desenfrenadamente.

A Belén le parecía imposible que estuviera muerta, anoche estaba mejor que nunca. Comenzaron a entrar los esclavos, hombres y mujeres, niños y niñas, se arrodillaron mientras lloraban sin consuelo. Entró el médico y revisó la difunta y preguntó a Belén si ella había notado algo extraño durante la noche porque ella mantenía una sonrisa en su rostro increíble, como si estuviera feliz. Entonces, Belén le pregunta muy sorprendida al médico:

–¿Qué fecha es hoy, doctor?

–Seis de marzo, Belén. ¿Por qué?

Belén se acercó al cuerpo de su amiga, mientras algunos esclavos se levantaban y salían de la habitación con profundo dolor. Se sentó al lado de Úrsula y besó a la muerta en su frente:

–Hasta pronto, amiga, lo lograste. Felicidades.

–¿Qué dices, Belén? –pregunta el médico sin comprender.

Belén se puso de pie y tomando al médico por la mano, salió al comedor, mientras el cura entraba al cuarto, pero al ver el rostro de la muerta, salió nuevamente para reunirse con ellos.

—Recuerde, doctor, que un día como hoy, el papa San Cornelio, en el año 251 entró al vaticano...

—Belén, ¿qué tiene eso que ver con Úrsula, por Dios?

—Su inseparable compañero de Angerona, murió un doce de junio, el día de la salida de San Cornelio del papado en el año 253 y ella deseaba cerrar esa fecha falleciendo un día como hoy, y como usted ha podido ver, doctor, ella se preparó para dejarnos...

El cura con el rostro descompuesto por lo que escuchaba, interrumpe a Belén:

—Nadie abandona este mundo cuando quiere. Solo Dios nos envía.

—Padre, Úrsula y Cornelio hicieron cosas increíbles, sin respuestas aún. Puede que algún día alguien pueda entenderlos y todo tenga una explicación creíble, pero ahora soy feliz porque ella haya logrado lo que tanto deseaba...

—¿Entonces qué podemos hacer nosotros?

—Sencillamente, lo que siempre Angerona les garantizó.

—¿Y qué es eso?

—La virtud del silencio y nada más. Enterrémosla como ella quería, directamente en la sagrada tierra, sin mucho ruido y un puñado de flores silvestres sobre la sencilla tumba.

—¿La llevará para Angerona?

—No es necesario. Según ella, él la visitaba aquí. Así que ahora, no habrá quién pueda separarlos, y menos con el precioso yugo de roble que le regaló él y que yo enterraré con sus restos mortales.

La velada fue en la elegante funeraria Barbosa de la calle

Aguacate; asistieron muchas personas de todas las razas y clases, lo mismo esclavos que negros libertos, mulatas y mulatos libres, franceses de todos los oficios, españoles... Igualmente, señoras de familias acomodadas y numerosos dueños de negocios, todos querían ver por última vez y despedir a la singular mujer, capaz de desafiar el odio de las autoridades. Úrsula fue aquella mujer que, aun siendo hija de esclavos africanos, desempeñó un papel esencial en la construcción de la hacienda cafetalera más importante de Cuba, hacienda rodeada de leyendas y misterios que todos querían conocer.

Ha muerto Úrsula Lambert, pero la hermosa historia que creó en compañía del enigmático Cornelio y de sus fieles trabajadores es hoy más que nunca, motivo de interés de jóvenes y adultos de todos los confines del mundo, porque aparte de su enorme importancia histórica, la lucha contra los diferentes tipos de racismo y por la igualdad de géneros está muy vigente.

A MANERA DE EPÍLOGO

El propio año en que Úrsula muere, regresó definitivamente a Alemania Johann Herman Souchay. Compartió temporadas entre Cuba junto con su sobrino Cornelio y su cuñada doña Bertha para atender los problemas del ingenio azucarero Angerona, y su país de origen

Después de los años 1860, se transforma definitivamente la hacienda cafetalera Angerona en el ingenio azucarero Angerona. Ya desde la década de 1840 en Angerona se producía azúcar de caña junto a la producción de su exquisito café, pero poco a poco la producción azucarera se fue imponiendo debido a los bajos precios del café en el mercado internacional.

En el año 1861 muere en su tierra natal don Esay Souchay Escher, hermano y heredero de Cornelio.

En la mañana del once de junio de 1862, Belén Samuel visita la tumba de Úrsula en el tramo tercero del cementerio de Espada, y como siempre le pone un puñado de hermosas flores silvestres y le confiesa:

–Hermana, en el día de ayer cumplí con uno de tus mayores deseos y un gran compromiso mío. En la iglesia de Monserrat se efectuó el casamiento de nuestra Albertina con el pardo libre Vicente María Escolástico Calderón, sastre de oficio.

Y el veintiocho julio de ese año muere Belén Samuel, la fiel amiga de Úrsula y Cornelio. Dejó como heredera universal a la bella Albertina Escher, cumplía así las obligaciones que Úrsula le dejó en su testamento.

Albertina y su esposo se fueron a vivir para la calle Sol número sesenta y cinco. De esta unión nacieron tres niñas y un varón.

El diecinueve de septiembre de 1865 se casó Carlota Cristina Souchay con Fernando Enrique Gatke La Roque y se quedaron a vivir con su madre en Angerona; su hermana Luisa se casó con Francisco Chapotín y Covarrubias, heredero del ingenio El Pilar.

En el año 1870, Cornelio Souchay Hesse, el niño que Úrsula ayudó criar en la hacienda de Angerona, se desposó con la joven Angélica Zambrana, hija de una famosa poetiza cubana. Luego se mudan para La Habana. La sangre de los Souchay siguió mezclándose con el pueblo cubano.

Una noche de este propio año desaparecieron las llaves del pueblo de los esclavos. Se especula que las noticias del inicio de las luchas por la independencia y la liberación de los esclavos por los hacendados del oriente cubano habían llegado a occidente y algún esclavo valiente las escondió para que nunca más fuera cerrada la puerta de pueblo.

Dos años más tarde, en1872 muere Johann Herman Souchay en un sanatorio de la ciudad de Heiligenstadt, Alemania, víctima de una enfermedad físico–mental.

Los aires de la guerra de independencia de Cuba contra España y esto unido a otras cuestiones de la familia Souchay, hacen que doña Bertha, sus hijos y Fernando Enrique Gatke, decidan vender el ingenio azucarero al central San Ramón y en el año1883 dividen sus propiedades de la hacienda para fomentar así nuevos proyectos. Carlota con su esposo Fernando Enrique quedan junto con doña Bertha en el área de las casas y construcciones principales.

En el año 1887 se publica el libro Juanita por D. Lothrop & Co. en Boston, y más tarde se publica nuevamente esta obra con el nombre de Belleza mora, donde muchos creen ver a Úrsula y a Cornelio en Angerona.

Por último, en el año 1889 muere doña Bertha Hesse. En la segunda década de 1900, don Eleodoro Toledo, compra estas últimas tierras que originalmente comprendía La Chucha y donde estaban la casa principal, la casa de Úrsula Lambert, el pueblo de los esclavos, la fábrica de toneles, las cisternas, otras fábricas y el cementerio. Toledo dedica estos territorios a la cría de animales y nunca habita en este sitio. En enero de 1959 abandona el país y viaja a los Estados Unidos.

Así terminó la vida útil de aquella maravillosa hacienda cafetalera, cuyo proyecto increíble en el siglo XIX fue construido por personas de Europa, África y América y hoy tiene tanta vigencia como durante sus días de mayor esplendor. Cada año llegan miles de personas hasta este impresionante yacimiento arqueológico que constituyen las ruinas de Angerona en busca de respuesta a tantas historias y leyendas originadas por el particular y original método empleado por el increíble dúo formado por el elegante europeo Cornelio Souchay y la bella negra haitiana Úrsula Lambert.

Pero también la historia les ha regalado un merecido homenaje: el puerto marítimo de Mariel, hacia el cuál intentó Cornelio construir la calzada que uniera Artemisa y Cayajabos, por considerarlo un puerto de enorme importancia económica, constituye hoy Zona Estratégica de Desarrollo Mariel.

La casa que perteneció a Úrsula Lambert en Angerona, fue escogida para filmar la película "Insumisas", coproducción franco-suiza-cubana, que constituye, al decir de sus realizadores, una voz en favor de los derechos de todos los seres humanos a ejercer su libertad individual. No hay mejor reconocimiento a Úrsula Lambert.

En el año 1972, cien años después de desaparecer las llaves del pueblo de los esclavos, el autor de este libro, siendo un joven y con su pequeño hermano, desenterraron el ajuar del mayoral de Angerona y entregaron todo lo que contenía: las llaves, su pistola y las espuelas al museo de Artemisa.

En 1981, las ruinas de este singular sitio fueron declaradas "Monumento Nacional" por el Ministerio de Cultura de Cuba, dada su histórica importancia económica, social y cultural.

REINALDO BARBÓN RODRÍGUEZ

(Cayajabos, Artemisa. 1955 - actualidad)

Ingeniero geólogo, historiador, escritor. En 1982 se graduó de ingeniero geólogo y trabajó como jefe de proyectos de prospección y exploración de yacimientos de bauxita, cobre, oro y otros metales al noroeste de Pinar del Río y la Habana. Trabajó además en la mina Júcaro para la extracción y procesamiento de sus menas cupropiriticas en Bahía Honda.

Ha escrito numerosos informes geológicos. Trabajó en Argentina con la empresa YAMIRI S.A. desde el año 1996 hasta el año 1998.

En el 2007, viajó a Venezuela como asesor del ministerio de geología y minas de ese país, laborando en la Guyana durante tres años como jefe de proyectos de oro y diamantes, descubriendo numerosas vetas de oro.

Tiene en preparación varios textos sobre la geología de Artemisa, un texto sobre el uso de las plantas silvestres, e historias de Venezuela, entre otros.

En el año 2012 pasó a trabajar en la empresa para la protección de la flora y la fauna de Artemisa como historiador de las ruinas del cafetal Angerona, patrimonio nacional. Actualmente, participa junto con los arqueólogos del Gabinete de la Oficina del Historiador de la Ciudad de La Habana y de arqueólogos canadienses en los trabajos para el estudio del sitio de Angerona.

Años de investigación y localización de información escrita y almacenada en los archivos cubanos y el museo municipal de Artemisa lo ha permitido comprender mejor el desarrollo socio económico y cultural de Cuba en el siglo XIX.

La Virtud del Silencio: roble, café y amor es su primera oferta en el campo de la novela histórica-romántica. Se base en los hechos históricos con pinceladas novelescas del inigualable yacimiento del cafetal Angerona.

IRA KONONENKO

(La Habana. 1987 - actualidad)

Es una joven fotógrafo y artista visual cubana. Tras haber colaborado con algunos reconocidos artistas cubanos, se muda en 2010 a Barcelona donde comienza a tantear el mundo de la fotografía analógica de la mano del también fotógrafo Manel Mármol.

En 2012 se especializa en postproducción digital de fotografía comercial y prosigue sus estudios de manera autodidacta. Actualmente vive en La Habana, donde tiene su estudio/laboratorio fotográfico, y cursa el grado de Licenciatura en Artes Visuales que se imparte en ISA, Universidad de las Artes.

Algunos de los temas que toca en su trabajo son la botánica, la astrología, la psicodelia... todos ellos mezclados de una manera subjetiva mediante procesos en los que interviene en gran medida el azar.